词学新探

曾大兴 著

河北出版传媒集团
河北人民出版社
石家庄

图书在版编目（CIP）数据

词学新探 / 曾大兴著. -- 石家庄：河北人民出版社，2021.3
ISBN 978-7-202-15082-5

Ⅰ. ①词… Ⅱ. ①曾… Ⅲ. ①词（文学）－诗词研究－中国 Ⅳ. ①I207.23

中国版本图书馆CIP数据核字（2020）第234362号

书　　名	词学新探
	CIXUE XINTAN
著　　者	曾大兴
责任编辑	王　静　陈冠英
美术编辑	李　欣
责任校对	余尚敏
出版发行	河北出版传媒集团　河北人民出版社
	（石家庄市友谊北大街330号）
印　　刷	保定市中画美凯印刷有限公司
开　　本	787毫米×1092毫米　1/16
印　　张	17
字　　数	251 000
版　　次	2021年3月第1版　2021年3月第1次印刷
书　　号	ISBN 978-7-202-15082-5
定　　价	68.00元

版权所有　　翻印必究

序 一

人间四月天。一夕，大兴到访。自前年暑期于中山大学诗词班别后，只是在电视荧幕上见面。刚刚就座，说及"中华名楼"，我最喜"蓬莱阁上观海市"一集。"嵯峨丹阁倚丹崖，俯瞰瀛洲仙子家。万里夜看旸谷日，一帘晴卷海天霞。"（徐人凤诗）说及唐宋歌词，则最喜其成名之作《柳永和他的词》。记得世纪之初，柳永国际学术研讨会在武夷山召开，李锐自论其人，有云"平生文字难成狱，自我批评总过头"；而对于柳永则以"独立之精神，自由之思想"相与许，可谓知音者矣。周济标榜宋词四家，谓"问途碧山，历梦窗、稼轩，以返清真之浑化"，柳附其后，处于从属地位。吴子臧不信止庵那一套。我与大兴，亦未曾信。那是1990年间，我在一篇文章中写道："从美国参加词学会议回来，收到一位年轻朋友寄来的一部专著——《柳永和他的词》，其中有一章题为《柳永以赋为词论》，读后令我十分兴奋。"当时之所以特别赞赏大兴这部著作，是因为其中说及以赋为词，并将其赋法归纳为四：横向铺叙，纵向铺叙，逆向铺叙，交叉铺叙。这无疑为蜕变期词学带来一股清新空气。由于19世纪50年代之后，词学蜕变，王国维"词以境界为最上"被推演为"词以豪放为最上"；除了创作及考订，凡所谓论述者也，则大多在豪放、婉约"二分法"之牢笼当中。故之，我曾一再声言："这是一部已经入了门的专著。"今者，大兴告我，有新著编集出版，题称《词学新探》，乃《柳永和他的词》《词学的星空》《20世纪词学名家研究》《唐宋词十八讲》之后，他所作之第五部词学论著,也是另一以柳永为中心之词学论著。全编计三辑:第一辑,柳永新探;第二辑,南宋词人新探;第三辑,词史与词学史新探。以柳永为入门途径,历经济南二安,以进入词之艺术世界。步入新世纪,词学研究由新的开拓期进入新的创造期,"柳永和他的词",包括"屯田家法"、屯田体,皆为词学入门之所必知。但愿大兴之新、旧柳永论著,能为新时代词学研究带来温暖和希望。是为序,并与共勉。

施议对

己亥芒种前六日濠上词隐于濠上之赤豹书屋

序 二

我与大兴相识已经36年了。1984年6月中旬，大兴同他的导师湖北大学中文系曾昭岷教授到成都访学，他们拜访了四川师范大学的屈守元先生和四川大学的缪钺先生，请教关于柳永词研究的问题。中国自新历史时期以来，学术界思想活跃，关于中国古典文学的作家作品皆有必要以新的文学观念给予重新评价，以适应解放思想、拨乱反正的社会文化思潮。这时宋词研究中关于柳永的问题是甚为词学界所关注的。柳永这位对宋词发展具有重大意义的词人，曾在近世庸俗社会学思潮盛行之际被严重误解，有人以为他着重写妓女和浪子，即使在市民社会里也只是病态的一角，没有多少积极的现实意义；或者以为他是一个没落士大夫阶级的浪子，其词表现对放浪形骸生活的追逐，谈不上有积极的意义。因此新时期以来对柳永的评价具有解放思想的效应，故为词学界所关注，并为青年学者颇感兴趣的课题。大兴的硕士学位论文即是《柳永的创作道路及其词的市民文学特征》。然而当时关于柳永的生平事迹，关于其作品的思想意义与艺术成就的评价等尚是词学界探讨的学术问题。大兴的论文很有新意，涉及了若干很深入的学术问题，故若非对柳永有较为专门的研究是很难回答其所提出的问题的。我当时为上海古籍出版社的《中国古典文学基本知识丛书》写一本小册子《柳永》，于1984年3月完稿，交付出版社了。6月17日上午，曾昭岷教授同大兴到四川省社会科学院文学所访学，我们一起探讨柳永的若干学术问题。此后曾昭岷教授希望大兴多与我联系，因而建立了很好的学术情谊。大兴此后在学位论文的基础上形成第一部全面研究柳永的专著，于1990年出版。近年大兴转向近世词学研究，先后出版了《词学的星空——20世纪词学名家传》和《20世纪词学名家研究》，开拓了词学研究的新方向。最近他从词学论文中选择了20篇，集为《词学新探》，并将打印稿寄给了我。我读完这部论文集后甚为欣喜，因为他所探讨的问题确实甚有新意。

一、新的观点与视角。大兴在完成关于柳永的专著后，继续对此课题进行深入研究与扩展。关于柳永词中对都市风情的描述，实即词人发自内心对北宋太平盛世的歌颂，以及所表现的北宋东京的民俗，这两个选题是向为词学界所忽略的，属于大兴开辟的新课题完成得很好。柳永的时代正是宋代燕乐新声流行之时，他为新的流行音乐创作了大量通俗的歌词，深受民众的喜爱。大兴由此追本溯源探讨了历代流行歌曲的文学演变，实即中国音乐文学的演变。大兴认为："歌词是用来抒情的。这个情，是情感还是情绪？我却愿意把它当作情绪来理解。人类的情绪分为两种，一是社会感应情绪，一是个人体验情绪。我们探讨中国历代流行歌曲的文学演变，实际上就是从情绪的表现内容和表现特征上探讨歌词的演变。"我非常赞同这个新的和深刻的学术观点。此外自改革开放以来，学术界采用了西方流行的方法以探讨中国的学术问题，大兴即采用了人才学方法探讨柳永和李清照两位词人的成才之路，这是使用新方法的尝试并取得的成功。然而我个人则认为探讨作家的创作发展过程是较从人才学探讨作家的成才之路更为实在，亦未偏离文学的本位。

二、新的事实证据。大兴治学重视小题大做，亦长于对事实的考辨。他说："大陆上的古代文学研究，经常是大题小做。常常在爱国主义、现实主义、豪放派、婉约派这些比较空泛的大概念上兜来兜去，而不能做一些具体的实证研究。"他关于柳永宦迹游踪的考证和关于朱敦儒在岭南的生活与创作的考证，皆是以实证的方法而进行的小题大做，为词人研究提供了新的事实依据。此外他对关汉卿和冯梦龙与柳永的关系，亦作了实证性的探讨，这是研究柳永的学者们所忽略的。

三、新的学术表现方式。大兴是近年来在中央电视台"百家讲坛"

栏目很受传统文化爱好者欢迎的学者。学术的通俗化表述是很不容易做好的，大兴在这方面很成功。他多年前在广东电视台的"大兴说词"栏目讲宋词，近年来又从文学地理学的视角在中央电视台"百家讲坛"连续讲中华名楼。他在《中华名楼》这本书的自序中深有体会地说："写一集讲稿所费的心力不亚于写一篇学术论文，因为我要适应四个方面的要求：一要适应中央电视台这个媒体的要求，二要适应广大普通观众的要求，三要适应专业学者的要求，四要适应我本人的要求。"在这四方面大兴均做得很好。本集所选的两篇讲稿《奉旨填词柳三变》和《〈钗头凤〉与陆游休妻之谜》，均很有趣，很通俗，而且含蕴有深厚的学术意义。这与媚俗、庸俗、恶趣之风迥然有别，应是学术通俗的典范。此外关于《人间词话》和《宋词三百首笺注》的导读，亦是通俗而具学术意义的。我甚希望大兴继续做好学术普及的工作。

此集是大兴继柳永研究之后关于词学研究的结集。他近年转向20世纪词学家研究又取得硕果，既能发挥其词学理论的优长，又开辟了新的学术境界，尤其是近年更成为中国文学地理学的开创者，取得更宏伟的成就。近20年来的中国古代文学研究已逐渐趋向文学的外部因素，而对文学内部因素罕有专致。词学研究向词学自身的回归，这应为今后词学发展的方向。我希望大兴在关于20世纪词学家研究的基础上，进行理论的批评与经验的总结，找到现代词学发展的新的途径，以为中国词学的发展作出重大贡献。

谢桃坊
2020年1月13日于成都百花潭侧之奭斋

目录

第一辑　柳永新探

柳永研究综述（1949—1987）……………………………003
柳永宦迹游踪考证……………………………………………014
柳永都市风情词的历史依据和认识价值……………………028
柳永《乐章集》与北宋东京民俗……………………………035
柳永的文学贡献及其成功之秘………………………………048
从关汉卿对柳永的受容看元曲与宋词的承传关系…………060
柳永和冯梦龙…………………………………………………074
柳永研究的重要收获
　　——评《柳永词详注及集评》…………………………081
奉旨填词柳三变
　　——词学演讲录之一……………………………………087

第二辑　南宋词人新探

李清照成才原因面面观……………………………………………107
稼轩词的审美特征…………………………………………………119
"济南二安"研究的现状与期待……………………………………131
朱敦儒在岭南的生活与创作………………………………………135
《钗头凤》与陆游休妻之谜
　　——词学演讲录之二…………………………………………150

第三辑　词史与词学史新探

历代流行歌曲的文学演变…………………………………………169
唐宋词的体性与流变
　　——《中国古代词曲经典导读》前言……………………………186
是词，还是非词
　　——在句式上和诗相同的词之特点……………………………198
词学史研究的空间视角……………………………………………203
从《全宋词》的整理过程看当今古籍整理中的几个问题…………207
《人间词话》导读……………………………………………………224
《宋词三百首笺注》导读……………………………………………239
《缪钺先生与曾大兴论词书》及有关说明…………………………251

后　记………………………………………………………………264

第一辑 柳永新探

柳 - 永 - 新 - 探

柳永研究综述（1949—1987）

1949年以来的柳永研究，在柳永的"家世与生平"的考证方面有重要突破；对柳永的"思想与人格""成就与贡献"的评价，虽然还存在不同的意见，但肯定性的意见无疑是主要的。

柳永是北宋著名词人，为宋词的发展作出过一系列创造性的贡献，在词史上产生过广泛而深刻的影响。1949至1987年5月，全国（不含台港地区）发表柳永研究论文90余篇。现将其中所讨论的几个主要问题综述如下。

一、柳永的家世与生平

柳永生前社会地位不高，《宋史》没有他的传记，当时文人学士的诗文集里也缺乏关于他的材料，野史笔记和地方志书中虽然偶有零星记载，又大抵传闻异词，舛误间出。因此，关于柳永家世与生平的考证，就成为柳永研究的基本前提。

1. 柳永的家世

1957年，高熙曾据《康熙崇安县志》《雍正崇安县志》和《道光福建通志》等地方志书,考证柳永的祖父柳崇为"五代末纪的处士","宋朝中,以子贵,累赠尚书工部侍郎"。崇有子六人:宜、宣、寘、宏、寀、察,均有官职。永父柳宜,官至工部侍郎。永兄弟三人,长兄三复,官至兵部员外郎;次兄三接,官至都官员外郎。"皆工文艺,号'柳氏三绝'"。永有子名涚,官至著作郎。可知柳永出生于一个典型的官宦人家。杨湜《古今词话》谓永"终老无子"亦非事实[1]。同年,唐圭璋根据《嘉靖建宁府志》和郑文宝《江表志》诸书,证实了高熙曾的结论。[2]

唐圭璋还据王禹偁《小畜集》所存《建谿处士赠大理评事柳府君墓碣铭并序》《柳赞善写真赞并序》和《送柳宜通判全州序》三篇文章,扩大了高熙曾的研究成果。指出柳氏原籍河东,柳崇之五世祖柳奥随叔父柳冕(唐初古文家)至福州任司马,后改建州长史,遂定居焉。五代时,柳崇因不就王延政之聘而隐于崇安五夫里之金鹅峰下,平生"以行义著于州里,以兢严治于闺门"。柳宜早在南唐,即以"褐衣上疏,言时政得失",为李国主器重。为官之后,更"多所弹射,不避权贵"。

1986年,李思永又从《小畜集》中找到有关柳宜的两首诗:《扬州寒食赠屯田张员外、成均吴博士同年、殿省柳丞》及《和国子柳博士喜晴见赠》,参校上述三篇文章,考证柳宜官历如次:南唐时,太子校书郎→江宁尉→贵溪令→崇仁令→建阳令→监察御史;入宋后,费县令→雷泽令→任城令→著作佐郎、全州通判→赞善大夫→殿中丞→国子博士→工部侍郎。至此,学术界关于柳永的家世,才有一个比较清晰的轮廓。[3]

2. 柳永的生卒与葬地

关于柳永的葬地,历史上有四种说法。①枣阳说(曾敏行《独醒杂志》);②襄阳说(祝穆《方舆胜览》);③真州说(王士禛《花草蒙拾》);④润州说(叶梦得《避暑录话》)。润州在宋时称润州丹阳郡,郡治在今江苏镇江市。唐圭璋据《万历镇江府志》及该志所引文康葛胜

---

[1] 高熙曾《柳永遗事考辨》,《天津师范学院科学论文集刊》1957年第1期。
[2] 唐圭璋《柳永事迹新证》,《文学研究》1957年第3期。
[3] 李思永《柳永家世生平新考》,《文学遗产》1986年第1期。

仲《丹阳集·陈朝请墓志》，再次肯定了润州说："叶梦得曾在丹徒做过官，葛胜仲也是丹阳人，二人均言王安礼守润时葬柳永，这是比较可信的。"[1]

关于柳永的卒年，宋人王应麟编《镇江府志》卷三十二载有一篇柳永侄子柳淇所作《宋故郎中柳公墓志》："叔父讳永……为泗州判官，改著作郎，……授西京灵台令，为太常博士。……归殡不复有日矣，叔父之卒，殆二十余年。"唐圭璋指出："据《嘉定镇江志》卷十四说，王安礼于神宗熙宁八年（1075）守润，而柳淇所作墓志铭说，这时柳永已经死了20余年，由此上推，他的卒年可能在仁宗皇祐五年（1053）。"[2]

至于柳永的生年，则至今众说纷纭。比较引人注目的有三种意见。第一，唐圭璋据宋人罗大经《鹤林玉露》所谓"孙何帅钱塘，柳耆卿作《望海潮》词赠之"云云，推测柳永约生于宋太宗雍熙四年（987）。其理由是：孙何（961—1004）曾任两浙转运使，"柳永就在孙何死的一年做《望海潮》词送他，至少也应是冠年了"[3]。其实，如此算来，柳永是年只有十八岁，并未至冠年（20岁）。

第二，林新樵认为，柳永的生年可从《乐章集》的《玉楼春·星闱上笏金章贵》一词来推算。林氏据《续资治通鉴》考定，此词当作于真宗天禧二年（1018）。又据宋翔凤《乐府余论》："耆卿蹉跎于仁宗朝，及第已老。""柳永于仁宗景祐元年（1034）及第，因是'已老'，估计为50岁，则他在天禧二年作此词时为35岁，而其写《望海潮》送孙何（依唐说）刚好20岁"，"20岁能填出这样成熟的有名的词是比较合理的"。故柳永大约生于雍熙元年（984）或更早一些时候。[4]

第三，李国庭认为，柳永约生于太平兴国五年（980）。主要依据是，宋翔凤云柳永"及第已老"，而唐代即有"三十老明经，五十少进士"之说，可见，50岁中进士并不算老。又据《文献通考》，唐以50为老，宋以60为老，则柳永及第（1034）至少应在55岁至60岁之间。由此上推55

---

[1]唐圭璋《柳永事迹新证》，《文学研究》1957年第3期。
[2]唐圭璋《柳永事迹新证》，《文学研究》1957年第3期。
[3]唐圭璋《柳永事迹新证》，《文学研究》1957年第3期。
[4]林新樵《柳永生年小议》，《福建师范大学学报》1981年第4期。

年，其生年正好在980年前后。其次，《福建通志》载，柳永于仁宗皇祐间（1049—1054）任屯田员外郎。据《宋史》：咸平五年（1002），"诏文武官70以上求退者，许致仕"。景祐四年（1037），司马池更奏："文武官七十以上不自请致仕者，许御史台纠劾以闻。"可知柳永任屯田员外郎应不超过70岁，大致在1050年前后，由此上推70年，则生年正好在980年前后。[1]

3. 柳永的名字与登第时间

柳永，字耆卿，又名三变，字景庄。这两个名字孰先孰后，因何故而改，历史上有三种说法。一、吴曾《能改斋漫录》和陈师道《后山诗话》均谓原名三变，"后改名永"，而改名是为了"磨堪转官"。二、叶梦得《避暑录话》谓"后改名三变"，至于改名的原因则与吴、陈两家说同。三、王辟之《渑水燕谈录》谓"后以疾，更名永，字耆卿"。1949年以来有两种意见。唐圭璋认为：柳永原名三变，后因"宋仁宗以无行黜之，只好改名永以求进取"[2]。罗忼烈认为："柳永有两位哥哥，都以'三'为辈号，所以原名三变是毫无疑问的。三变之名取义于《论语·子张》：'君子有三变，望之俨然，即之也温，听其言也厉。'古人名和字义相应，'望之俨然'的'俨'就是矜庄貌，故名三变而字景庄。至于改名的原因，《燕谈录》说是病因，这是合理的解释。'永'和'耆'都有长寿的意思，因病怕死，所以改名换字来禳解。如果说改名是企图抹杀柳三变给人的不良印象，以求官职，似乎不合情理。因为既登仕版就有案可稽，不能说柳永不是柳三变。"[3]王辟之的记载和罗忼烈的解读无疑是正确的，可作定论。

关于柳永的登第时间，历史上有两种说法。一为景祐末（王辟之《渑水燕谈录》），一为景祐元年（吴曾《能改斋漫录》）。叶梦得《避暑录话》谓柳永中进士后曾为睦州掾官，其《石林燕语》更谓柳永为睦州掾官在景祐中，可见叶氏亦主景祐元年说。又《崇安县志》云，柳三变与兄三

---

[1] 李国庭《柳永生年及行踪考辨》，《福建论坛》1981年第3期。
[2] 唐圭璋《柳永事迹新证》，《文学研究》1957年第3期。
[3] 罗忼烈《话柳永》（一）（二），《社会科学战线》1986年第2、3期。

接同登景祐元年张唐卿榜进士第。是以1949年以来，学术界多主景祐元年说。近些年曾出现两种不同意见。1984年，詹亚园重申景祐末说。又据谢维桢《古今合璧事类备要》："范蜀公（镇）少与柳耆卿同年"，断柳永及第在宝元元年（1038）。[1]

吴熊和则以为柳永举进士当在景祐元年以前。据文莹《湘山野录》记载，"范文正公（仲淹）谪睦州，过严陵祠下。会吴俗岁祭，里巫迎神，但歌（柳永）《满江红》，有'桐江好，烟漠漠。波似染，山如削。……'之句。"吴氏指出："范仲淹于景祐元年四月知睦州，六月移知苏州。而此词所叙为秋景，至少当作于景祐元年前一年的明道二年（1033），时柳永已为睦州团练推官，其举进士尤当在此之前。"[2]

罗忼烈认为《湘山野录》所载非实。"严陵祠是范仲淹始建的，并撰有《桐庐郡严先生祠堂记》，明言'某来守是邦，始构堂而奠焉'，在这以前根本没有严陵祠，何来'谪睦州过严陵祠下'听里巫唱柳永词？"更引李焘《续资治通鉴长编》"景祐二年六月诏"，再次肯定了景祐元年说。[3]景祐元年说无疑是正确的。

4．柳永的游踪与官历

柳永一生漂泊羁宦，行迹很广。高熙曾指出，柳永到过睦州、昌国、泗州、余杭、杭州、灵台、开封、镇江、建宁、扬州等处。[4]唐圭璋补充说，他还到过苏州、会稽、长安等处。[5]李国庭再次补充说，他到过渭南、成都、鄂州和湖南。[6]詹亚园更指出他到过华阴。[7]

灵台一处，出自王应麟编《镇江府志》卷三十二所引《宋故郎中柳公墓志》："授西京灵台令。"吴熊和指出：北宋以洛阳为西京，然翻检《元丰九域志》卷一，西京河南府河南郡所属13县城，并无灵台一县。倒是陕

---

[1]詹亚园《柳永二题》，《文学遗产》1984年第2期。
[2]吴熊和《唐诗宋词通论》，浙江古籍出版社1985年版，第192页。
[3]罗忼烈《话柳永》（一）（二），《社会科学战线》1986年第2、3期。
[4]高熙曾《柳永遗事考辨》，《天津师范学院科学论文集刊》1957年第1期。
[5]唐圭璋《柳永事迹新证》，《文学研究》1957年第3期。
[6]李国庭《柳永生年及行踪考辨》，《福建论坛》1981年第3期。
[7]詹亚园《柳永二题》，《文学遗产》1984年第2期。

西路华阴郡所属5县中，有华阴、渭南二县，一东一西，互为邻毗。渭南县下有注曰："有灵台山。"吴文认为，所谓"授西京灵台令"，"西京"乃依汉唐旧称，实指长安；而灵台令，其或指柳永尝宰渭南、华阴欤？

吴文据宋代磨勘制度下的官阶转改之序，考定柳永"初为睦州推官，在选人七阶中为第四阶，后至泗州判官，在选人七阶中为第三阶"，"泗州判官当为柳永改官前的最后一任幕职官"。"柳永改官后，由著作佐郎迁著作郎，再迁太常博士，转屯田员外郎"；"严格按照北宋的迁秩制度，循资而迁"。[1]

由此看来，睦州、昌国（盐监）、余杭（县令）、华阴（县令）、泗州、开封六处为其服官之地，其他各处则为一般性的漫游之地。柳永一生，外官不过推官、判官、盐官、县令，京官不过著作佐郎、著作郎、太常博士、屯田员外郎，在北宋著名文人中，可谓社会地位最低。

二、柳永的思想与人格

柳永是一个争议颇大的人物，从宋代开始，人们对他的评价就褒贬不一。1949年以来，随着政治气候的变化，这种评价更是时起时落。而问题的焦点，首先就集中在他的思想与人格方面。

1. 柳永和歌妓

唐圭璋等认为，柳永许多写歌妓的作品，"体现了对于受压抑妓女的真挚感情，带有打破等级观念、否定封建礼教的色彩"[2]。王起更就柳永《玉女摇仙佩》一词指出："'自古及今，佳人才子，少得当年双美'，提出了当时封建社会男女之间带有普遍性的问题。作为'佳人才子''当年双美'的结合，客观上显然跟'门当户对''父母之命，媒妁之言'的封建婚姻制度对立。"[3]郁贤皓等认为：柳永是"一个没落士大夫阶级的浪

---

[1]吴熊和《从宋代官制考证柳永的生平仕履》，《文学评论》1987年第3期。
[2]唐圭璋、金启华《论柳永的词》，《光明日报》1957年3月3日。
[3]王起《从柳永的三首词谈到有关古典文学作品评价的问题》，《理论与实践》1959年第10期。

子","大半生的精力都耗费在追逐功名和偎红倚翠的生活上面",他的歌妓词"只是证明了他像一般没落士大夫一样对放浪形骸生活的追逐",谈不上"反封建意义"。[1]

这两种意见在五六十年代有一定的代表性,但讨论并没有深入下去。十一届三中全会以来,随着政治气候的好转,这一问题的讨论达到一定的学术高度。白钢指出:"柳永写妓女的前提,是把妓女当作人来看待,给妓女应有的人的地位。"不同于西蜀南唐和宋代许多士大夫词人把妓女当作玩物来表现,"柳永是在'人学'思想指导之下描写妓女生活的",他"把自己置于与妓女、乐工平等的地位","表达了妓女的苦闷"及其对理想的追求,"感情比较真切"。[2]丰家骅对此提出不同意见:"柳永对待妓女虽不同于封建统治阶级朝云暮雨,视妓女为玩物,但在感情上也并不专一。"他指出:"有宋一代尽管商品经济高度发达,出现新的经济因素,但社会经济的基本形态仍然是封建经济;随新经济因素产生的新的思想因素,还不能产生决定性的影响,因而柳永不可能产生'人学'思想,以平等的'人'来对待妓女,和妓女产生平等自由的爱情。"[3]

曾大兴认为,柳永对待歌妓的态度应以《鹤冲天》一词的写作为界,分为前后两个时期。"《鹤冲天》记载了他的第一次落榜与人生道路上的第一次挫折",大约写于其冠年(1003年前后)。在此之前,柳永同歌妓的厮混,属于青年士子的一种放浪行为,同时也是出于对市民文艺的热爱,这是时代风气使然。在此之后,由于"受到命运的不公正待遇,柳永在思想上开始成熟起来","因此,在妓馆歌楼这个遭人践踏的人间地狱里,他不仅看到了歌妓们美丽的容貌与绰约的风姿,发现了她们出色的才华与善良的心地,更深刻地描写了她们悲惨的哭泣与热切的梦想"。这是最高统治者逼迫的结果[4]。

---

[1]郁贤皓、周福昌《必须用批判的态度对柳永的词重新估价》,《光明日报》1960年7月17日。
[2]白钢《柳永的人学》,《宋史论集》,中州书画社1983年版。
[3]丰家骅《柳永思想评价刍议》,《学术月刊》1985年第5期。
[4]曾大兴《柳永的生活道路与创作分期》,《中南民族学院学报》1986年第4期。

2. 柳永与功名

20世纪50年代初期，有的文学史教材曾就《鹤冲天》一类作品，指出柳永有蔑视科举功名的倾向[1]，学术界因此形成不同的意见。宛新彬指出，柳永"是热衷爬上统治阶级政治舞台的"，"只是在爬不上而希望能爬上去的情况下，写下了《鹤冲天》这首词"。[2]王起进而指出："他鄙弃功名，并不是真正对统治阶级的丑恶本质有所认识，或者自己对人生对政治另有一套远大的理想，而是认为做官要受到名利的束缚，反不如在娼楼里过一种'浅斟低唱'的生活来得更惬意。""这里混合着封建没落文人及时行乐的思想与市民阶层从实利出发要求等价交换的思想。"[3]

王水照认为："否定柳永有功名利禄的一面，是不符合事实的。""柳永一方面几次三番地要求仕进，一方面又对功名抱有某种冷淡和不满，实际上都是他那同一阶级意识的不同表现。"[4]

三中全会以来，这个问题再次被提出来加以讨论。惠淇源认为，《鹤冲天》这首词，"燃烧着积极反抗的火焰"。作者"敢于蔑视权贵，鄙弃功名。敢于触世网，向封建礼教挑战，表现出何等的叛逆力量！"[5]丰家骅认为：这种看法"并不符合柳永思想的实际"。《鹤冲天》里边关于"恣游狂荡"的表白，乃是受当时朝野上下享乐太平的时代风气的影响，根本不存在什么对功名富贵的蔑视与鄙弃。柳永"终其一世也没有忘却功名利禄"，尽管他后期曾经"对功名利禄表现出了一定程度的厌倦"，但是，"这种'厌倦'并不是对它的蔑视和否定，而只是对过去享乐生活的流连"。[6]

谢桃坊认为："柳永鄙弃功名利禄与仕宦后对浪子生活方式的留恋，也表现了对封建传统思想的叛离"，"体现了作者所受的新兴的市民阶层思

---

[1]李长之《中国文学史略稿》，五十年代出版社1954年版。
[2]宛新彬《对李长之著〈中国文学史略稿〉所论北宋词人柳永的意见》，《东北人民大学学报》1956年第3期。
[3]王起《怎样评价柳永的词》，《中山大学学报》1959年1—2期。
[4]王水照《谈谈宋词和柳永的批判继承问题》，《光明日报》1961年1月8日。
[5]惠淇源《忍把浮名，换了浅斟低唱》，《艺谭》1984年第3期。
[6]丰家骅《柳永思想评价刍议》，《学术月刊》1985年第5期。

想意识的影响"。[1]

三、柳永的艺术成就及其对宋词的贡献

1. 柳永的艺术成就

唐圭璋等认为，柳词"通俗流利，明白家常，极富于音乐美"。柳永既能运用市民口语，又"善于融化前人诗句"。他的慢词，"能在敦煌词的基础上加以变化，将叙事、写景、抒情三者恰当安排，做到构思完整，铺叙委婉，层次分明"。其篇章结构"舒卷自如，疏密相间，起伏协调，大开大阖"，"尽情表露而又不露斧凿之痕"。[2]

罗忼烈认为，通常所说的柳永的"一些佳作，如果仔细推敲，还是觉得'美哉犹有憾'，次一等的货色就更不待言"。"他的许多羁旅行役之作，翻来覆去总不外高楼怅望、对景伤情、怀念旧欢、嗟叹寂寞这几点意思，却如数家珍般详细记录下来，虽然善于铺叙，多读便觉不新鲜。"柳词"长调往往一气呵成，语如贯珠，笔无停滞，但纯用直叙，少翻腾曲折之姿，吞吐含蓄之妙，一泻无余，泥沙俱下"。"只觉得变化很少"，"缺乏丰富的想象力"。"柳词字面亦多彼此雷同或大同小异。"[3]

叶嘉莹重申夏敬观《手评〈乐章集〉》的意见，指出"柳永的词可以分为两类，一类是抒写自己的怀抱的雅词，一类是为乐工歌妓写的俗词"。柳永的俗词，"敢于用新鲜的词句，大胆、露骨、真切地写出生活中的妇女的感情"，具有"开创性的一面"。柳永的雅词，"一是工于羁旅行役"；"二是音律谐婉，叙事详尽"；"三是善用警策之语"；"四是景中有情，情中有景"，开阔博大，"不减唐人高处"。[4]谢桃坊进而指出："柳永从写俗词到写雅词的转变，表现了他由封建仕宦之家的叛逆者成为都市通俗文艺的专业作者，而最后又回到封建士大夫行列的曲折历程。"[5]

---

[1]谢桃坊《柳永》，上海古籍出版社1986年版。
[2]唐圭璋、潘君昭《论柳永词》，《徐州师范学院学报》1979年第3期。
[3]罗忼烈《话柳永》（一）（二），《社会科学战线》1986年第2、3期。
[4]叶嘉莹《柳永及其词》，《南开学报》1982年第3期。
[5]谢桃坊《柳永的俗词与雅词》，《光明日报》1985年7月2日。

曾大兴认为，柳永大半辈子所遵奉的是一条"与歌妓乐工合作的创作道路"。这条道路规定了柳永的创作必须积极地适应歌妓的演唱需要和普通市民的审美情趣，从而也就决定了柳词鲜明的市民文学特征。具体来讲，即"表情方式上的直陈其事，信笔写来，绝无刻意播弄之嫌；章法结构上的直线贯穿，一笔到底，不作任何人为的婉转曲折；语言文字上的通俗晓畅，明白家常，既无冷僻的诗文词汇，也无游戏的方言俚语。柳永后期的羁旅行役词，虽不一定出于与歌妓乐工合作的动机，但是依然烙有早期创作的鲜明印记"[1]。

2. 柳永和慢词

一种意见认为，柳永"是宋代文人大量创作慢词的开山祖师"。慢词虽然"起于唐代民间而不始于柳永"，但"柳永却是直接继承这个传统来发扬光大"。[2]

另一种意见认为："柳永慢词的源头不是唐代民间慢词，而是北宋当时社会上流传的胡夷里巷之曲。慢词兴起于柳永，柳永不是慢词的继承者，而是慢词的开创者。"[3]"慢词是起于北宋的，而柳永则是慢词的开创者。""柳永解决了慢词长调创作的一系列艺术技巧问题，为慢词长调的发展开辟了一条坦直的大道。"[4]

第三种意见认为，柳永的慢词，主要还是"承花间南唐家法，以小令渲染引申而已，根本谈不上开山的功劳和奠基的作用"[5]。"同张先一样，柳永的慢词亦多用小令作法。"[6]

3. 柳永与北宋词风的转变

关于这个问题，除了50年代末60年代初少数对柳永大加讨伐的"大字报"之外，多数文章基本上趋向于肯定性的意见。下面三种意见就表明

---

[1] 曾大兴《试论柳永的创作道路》，《齐齐哈尔师范学院学报》1987年第1期。
[2] 丰嘉化、刘芝中《柳永和慢词》，《光明日报》1958年1月9日。
[3] 唐圭璋、金启华《论柳永的词》，《光明日报》1957年3月3日。
[4] 杨海明《唐宋词风格论》，上海社会科学院出版社1986年版。
[5] 郁贤皓、周福昌《必须用批判的态度对柳永的词重新估价》，《光明日报》1960年7月17日。
[6] 罗忼烈《话柳永》（一）（二），《社会科学战线》1986年第2、3期。

了这种肯定由窄到宽、由低到高的进程。

第一,"柳永词从词调到作法,都代表了宋词发展的一个新阶段。""柳词与敦煌曲一脉相承,而与当时文人词日趋雅淳之风有所不同。"[1]

第二,"柳词的主要贡献,在于它开辟了词的新格局。""'词至北宋始大',这个'大'字正是首先由柳词所开拓的。"此外,"柳词还开创了宋词中'雅俗共赏'的风格"。

第三,"柳永是北宋词坛第一个卓有成就的革新家。如果说,苏轼的革新主要在于'以诗为词',拓展了词的题材领域,丰富了词的表现手法,建立了一新耳目的豪放词风,从而使历来不登大雅之堂的歌词取得了与传统诗文并驾齐驱的地位;那么,柳永则是通过与歌妓乐工合作的创作道路,系统地建立了慢词体制,并且把词这种本来起源于民间的音乐文学,从士大夫的歌筵舞席再次引向勾栏瓦肆、山程水驿乃至一切有井水的地方,扩大了它的社会基础,丰富了它的美学风貌。柳永在北宋词坛的地位正好同苏轼前后相埒。"[2]

总的来讲,1949年以来关于柳永家世与生平的考证,取得了重要突破,许多悬而未决的历史疑案渐次得到解决或部分解决,为柳永研究的开展和深入准备了前提。柳永思想与艺术的研究,也取得了可喜的进展,但是比起苏轼、周邦彦、李清照等作家的研究,还不免逊色一些。柳永研究亟待思想与方法上的突破。

(原刊《语文导报》1987年第10期)

---

[1] 吴熊和《唐宋词通论》,浙江古籍出版社1985年版,第195页。
[2] 曾大兴《柳永的生活道路与创作分期》,《中南民族学院学报》1986年第4期。

柳永宦迹游踪考证

根据柳永《乐章集》提供的一些重要线索，参考宋元以来有关文人笔记和地方史志的记载，对柳永在睦州、昌国、泗州、华阴、灵台、苏州、江夏和九嶷山等八处的宦迹游踪进行考证。

柳永一生漂泊，他的宦迹游踪是很广的。宋元以来，文人笔记和地方史志对他的宦迹游踪虽不乏记载，但都比较零碎杂乱，且多不实之处。近年来，有学者尝试通过他的某些作品的投献对象来考证他的宦迹游踪，但结论往往比较武断，未能令人信服。我认为，对柳永宦迹游踪的考证，应该坚持这样一个原则：外证与内证互相比勘。所谓外证，就是有关历史文献资料；所谓内证，就是柳词本身所提供的线索。柳词的纪实性是很强的，这一点颇像杜诗。早在宋代，李之仪、范镇、黄裳、陈振孙等人就指出过这一点，项安世甚至说："学诗当学杜诗，学词当学柳词"；"杜诗柳词，皆无表德，只是实说"。[1]如果在充分利用有关历史文献资料的同时，重视利用柳词本身所提供的线索，做到外证与内证互相比勘、印证，可能就会有新的发现。

本着这样一个原则，本文将根据柳永《乐章集》本身提供的一些重要线索，参考宋元以来的有关笔记和史志的记载，对柳永在睦州、昌国、泗

---

[1]张端义《贵耳集》卷上，文渊阁《四库全书》本。按：本文所引《四库全书》，均系文渊阁本，不再一一注明。

州、华阴、灵台、苏州、江夏和九嶷山等八处的宦迹游踪进行考证，同时对薛瑞生教授的个别观点提出一点不同的看法。

一、睦州

柳永于宋仁宗景祐元年（1034）进士及第后，任睦州（治今浙江建德）团练推官。据叶梦得《避暑录话》卷下载："初，举进士登科，为睦州掾。旧，初任官荐举法，不限成考。永到官，郡将知其名，与监司连荐之，物议喧然。及代还至铨，有摘以言者，遂不得调。自是，诏初任官须满考，乃得荐举，自永始。"[1]这件事在叶氏《石林燕语》卷六里记载得更详细："祖宗时，选人初任荐举，本不限以成考。景祐中，柳三变为睦州推官，以歌词为人所称。到官方月余，吕蔚知州事即荐之。郭劝为侍御史，因言三变释褐到官始逾月，善状安在，而遽荐论？因诏州县官，初任未成考不得举，后遂为法。"[2]又据李焘《续资治通鉴长编》卷一一六载：（景祐二年六月）"丁巳，诏幕职、州县官初任未成考者，毋得奏举。先是，侍御史知杂事郭劝言，睦州团练推官柳三变释褐到官才逾月，未有善状，而知州吕蔚遽荐之，盖私之也。故降是诏。"[3]

这件事的真实性应该是没有争议的。所谓"考"，乃是宋代官员政绩考核的一种计量单位。《宋史·选举志》："凡考第之法，内外选人，周一岁为一考，欠日不得成考。"[4]宋代文官分京朝官和选人两类，其中选人又分七阶。柳永作为睦州团练推官，属于选人七阶中的第四阶，为初等职官。选人虽属文官，但位卑人众，如果不改京官，就会沦于选海，仕进无望。但选人改官，需要五个人举荐，其中一人为监司官，还要有荐状，不是一件容易的事。柳永"磋砣于仁宗朝，及第已老"。[5]五十岁左右的人了，困于场屋近三十年，才得到这么一个小小的推官，知州吕蔚同情他，

---

[1]叶梦得《避暑录话》卷下，《四库全书》本。
[2]叶梦得《石林燕语》卷六，《四库全书》本。
[3]李焘《续资治通鉴长编》卷一一六，《四库全书》本。
[4]脱脱等《宋史》卷一六〇，《四库全书》本。
[5]宋翔凤《乐府余论》，唐圭璋《词话丛编》本。

又钦佩他的才华，所以在他上任才一个多月时，便与监司连续举荐他。在吕蔚和监司看来，这似乎算不上多大的徇私，不料荐状报到吏部，却让郭劝驳回了，理由是：柳永任睦州推官才一个多月，不满一年，即"未成考"。

吕蔚是故相吕端之子，以荫补千牛备身，是个武将。他以武将知睦州事，所以李焘称他为"知州"，而叶梦得又称他为"郡将"。吕蔚的事迹，除《宋史》卷二百八十一"蔚千牛备身"一句记载外，[1]叶梦得《石林燕语》卷六、李焘《续资治通鉴长编》卷一一六和马端临《文献通考》卷三十八亦各有一条记载，但都是记他推荐柳永被驳回一事，其他事迹不详。郭劝字仲褒，郓州须城人。《宋史》本传载：明道元年（1032），"赵元昊袭父位，以劝为官告使，所遗百万，悉拒不受。还，兼侍御史知杂事，权判流内铨"。流内铨属吏部，是掌管幕职州县官之铨选的专门机构。吕蔚荐柳永时，郭劝正"权判流内铨"。这位"性廉俭，居无长物"的铁面人物[2]，不仅驳回了吕蔚等人的荐状，还把这件事捅到了皇帝那里，使得皇帝还专门为此事下了一道诏书，从此便有了一条新的规定，即"幕职、州县官初任未成考者，毋得奏举"。

这件事对柳永的打击是不言而喻的。在睦州时，柳永写过一首很有名的《满江红》：

> 暮雨初收，长川静、征帆夜落。临岛屿、蓼烟疏淡，苇风萧索。几许渔人飞短艇，尽载灯火归村落。遣行客、当此念回程，伤漂泊。　桐江好，烟漠漠。波似染，山如削。绕严陵滩畔，鹭飞鱼跃。游宦区区成底事，平生况有云泉约。归去来、一曲仲宣吟，从军乐。[3]

作品写的是秋景，其中流露的"伤漂泊"的情绪与"归去来"的心

---

[1] 脱脱等《宋史》卷二八一，《四库全书》本。
[2] 脱脱等《宋史》卷二九七，《四库全书》本。
[3] 柳永《满江红》，唐圭璋编《全宋词》，中华书局1965年版，第一册。按：本文所引柳词均出自该版本，不再一一出注。

态，乃是词人现实境遇的一种折射。

当时的睦州，辖桐庐、建德、寿昌、遂安、青溪、分水六县，治建德。严子陵垂钓的钓台，即柳词所写的严陵滩，就在桐庐境内的桐江边上。释文莹《湘山野录》卷中载："范文正公谪睦州，过严陵祠下，会吴俗岁祀，里巫迎神，但歌《满江红》。有'桐江好，烟漠漠。波似染，山如削。绕严陵滩畔，鹭飞鱼跃'之句。公曰：吾不善音律，撰一绝送神曰：'汉包六合网英豪，一个冥鸿惜羽毛。世祖功臣三十六，云台争似钓台高？'吴俗至今歌之。"[1]这段文字经常被人们引用，但是它的真实性是值得怀疑的。范仲淹知睦州在景祐初，其《留题方干处士旧居》云："某景祐初典桐庐郡，有七里濑子陵之钓台在，而乃以从事章岷往构堂而祠之。"[2]他离开睦州的时间是在景祐元年六月。《姑苏志》卷三《古今守令表》载其"景祐元年六月壬申自知睦州徙乡郡，八月徙明州，九月诏复改苏，二年十月召判国子监"[3]。他在睦州待了多久，文献上没有明确记载，然其《桐庐郡严先生祠堂记》云："某来守是邦，始构堂而奠焉。"[4]可见他在睦州，实际上是经历了"构堂"的全过程，至少也在两个月左右。柳永于景祐元年"举进士登科，为睦州掾"。到官余月，"吕蔚知州事即荐之"。而后被"侍御史知杂事郭劝"驳回。改官失败之后，柳永才游览严子陵钓台，写作《满江红》，表达"伤漂泊"的情绪和"归去来"的失意之感。这一连串的事件不可能发生在范知睦州之前，更不可能发生在范睦州之时，只能发生在范离开睦州之后。作品所描写的秋天景色，也说明柳永写作《满江红》应在景祐元年六月范仲淹离开睦州之后。因此，"范文正公谪睦州"时，不可能听到里巫唱柳永的《满江红》。释文莹《湘山野录》的这条记载是经不住推敲的。

---

[1]文莹《湘山野录》卷中，《四库全书》本。
[2]范仲淹《题留方干处士旧居》，《范文正集》卷三，《四库全书》本。
[3]王鏊《姑苏志》卷三，《四库全书》本。
[4]范仲淹《桐庐郡严先生祠堂》，《范文正集》卷七，《四库全书》本。

二、昌国

宋人张津等纂《乾道四明图经》卷七载："晓峰场，在县西十二里。柳永字耆卿，以字行，本朝仁庙时为屯田郎官，尝监晓峰盐场，有长短句，名《留客住》，刻于石，在廨舍中。后厄兵火，毁弃不存。今词集中备载之。"[1]宋人罗濬《宝庆四明志》卷二十《昌国县志》亦载："东江盐场，县东八里又有子场，曰晓峰，在县西十二里。晓字本避英宗皇帝庙讳更名。屯田郎官柳永耆卿，尝为盐场，有长短句题壁，因兵火失之。"[2]

四明是明州（北宋）和庆元府（南宋）的别名，治所在今宁波市。北宋时的明州辖奉化、鄞县、慈溪、定海、昌国、象山六县，昌国即今之定海。"明之昌国，介居巨海之中"，"其地瘠卤，不宜于耕，故民多贫"，虽有渔盐之利，然"民无常产"。[3]柳永在这里亲眼目睹了盐民的艰辛和贫苦，写了一首有名的长篇七古《煮海歌》。钱钟书先生认为："柳永的这一首跟王冕的《伤亭户》可以算宋、元两代里写盐民生活最痛切的两首诗。"[4]限于篇幅，不作内容分析。《留客住》这首词，也是写在晓峰盐场。其中"遥山万叠云散，涨海千里，潮平波浩渺"诸句，是唐宋词里第一次描写大海，在词史上具有创新意义。

柳永在昌国的具体时间不可考，但肯定是在睦州推官任之后。他在这里的官声很好，名气很大。他的《留客住》被刻入廨舍，他的《煮海歌》被收入《大德昌国州图志》卷六，他本人同时被列于该志的《名宦传》。[5]

三、泗州

柳永曾为泗州判官，见于宋人王应麟所编《镇江府志》卷三十二的

---

[1]张津等《乾道四明图经》卷七，徐氏烟屿楼本。
[2]罗濬《宝庆四明志》卷二十，徐氏烟屿楼本。
[3]王存之《普慈禅院新丰庄开请塗田记》，《乾道四明图经》卷十。
[4]钱钟书《宋诗选注》，人民文学出版社1958年版。
[5]冯福京《大德昌国州图志》卷六，徐氏烟屿楼本。

一条记载："近岁水军统制羊滋命军兵凿土，得柳墓志铭并一玉篦，及搜访摩本，铭乃其侄所作。篆额曰：《宋故郎中柳公墓志铭》。文皆磨灭，止百余字可读。云：'叔父讳永，博学善属文，尤精于音律。为泗州判官，改著作郎。既至阙下，召见仁庙，宠进于廷，授西京灵台令，为太常博士。'又云：'归殡不复有日矣。叔父之卒，殆二十余年'云云。"[1]这篇《墓志铭》的作者，是柳永的侄子柳淇，他是皇祐五年（1053）的进士，官至太常博士。柳淇是有名的书法家。宋人魏峙云：李觏《袁州学记》，河东柳淇书，京兆章友直篆，"天下号为三绝"[2]。作为柳永的亲侄，他对其叔父的生平仕履的介绍应该是可信的。

按柳永《乐章集》中，有好几首词是写淮泗一带风光的，这可从另一个角度证明柳淇的介绍并非杜撰。这些作品留下了柳永在淮泗一带的宦迹或游踪。如：

淮岸。渐晚。圆荷向背，芙蓉深浅。仙娥画舸，露渍红芳交乱。难分花与面。　采多渐觉轻船满。呼归伴。急桨烟村远。隐隐棹歌，渐被蒹葭遮断。曲终人不见。（《河传》）

长川波潋艳。楚乡淮岸迢递，一霎烟汀雨过，芳草青如染。驱驱携书剑。当此好天好景，自觉多愁多病，行役心情厌。望处旷野沉沉，暮云黯黯。行侵夜色，又是急桨投村店。认去程将近，舟子相呼，遥指渔灯一点。（《安公子》）

淮楚。旷望极，千里火云烧空，尽日西郊无雨。厌行旅。数幅轻帆旋落，舣棹蒹葭浦。避畏景，两两舟人夜深语。（《过涧歇近》）

这些作品都是写淮泗风光的羁旅行役词。柳永的羁旅行役词本是以写秋景为特色的。《乐章集》中写秋景的作品多达五十首，占其全部羁旅行役词的百分之八十以上。但是，这三首词所描写的却是淮泗一带的夏日景

---
[1]王应麟《镇江府志》卷三二，万历影印本。
[2]魏峙《李直讲年谱》，李觏《盱江集》，《四库全书》本。

致。也许词人当年赴任泗州时正值夏天。其舟楫劳顿、书剑飘零之情状，以及多愁多病、行役悒悒之心态，则表明词人长期困于选调，现实境遇并未好转。

四、华阴与灵台

柳永在华阴的宦迹，宋人罗烨的《醉翁谈录》庚集卷二有载："柳耆卿宰华阴日，有不羁子携仆从游妓，张大声势。妓意其豪家，纵其饮食，仅旬日后，携妓首饰走。妓不平，讼于柳，乞判执照状捕之。"[1]柳永在灵台的宦迹，则见柳淇所作《宋故郎中柳公墓志》。有学者由此认定，柳永做过华阴县令[2]，也做过灵台县令[3]。仅凭一条外证就下结论，似难令人信服。好在《乐章集》中至少有六首词，印证了他在这一带的宦迹或行踪。

华阴是华州属县，在永兴军路；灵台是泾州属县，在秦凤路。从华阴到灵台，必须经渭南，过霸陵，走长安，越陇水，反之亦然。这些地方，在柳词中都有记载。如"全吴嘉会古风流，渭南往岁忆来游"（《瑞鹧鸪》）；"参差烟树霸陵桥，风物尽前朝"（《少年游》其二）；"远道迢递，行人凄楚，倦听陇水潺湲"（《戚氏》）。出现得最多的是长安，如"长安古道马迟迟，高柳乱蝉嘶"（《少年游》其一）；"冒征尘远况，自古凄凉长安道"（《轮台子》）；"上国。去客。停飞盖，促离筵。长安古道绵绵"（《临江仙引》）；"红尘紫陌，斜阳暮草长安道。是谁人，断魂处，迢迢匹马西征"（《引驾行》）；"满长安，高却旗亭酒价"（《望远行》），等等。

柳永写这一带的作品不下六首，但时间不一样，心情也不一样。如《轮台子》：

---

[1] 罗烨《醉翁谈录》庚集卷二，古典文学出版社1957年版。
[2] 詹亚园《柳永二题》，《文学遗产》1984年第2期；谢桃坊《柳永》，上海古籍出版社1986年版。
[3] 罗忼烈《话柳永》（一），《社会科学战线》1986年第2期。

冒征尘远况，自古凄凉长安道。……念劳生，惜芳年壮岁，离多欢少。叹断梗难停，暮云渐杳。但黯黯魂销，寸肠凭谁表。恁驱驱、何时是了。又争似、却返瑶京，重买千金笑。

又如《临江仙引》：

上国。去客。停飞盖，促离筵。长安古道绵绵。……醉拥征骖犹伫立，盈盈泪眼相看。况绣帏人静，更山馆春寒。今宵怎向漏永，顿成两处孤眠。

还有《引驾行》：

红尘紫陌，斜阳暮草长安道，是离人、断魂处，迢迢匹马西征。……销凝。花朝月夕，最苦冷落银屏。想媚容、耿耿无眠，屈指已算回程。相萦。空万般思忆，争如归去睹倾城。向绣帏、深处盖枕，说如此牵情。

这是前一阶段的作品。这个时候的他，还属于"芳年壮岁"，还在为情所苦，还打算有朝一日回到东京，"重买千金笑"。

后一阶段的情况就大不一样了。如《少年游》其一：

长安古道马迟迟。高柳乱蝉嘶。夕阳岛外，秋风原上，目断四天垂。　归云一去无踪迹，何处是前期。狎兴生疏，酒徒萧索，不似少年时。

《少年游》其二：

参差烟树霸陵桥。风物尽前朝。衰杨古柳，几经攀折，憔悴楚宫腰。　夕阳闲淡秋光老，离思满蘅皋。一曲阳关，断肠声尽，独自凭兰桡。

《戚氏》：

> 晚秋天。一霎微雨洒庭轩。槛菊萧疏，井梧零乱惹残烟。凄然。望乡关。飞云黯淡夕阳间。当时宋玉悲感，向此临水与登山。远道迢递，行人凄楚，倦听陇水潺湲。正蝉吟败叶，蛩响衰草，相应喧喧。

这个时候的他，已经是壮志消磨，身心疲倦，不思女人，不思酒徒，"不似少年时"了。

由此看来，柳永在华阴、灵台这一带，滞留的时间一定不算短。

五、苏 州

本文开头讲过，柳词的纪实性是很强的。现在举两个例子。先看《引驾行》：

> 虹收残雨。蝉嘶败柳长堤暮。背都门、动销黯，西风片帆轻举。愁睹。泛画鹢翩翩，灵鼍隐隐下前浦。忍回首、佳人渐远，想高城、隔烟树。　　几许。秦楼永昼，谢阁连宵奇遇。算赠笑千金，酬歌百琲，尽成轻负。南顾。念吴邦越国，风烟萧索在何处。独自个、千山万水，指天涯去。

词人的行程是辞东京，出都门，沿着汴河挂帆东去，所以称"西风片帆轻举"。到了淮泗一带，画鹢进入运河，往吴越方向泛去，所以称"南顾"。再看《洞仙歌》：

> 乘兴，闲泛兰舟，渺渺烟波东去。淑气散幽香，满蕙兰汀

渚。绿芜平畹，和风轻暖，曲岸垂杨，隐隐隔、桃花圃。芳树外，闪闪酒旗遥举。　　羁旅。渐入三吴风景，水村渔市。闲思更远神京，抛掷幽会小欢何处。不堪独倚危樯，凝情西望日边，繁华地、归程阻。空自叹当时，言约无据。伤心最苦。伫立对、碧云将暮。关河远，怎奈向、此时情绪。

也是离开东京，走汴河水路，所以称"闲泛兰舟，渺渺烟波东去"。到了淮泗一带，进入运河，吴越在望，所以称"渐入三吴风景"。沿路的景致也在变化。汴河两岸是"绿芜平畹"，运河两岸则是"水村渔市"。

两首词都是写由东京出发，走水路，往吴越一带，但《引驾行》写的是秋景，而《洞仙歌》写的则是春夏之景。这就表明，柳永从东京去吴越一带，至少也在两次以上。

《乐章集》中，写苏州的作品有五首，即《永遇乐·天阁英游》《木兰花慢·古繁华茂苑》《双声子·晚天萧索》《瑞鹧鸪·全吴嘉会古风流》和《西施·苎萝妖艳世难偕》。《永遇乐》和《木兰花慢》两首为投献词。薛瑞生教授认为《永遇乐》这首词的投献对象，"当为既有天章阁官衔又有战功之苏州太守"。他认为只有滕宗谅具备这三个条件，"滕于庆历七年到任，不久即卒，故知此词写于庆历七年无疑"。他如此肯定地指认这首词的写作对象和写作时间，是基于对"天阁英游"一句的理解。他认为"天阁"就是指天章阁。[1]（按："天阁"不是天章阁，是尚书台。[2]他的说法不能成立。）

关于《木兰花慢》这首词的投献对象，薛瑞生教授认为是吕溱，并引《姑苏志》的《古今守令表》为证，谓"吕溱在庆历三年二月至四年三月知苏州"。按《姑苏志》卷三《古今守令表》原文如下："吕溱，字济叔，庆历三年二月以秘书省著作佐郎直集贤院知苏州，四年三月戊辰入为度支三司判官。此与富严移任交待年月不合，姑因之。"同表又载："富严，庆

---

[1]薛瑞生《乐章集校注》，中华书局1994年版。
[2]陈永正《〈乐章集校注〉辨误》，《学术研究》1999年第7期。

历元年三月以尚书刑部郎中任,四年十月移泉州。"[1]前任富严四年十月才离任,后任吕溱怎么可能在三年二月接任?岂不是提前一年零八个月就到任了?《姑苏志》的编者王鏊解决不了这个矛盾,只能"姑因之",而薛教授居然以此为据,断定柳永"此词决非写于庆历四年,当写于庆历三年吕溱初到苏州任时"[2],这就很有些武断了。

又按吕溱知苏州事,《宋史》和《续资治通鉴长编》均无载。唯《东都事略》卷七十六载:"吕溱,字济叔,扬州人也。举进士第一,为将作监丞,通判亳州。迁直集贤院,知苏州。同修起居注,坐与进奏院燕饮,出知苏州。"然亦未言吕溱知苏州的时间。盖吕溱知苏州的时间,本来就是一笔糊涂账。既是一笔糊涂账,怎么能够以此为据,来断定柳永这首词的写作时间和投献对象呢?

《双声子》《瑞鹧鸪》和《西施》三首都是怀古词,在词史上具有创新意义。尤其是《双声子》这首词,可以说是为苏轼的怀古词导夫先路。试把苏词的"乱石穿空,惊涛拍岸,卷起千堆雪。江山如画,一时多少豪杰",同柳词的"江山如画,云涛烟浪,翻输范蠡扁舟"作一对比,两者之间的承传关系不言自明。

六、江夏与九嶷山

没有资料记载柳永在江夏(今湖北武汉)和九嶷山(今湖南宁远)一带做过官,但是他的作品表明,他的足迹到过这两个地方。《乐章集》中,像楚天、楚峡、楚江、楚台、楚榭、楚调、楚梅、楚客、潇湘、淮楚、楚乡淮岸这样的字眼一共出现了十八次,其中淮楚和楚乡淮岸是写淮泗一带风光,已如上述。其余的则多是写两湖一带风光。还有一些作品,虽然没有出现楚、湘这样的字眼,但其内容仍是写两湖一带的。如《竹马子》:

---

[1]王鏊《姑苏志》卷三,《四库全书》本。
[2]薛瑞生《乐章集校注》,中华书局1994年版。

登孤垒荒凉，危亭旷望，静临烟渚。对雌霓挂雨，雄风拂槛，微收烦暑。渐觉一叶惊秋，残蝉噪晚，素商时序。览景想前欢，指神京，非雾非烟深处。　　向此成追感，新愁易积，故人难聚。凭高尽日凝伫。赢得销魂无语。极目霁霭霏微，暝鸦零乱，萧索江城暮。南楼画角，又送残阳去。

这里有三个词语值得注意。一是"雄风"。这个词出自楚国作家宋玉的《风赋》："清清泠泠，愈病析酲。发明耳目，宁体便人。此所谓大王之雄风也。"这是用楚地之典。二是"江城"。江城这个词，用得比较乱，似乎许多城市都可称江城。但是从历史地理学的角度来讲，真正的江城只有一个，这就是江夏城，即今湖北省武汉市。[1]李白《与史郎中钦听黄鹤楼上吹笛》云："一为迁客去长沙，西望长安不见家。黄鹤楼中吹玉笛，江城五月落梅花。"《四库》本《李太白文集》在该诗标题下特意注明"江夏"二字。[2]三是"南楼"。南楼在古代有十九座。[3]笔者曾对这十九座南楼及其所在城市的有关资料做过研究，结论是：绝大多数称江城者无南楼，有南楼处非江城。同时具备江城和南楼这两个地理要素的，就只江夏城。江夏南楼，就在今湖北省武汉市武昌黄鹄山上。李白《陪宋中丞武昌夜饮怀古》云："清景南楼夜，风流在武昌。"无独有偶，《四库》本《李太白文集》在该诗标题下，也注明"江夏"二字。[4]可见江城即江夏，江夏有南楼。我们再回过头来看这首《竹马子》，透过"登""旷望""静临""对""渐觉""览景""指神京""向""凭高""赢得""极目""送"等一系列动作行为，可以断定，词人写的是身临其境的真实感受。他到过江夏，这是可以肯定的。

又如《轮台子》：

雾敛澄江，烟消蓝光碧。丹霞衬遥天，掩映断续，半空残

---
[1] 魏嵩山《中国历史地名大辞典》，广东教育出版社1995年版。
[2] 李白《与史郎中钦听黄鹤楼上吹笛》，《李太白文集》卷二〇，《四库全书》本。
[3] 魏嵩山《中国历史地名大辞典》，广东教育出版社1995年版。
[4] 李白《陪宋中丞武昌夜饮怀古》，《李太白文集》卷一九，《四库全书》本。

月。孤村望处人寂寞,闻钓叟、甚处一声羌笛。九疑山畔才雨过,斑竹作、血痕添色。感行客。翻思故国,恨因循阻隔。路久沉消息。　　正老松枯柏情如织。闻野猿啼,愁听得。见钓舟初出,芙蓉渡头,鸳鸯滩侧。干名利禄终无益。念岁岁间阻,迢迢紫陌。翠娥娇艳,从别后经今,花开柳拆伤魂魄。利名牵役。又争忍、把韶光轻掷。

这里有两个词语值得注意,一是"九嶷山",一是"斑竹"。九嶷山在湖南宁远县南六十里,汉时属零陵郡,宋时属道州。据《史记》卷一:舜"南巡狩,崩于苍梧之野,葬于江南九疑,是为零陵。"[1]又据《博物志》卷八:"尧之二女,舜之二妃,曰湘夫人。舜崩,二妃啼,以涕挥竹,竹尽斑。"[2]又据《水经注》卷三八:"营水出营阳泠道县南山,西流经九疑山下,蟠基苍梧之野,峰秀数郡之间。罗岩九举,各导一溪,岫壑负阻,异岭同势,游者疑焉,故曰九疑山。大舜窆其阳,商均葬其阴。山南有舜庙,前有石碑,文字缺落,不可复识。自庙仰山极高,直上可百余里。古老相传,言未有登其峰者。山之东北泠道县界,又有舜庙,县南有舜碑,碑是零陵太守徐俭立。"[3]这个地方有老松枯柏,有斑竹,也有野猿。这些物象在古典诗词里都带有悲剧色彩,所以词人看到老松枯柏则"情如织",看到斑竹则"翻思故国",闻野猿啼则"愁听得"。只有身临其境者,才会有这样生动具体的感受。因此可以肯定,柳永到过九嶷山。

此外,如《雪梅香·景萧索》《雨霖铃·寒蝉凄切》《倾杯乐·木落霜洲》《卜算子慢·江枫渐老》《阳台路·楚天晚》《临江仙·渡口》《小镇西犯·水乡初禁火》《迷神引·一叶扁舟轻帆卷》《女冠子·淡烟飘薄》《倾杯乐·楼锁轻烟》等等,都是写楚地风光的作品,限于篇幅,不一一分析。

曾敏行《独醒杂志》卷四载:"柳耆卿风流俊迈,闻于一时。既死,

---

[1]司马迁《史记》卷一,《四库全书》本。
[2]张华《博物志》卷八,《四库全书》本。
[3]郦道元《水经注》卷三八,《四库全书》本。

葬于枣阳县花山。远近之人，每遇清明日，多载酒肴饮于耆卿墓侧，谓之'吊柳会'。"[1]又祝穆《方舆胜览》卷十载：永"流落不偶，卒于襄阳。死之日，家无余财，群妓合金葬之于南门外。每春月上冢，谓之'吊柳七'"[2]。这两条关于柳永卒葬之地的记载，由于缺乏相应的文献佐证，不被学术界所重视。按宋时的枣阳属随州，襄阳属襄州，都在京西北路。枣阳离襄阳很近，中间只隔一条滚河。这个地方历来是一个南北交通要冲。柳永若是从东京出发到两湖（荆湖南路和荆湖北路），应是先到襄阳，然后经汉水到夏口，再由夏口溯长江到洞庭湖，最后沿湘水到九嶷山。襄阳以及附近的枣阳即是他由北而南的必经之地，他一定在此有过停留，给当地人留下了深刻的印象。所以在他死后，人们会自发地在清明日举行吊柳会。曾敏行和祝穆关于柳永卒葬之地的记载虽难确认，但他们关于吊柳会的说法，应该是有生活依据的。

以上所考，睦州、昌国、泗州、华阴、灵台等五处为宦迹，苏州、江夏和九嶷山等三处为游踪。柳永一生的宦迹游踪较广，除了这八处地方，还有汴京、余杭等处，然汴京、余杭等处事实明确，且无争议，故不再考证。

（原刊《广州大学学报》2003年第6期，有删节）

---

[1]曾敏行《独醒杂志》卷四，《四库全书》本。
[2]祝穆《方舆胜览》卷十，《四库全书》本。

柳永都市风情词的历史依据和认识价值

柳永的都市风情词共有36首，占其现存词作的17%。这类作品之所以长期遭受冷遇，根本的原因是它的所谓"歌功颂德"的问题。

柳永的这类作品确实存在"歌功颂德"的问题。不过在多数情况下，它们所歌颂的，并不是某一个人，而是一个都市、一个时代的富庶与繁华。它们是有充分的历史依据和较高的认识价值的。

柳永的词，除了词学界经常论及的"歌妓词"和"羁旅行役词"，还有不少反映都市君民的宴安游乐、描写都市的民俗风情、歌咏都市的繁华景象的词，我这里名之为"都市风情词"。对于这类作品，宋代学者称之为"铺叙展衍，备足无余。形容盛明，千载如逢当日"[1]；"音律谐婉，语意妥帖，承平气象，形容曲尽"[2]，评价是相当高的。但是自五四运动以来，这类作品却一直受到学术界的冷遇。人们的注意力更多地放在他的歌妓词和羁旅行役词上面，对于他的都市风情词要么视而不见[3]，要么评价不高[4]。我曾对1919至2002这80多年间的柳永研究论著做过统计。在中国大陆所发表的244篇柳永研究论文中，真正对这类作品做过初步研究的

---

[1] 李之仪《跋吴师道小词》，《姑溪居士前集》卷四十，文渊阁《四库全书》本。
[2] 陈振孙《直斋书录解题》卷二十一，文渊阁《四库全书》本。
[3] 薛砺若云："他的作品，可以分为两大类。第一类系描写狭邪的生涯与放浪心绪的；第二类则系写他的旅况与游程。"见《宋词通论》第三编，上海书店1985年版，第113页。
[4] 胡云翼云："他写词本以铺叙见长，但用之于描绘太平景象，甚至歌功颂德，便没有什么意义可言了。"见《宋词选》，上海古籍出版社1982年版，第35页。

只有丰家骅先生的一篇文章。[1]丰先生认为古人对柳永这类词的评价,"长期以来只存其论,不及其词"。"近年来即使有人论及,也多语焉不详。这直接影响了柳词的分类和评价。"这个说法是符合事实的。10多年前,我写《柳永和他的词》这本书时,[2]也没有对他这类作品展开论述,一直以为是一个很大的缺憾。

我认为,对柳永的这类作品,还有必要做进一步的研讨,有些认识还有待于深化,还可以多角度、多层面地展开讨论。这样做,不仅对柳词的分类和评价是有意义的,对整个古代文学中诸多类似问题的认识和解决,也是有启发和借鉴意义的。

据我的分析和统计,柳永的都市风情词共有36首,占其现存词作(共213首)的17%。下面我想就这些作品的历史价值问题,做一个具体的分析和探讨。

柳永的都市风情词遭受冷遇的根本原因,是它的歌功颂德问题。关于这个问题,我想应该从两个方面来分析:第一,这些作品究竟有没有歌功颂德的内容?第二,如果有的话,这些功,这些德,究竟有没有歌颂的价值?究竟有没有历史依据?

关于第一个问题,我的回答是肯定的。柳永的这类作品,确实有歌功颂德的内容。《送征衣·过韶阳》和《永遇乐·薰风解愠》是圣寿词,《醉蓬莱·渐亭皋叶下》是应制词,这三首都是歌颂仁宗皇帝的,而《望海潮·东南形胜》《早梅芳·海霞红》《玉蝴蝶·渐觉芳郊明媚》《永遇乐·天阁英游》《木兰花慢·古繁华茂苑》《瑞鹧鸪·吴会风流》《临江仙·鸣珂碎撼都门晓》《一寸金·井络天开》和《如鱼水·轻霭浮空》九首,则是投献之作,是歌颂杭州、苏州(两浙路)、扬州(淮南东路)和成都(成都府路)等处的地方大员的。[3]

关于第二个问题,我认为要做具体分析。以两首圣寿词为例,和历朝历代的圣寿之作一样,这里边确实有一些"瑞枢电绕,华渚虹流"(《送

---

[1]丰家骅《论柳永歌咏太平的词》,《吉林大学社会科学学报》1992年第4期。.
[2]曾大兴《柳永和他的词》,中山大学出版社1990年初版,2001年修订版。
[3]唐圭璋编《全宋词》第一册,中华书局1965年版。按:本文所引柳词,均据该版本,不再一一出注。

征衣》），"祝尧龄、北极齐尊，南山共久"（《永遇乐》）之类的套语，但是，除了这些套语，还有某些铺陈描写，应该引起我们的注意。如：

> 遇年年、嘉节清和，颁率土称觞。　　无间要荒华夏，尽万里、走梯航。彤庭舜张大乐，禹会群方。鹓行。望上国，山呼鳌抃，遥蓺炉香。
>
> ——《送征衣·过韶阳》
>
> 殊方异域，争贡琛赆，架嶮航波奔凑。……藩侯瞻望彤庭，亲携僚吏，竞歌元首。
>
> ——《永遇乐·熏风解愠》

这样的铺陈描写，就不宜把它们当作歌功颂德的套语而一笔抹杀。它们是有一定的历史依据和认识价值的。自10世纪60年代至12世纪初，中国境内形成几个民族政权并存的局面，主要有北宋、契丹（辽）、西夏、大理，以及吐蕃、回鹘等族建立的一些小王国。北宋凭借自身高度发展的经济和文化，以及建都中原的优势和汉族统一王朝的正统地位，成为境内各族经济文化交流的中心。以辽、宋关系为例，自真宗景德元年（1004）双方订立澶渊之盟，约为兄弟之国，互相承认政治上的平等地位之后，两国关系和好，彼此间互贺正旦、皇帝及皇太后生辰，信使往来不断。两国失和的时间仅43年，而保持和平友好、互通往来的时间则达122年。据统计，在辽宋共处的100多年中，辽的各种使节来东京者有300次左右，人数约在700人以上。他如西夏、于阗、龟兹、吐蕃、大理、女真、鞑靼等，同宋廷的交往也很密切，仅对宋的贡赐贸易即达230多次。至于境外的高丽、日本、交趾等20个国家的使臣、商人和宗教徒来东京者，竟多达271次。[1]因此，上面这两首圣寿词所描写的类似"九天阊阖开宫殿，万国衣冠拜冕旒"[2]的壮观场面，是有历史依据的。

北宋王朝能够赢得周边国家和境内各少数民族政权的尊重，靠的不是

---

[1] 周宝珠《宋代东京研究》，河南大学出版社1992年版，第569—598页、633—664页。
[2] 王维《和贾舍人早朝大明宫之作》，赵殿成《王右丞集笺注》，上海古籍出版社1984年版，第177页。

武力和强权，而是和平外交，以及经济文化方面的友好交流。据作品本身提供的线索，这两首词都写在明道二年（1033）刘太后崩、仁宗亲政之后。仁宗在位的42年，正是北宋对外经济文化交流的黄金时期，也是同境内各民族关系最为和睦的时期。据宋人邵博《闻见后录》卷一载："仁宗皇帝崩，遣使讣于契丹，燕境之人无远近皆聚哭。虏主执使者手号恸曰：'四十二年不识兵革矣'。"[1]又宋人吴曾《能改斋漫录》卷十一亦载："仁宗死后有人题诗于其寝宫之上曰：'农桑不扰岁常登，边将无功吏不能。四十二年如梦觉，春风吹泪过昭陵。'"[2]正因为"四十二年不识兵革"，四十二年"边将无功"，战事不兴，才使得这个不以"兵革"称雄的王朝，赢得了"殊方异域"的敬重，同时也为自身经济文化的发展创造了一个安宁的周边环境。

再看《望海潮·东南形胜》等九篇投献地方大员的作品。这9篇作品有没有歌功颂德的成分？同样有。主要表现在两个方面：一是颂美，如"汉元侯，自从破虏征蛮，峻陟枢庭贵。筹帷厌久，盛年昼锦，归来吾乡我里"（《早梅芳》）；二是祝愿，如"台鼎须贤久，方镇静，又思命驾"（《一寸金》）等等。这些歌功颂德之词究竟有没有历史依据？这是柳词研究中的一个难题。因为直到今天，由于文献资料的缺乏，这些作品的投献对象，大都难以确定。[3]所以对于它们的历史价值，尚难作出恰当的判断。不过这些作品的另一半，即词人对当地都市的繁华景象的描写，还是有历史依据的。如写成都的《一寸金》：

> 井络天开，剑岭云横控西夏。地胜异、锦里风流，蚕市繁华，簇簇歌台舞榭。雅俗多游赏，轻裘俊、靓妆艳冶。当春昼，摸石江边，浣花溪畔美如画。……

---

[1] 邵博《闻见后录》，文渊阁《四库全书》本。
[2] 吴曾《能改斋漫录》，文渊阁《四库全书》本。
[3] 按：《望海潮》一词，据宋人罗大经的说法，乃是赠孙何之作（见罗大经《鹤林玉露》丙编卷之一，中华书局1983年版，第241页）。然孙何任两浙转运使的时间只有一年左右，他在此地的表现，史籍无载。（参见脱脱等《宋史》卷三百六十，文渊阁《四库全书》本）

写杭州的《望海潮》：

东南形胜，三吴都会，钱塘自古繁华。烟柳画桥，风帘翠幕，参差十万人家。云树绕堤沙，怒涛卷霜雪，天堑无涯。市列珠玑，户盈罗绮，竞豪奢。……

这些描写有没有歌功颂德的成分呢？仍然有。但是它们所歌颂的，并不是某一个人，而是一个都市、一个时代的富庶与繁华。据宋人黄休复《茅亭客话》卷九载："蜀有蚕市，每年正月至三月，州城及属县循环十五里处，皆为蚕市。耆旧相传，古蚕丛氏为蜀主，民无定居，随蚕丛所在致市以居，此之遗风也。"[1] 柳永的词，让我们加深了对这个西南地区繁华都市的认识和感受。又据欧阳修《有美堂记》载："钱塘自五代时，知尊中国，效臣顺。及其亡也，顿首请命，不烦干戈。今其民幸富完安乐，又其俗习工巧，邑屋华丽，盖十余万家。环以湖山，左右映带，而闽商海贾，风帆浪泊，出入于江涛浩渺烟云杳霭之间，可谓盛矣。"[2] 欧阳修这篇文章，写于仁宗嘉祐四年（1059），这就有力地证明，柳永对杭州这个东南地区繁华都市的描写是真实可信的。

除了这12首圣寿、应制和投献词，余下的24首词，除《小镇西犯·水乡初禁火》之外，都是描写东京岁时民俗的作品。这些作品有没有歌功颂德的内容？肯定有。不但有，而且还很多。不过它们所歌颂的，同样不是某一个人，而是一个时代，一个承平、富庶、欢乐的时代：

是处楼台，朱门院落，弦管新声腾沸。恣游人、无限驰骤，娇马车如水。竞寻芳选胜，归来向晚，起通衢近远，香尘细细。太平世。少年时，忍把韶光轻弃。

——《长寿乐·繁红嫩翠》

玉墄金阶舞舜干。朝野多欢。九衢三市风光丽，正万家、

---

[1] 黄休复《茅亭客话》，文渊阁《四库全书》本。
[2] 欧阳修《有美堂记》，《欧阳文忠公集》卷四十，文渊阁《四库全书》本。

急管繁弦。凤楼临绮陌，嘉气非烟。　　雅俗熙熙物态妍。忍负芳年。

——《看花回·玉碱金阶舞舜干》

月华边。万年芳村起祥烟。帝居壮丽，皇家熙盛，宝运当千。……太平时、朝野多欢。遍锦街香陌，钧天歌吹，阆苑神仙。

——《透碧霄·月华边》

有宋一代，虽然在疆域和军事上不及汉唐，但是在生产力发展水平和经济发达程度上，则大大超过汉唐。柳永的一生（约983—约1053）跨太宗、真宗和仁宗三朝，其文学活动则集中在真、仁两朝。这半个多世纪，正好是北宋王朝的全盛时期。据《群书考索》续集卷四五《财用·祥符天禧出入之数》记载："国初以来财用所入莫多于祥符、天禧之时，所出亦莫多于祥符、天禧之时。至道中榷酒税钱一百二十万贯，至天禧增至七百七十九万贯。其他关市津渡等税率增倍之。至道末盐课钱七十万贯，天禧末至一百六十三万贯。至道中岁铸钱八十三万贯，景德末至一百八十三万贯，则财之所入多于国初矣。"[1]在传统农业社会，人口的增长速度最能反映经济的发展水平。柳永出生前后的太宗太平兴国末年，全国共649万户，2662万人，到他去世前后的仁宗皇祐末年，则增至1079万户，4425万人。[2]70年间，人口上升了60%。

随着经济的持续发展和人口的迅速增加，国内出现了许多繁华的都市，而东京作为全国的政治、经济和文化中心，作为当时世界上人口最多的城市[3]，其繁华程度堪称一流。生活在这里的官员百姓，尽情地享受着承平之世的安乐与富庶。所谓"垂髫之童但习鼓舞，斑白之老不识干戈。时节相次，各有观赏。……新声巧笑于柳陌花衢，按管调弦于茶坊酒肆。"[4]

---

[1]《财用·祥符天禧出入之数》，引自汪圣铎《两宋财政史》，中华书局1995年版，第14页。
[2]赵文林、谢淑君《中国人口史》，人民出版社1988年版，第234—235页。
[3]北宋东京的人口，最盛时达150万。见周宝珠《宋代东京研究》，河南大学出版社1992年版，第319—324页。
[4]孟元老《东京梦华录序》，文渊阁《四库全书》本。

我们注意到，在柳永的都市风情词里，多次出现"太平时，朝野多欢民康阜""太平时，朝野多欢""雅俗熙熙物态妍""雅俗多游赏"这样的句子。这就表明，在这些欢乐的人群中，有皇帝，有文武百官，也有老百姓。人民享受到了承平时代的实惠，人民的满意度是比较高的。任何时候，生产力的发展水平、国家的富裕程度和人民的满意程度，始终是我们评价一个时代是否进步，是否兴盛，是否值得歌颂、值得赞美的根本标准。而柳永的都市风情词，正是以满腔的热情、绚丽的文字和昂扬的音符，讴歌了这个值得讴歌的时代。

柳永的都市风情词，以其内容的真实和音乐文学的魅力，赢得了时人的喜爱和赞美。据陈师道《后山诗话》载："仁宗颇好其词，每对酒，必使侍从歌之再三。"[1]身为史官的范镇更是由衷地慨叹："仁宗四十二年太平，镇在翰苑十余载，不能出一语歌咏，乃于耆卿词见之。"[2]而神宗朝的状元黄裳，甚至把柳词比作杜诗：

予观柳氏乐章，喜其能道嘉祐中太平气象，如观杜甫诗，典雅文华，无所不有。是时予方为儿，犹想见其风俗，欢声和气，洋溢道路间，动植咸若。今人歌柳词，闻其声，听其词，如丁斯时，使人慨然有感。呜呼！太平气象，柳能一写于乐章，所谓词人盛事之黼藻，岂可废耶！[3]

众所周知，杜诗所反映的，是唐王朝由盛转衰时期的历史图景，而柳词所反映的，则是北宋王朝处于极盛时期的历史图景；杜诗的基本风格是沉郁顿挫，柳永的基本风格则是真率明白，杜诗、柳词在内容和风格方面本不相侔。但是，在真实地、现实主义地反映自己所生活的时代，丰富人们对历史的认识这一点上，杜诗、柳词是可以相提并论的。

（原刊《暨南学报》2003年第4期，有删节）

---

[1]陈师道《后山诗话》，何文焕辑《历代诗话》上册，中华书局1981年版，第311页。
[2]祝穆撰、祝洙增订《方舆胜览》卷十一，中华书局2003年版，上册，第197页。
[3]黄裳《书乐章集后》，《演山集》卷三十五，文渊阁《四库全书》本。

柳永《乐章集》与北宋东京民俗

柳永《乐章集》存词213首，有三分之二的作品写在东京。这些作品真实地记载了词人的坎坷人生，也真实地记载了东京的繁华景象和民情风俗，是我们研究北宋东京的历史和民俗的第一手材料。柳永是宋代写民俗的第一词人。

民俗，作为传统文化的一个重要组成部分，包括民间的节令、婚育、丧葬、饮食、礼节等社会现象或行为，其内涵是非常丰富的。文学作品作为社会生活的一种形象反映，其中也包含了不少民俗现象。同诗经、楚辞、汉赋、唐诗、元曲和明清戏剧小说一样，宋词当中也有不少民俗内容。例如潘阆就写过杭州市民的弄潮与观潮[1]，张先写过吴兴市民的竞渡与踏青[2]，欧阳修、周邦彦、李清照、辛弃疾等人则写过东京和临安的元宵[3]。不过有两点需要说明：第一，这些人，除了潘阆，都比柳永晚出，他们写都市民俗，都在柳永之后；第二，他们写民俗，仅仅是偶一为之，数量既少，描写也过于简单。如果把写作的年代、作品的数量和质量及影响力这些要素综合起来进行打分的话，毫无疑问，柳永是宋代写民俗的第

---

[1]潘阆《酒泉子·长忆观潮》，唐圭璋编《全宋词》，中华书局1965年版，第6页。
[2]张先《木兰花·乙卯吴兴寒食》，唐圭璋编《全宋词》，版本同上，第75页。
[3]欧阳修《生查子·去年元夜时》，唐圭璋编《全宋词》，版本同上，第124页。周邦彦《解语花·风销焰蜡》，唐圭璋编《全宋词》，版本同上，第608页。李清照《永遇乐·落日熔金》，唐圭璋编《全宋词》，版本同上，第931页。辛弃疾《青玉案·东风夜放花千树》，唐圭璋编《全宋词》，版本同上，第1884页。

一词人。

柳永（约983—约1053）的一生和首都东京（今河南开封）关系密切。他20岁左右从老家崇安（今福建武夷山市）赴东京参加进士考试，直到仁宗景祐元年（1034）才及第。这30年当中的大部分时间，他都生活在东京。及第之后，他在睦州（治所在今浙江建德）、晓峰盐场（在今浙江定海）、泗州、华阴、灵台等地做过几任幕职州县官，最后又回到东京做屯田员外郎等，直到退休。他70年左右的生涯当中，有一半以上的时间是在东京度过的。他一生的悲欢离合、得失荣辱，都和东京有重要关系。他的《乐章集》存词213首，有2/3的作品就写在东京。这些作品真实地记载了他的坎坷人生，也真实地记载了东京的繁华景象和民情风俗，是我们研究北宋东京的历史和民俗的第一手材料。

一、《乐章集》与北宋东京的岁时民俗

在柳永所写的东京民俗中，最值得注意的是岁时民俗。举凡正月十五的元宵、二月初二的踏青、三月的寒食清明、三月初一至四月初八的金明池争标、七月初七的乞巧、九月九日的登高等等，在他的作品里都有生动的描写。这里择其要者，分述如下。

（1）元宵节。据统计，柳永写元宵节的词有《倾杯乐·禁漏花深》《迎新春·嶰管变青律》《玉楼春·皇都今夕知何夕》《长相思·画鼓喧街》和《甘州令·冻云深》5首，写得最好的是《迎新春》：

> 嶰管变青律，帝里阳和新布。晴景回轻煦。庆嘉节、当三五。列华灯、千门万户。遍九陌、罗绮香风微度。十里然绛树。鳌山耸、喧天箫鼓。　　渐天如水，素月当午。香径里、绝缨掷果无数。更阑烛影花阴下，少年人、往往奇遇。太平时、朝野多欢民康阜。随分良聚。堪对此景，怎忍独醒归去。

元宵节，又称上元或灯节，是东京的三大节日之一。据孟元老《东

梦华录》载，这个灯节的准备工作，实际上从冬至就开始了："正月十五日元宵，大内前自岁前冬至后，开封府绞缚山棚，立木正对宣德楼，游人已集御街，两廊下奇术异能，歌舞百戏，鳞鳞相切，乐声嘈杂十余里。"至正月初七，"灯山上彩，金碧相射，锦绣交辉"。至十五、十六日，"诸幕次中，家妓竞奏新声，与山棚露台上下，乐声鼎沸"。"华灯宝炬，月色花光，霏雾融融，动烛远近。"直到十九日才收灯。自十五日至十九日，"万街千巷，尽皆繁盛浩闹"，"城闉不禁。"[1]

柳永这首词，不仅写到了元宵节里"千门万户"的"华灯"、绵延十里的"绛树"、高耸的"鳌山"和"喧天"的"箫鼓"这些大场面，还特别写到了在这个"城闉不禁"的日子里，青年男女们的种种"奇遇"，也就是说，写到了普通市民的快乐。这一点，也可以在孟元老的《东京梦华录》里找到佐证："别有深坊小巷，绣额珠帘，巧制新装，竞夸华丽。春情荡飏，酒兴融怡，雅会幽欢，寸阴可惜。景色浩闹，不觉更阑。"[2]

（2）**寒食清明节**。冬至后的一百零五日为大寒食。"前一日为之'炊熟'，用面造枣糊飞燕，柳条串之，谓之'子推燕'。子女及笄者，多以是日上头。寒食第三日，即清明节矣。凡新坟皆用此日拜扫。都城人出郊……士庶阗塞诸门，纸马铺皆于当街用纸衮叠成楼阁之状。四野如市，往往就芳树之下，或园囿之间，罗列杯盏，互相劝酬。都城之歌儿舞女，遍满园亭，抵暮而归。各携枣糊、炊饼、黄胖、掉刀、名花异果、山亭戏具，鸭卵鸡雏，谓之'门外土仪'。轿子即以杨柳杂花装簇顶上，四垂遮映。自此三日，皆出城上坟，但一百五日最盛。"[3]事实上，清明节的"节物乐事，皆为寒食所包"[4]。

柳永写寒食清明的词有《小镇西犯·水乡初禁火》《透碧霄·月华边》《木兰花慢·拆桐花烂漫》《满朝欢·花隔铜壶》和《看花回·玉碱金阶舞舜干》5首。最脍炙人口的是《木兰花慢》：

---

[1]孟元老《东京梦华录》卷六，文渊阁《四库全书》本。
[2]孟元老《东京梦华录》卷六，文渊阁《四库全书》本。
[3]孟元老《东京梦华录》卷七，文渊阁《四库全书》本。
[4]罗烨《醉翁谈录》卷三，古典文学出版社1957年版。

　　　　拆桐花烂漫，乍疏雨、洗清明。正艳杏烧林，湘桃绣野，芳景如屏。倾城。尽寻胜去，骤雕鞍绀幰出郊坰。风暖繁弦脆管，万家竞奏新声。　　盈盈。斗草踏青。人艳冶、递逢迎。向路傍往往，遗簪坠耳，珠翠纵横。欢情。对佳丽地，任金罍罄竭玉山倾。拚却明朝永日，画堂一枕春醒。

　　同孟元老所叙"炊熟"、"上坟"、杯酒"劝酬"、"歌儿舞女"游赏"园亭"等诸多节物活动相比，柳词所涉及的内容似乎要少一些，他没有写"炊熟""上坟"这样的祭祀活动，他只是集中地描写了孟元老所叙的另一半内容，即"清明"时节郊外的美景，倾城男女"尽寻胜去"，车马喧腾，新声交奏，以及"斗草踏青""金罍罄竭"这样的赏心乐事。这种选择与宋人的审美习惯有关。我统计过柳永、苏轼、秦观、周邦彦、辛弃疾、吴文英等42位词人的101首清明词，其中有写踏青的，有写斗草的，有写禊饮的，有写荡秋千的，有伤春的，有怀人的，有思乡的，但没有一首写"炊熟"和"上坟"这样的祭祀活动。这说明宋代词人不主张在清明词里写祭祀活动。因为词毕竟是一种在歌筵舞席上演唱的音乐文学，而祭祀这种悼念活动同歌筵舞席的欢乐气氛是不协调的。

　　这首描写清明乐事的词受到时人的喜爱。据宋人王明清《挥麈后录》载："王彦昭好令人歌柳三变乐府新声。又尝作乐语曰：'正好欢娱歌叶树，数声啼鸟；不妨沉醉拚画堂，一枕春醒'。又皆柳词中语。"[1]

　　（3）金明池争标。清明节过后，端午节之前，还有一个非常重要的民俗活动，这就是金明池争标。柳永写金明池争标的词有2首：《笛家弄·花发西园》和《破阵乐·露花倒影》。前者是"感旧"之作，没有正面展开，影响不大，后者则"铺叙展衍，备足无余"，为他带来盛名。"山抹微云秦学士，露花倒影柳屯田"和"露花倒影柳屯田，桂子飘香张九成"[2]这样的美誉，一直脍炙人口。而"露花倒影"四字，就出自《破阵

---

[1] 王明清《挥麈后录》卷八，文渊阁《四库全书》本。
[2] 叶梦得《避暑录话》卷下，文渊阁《四库全书》本；陆游《老学庵笔记》卷二，文渊阁《四库全书》本。

乐》的首句：

> 露花倒影，烟芜蘸碧，灵沼波暖。金柳摇风树树，系彩舫龙舟遥岸。千步虹桥，参差雁齿，直趋水殿。绕金堤、曼衍鱼龙戏，簇娇春罗绮，喧天丝管。霁色荣光，望中似睹，蓬莱清浅。　　时见。凤辇宸游，鸾觞禊饮，临翠水、开镐宴。两两轻舠飞画楫，竞夺锦标霞烂。罄欢娱，歌鱼藻，徘徊宛转。别有盈盈游女，各委明珠，争收翠羽，相将归远。渐觉云海沉沉，洞天日晚。

北宋的金明池，又称西池或天池，在东京顺天门外道北，与琼林苑南北相对，为东京四大园林之一。每年三月一日至四月八日，金明池开放，在这里举行水戏表演和龙舟争标，是东京最繁华热闹的去处之一。柳词中的"灵沼""金柳""龙舟""虹桥""雁齿""水殿""曼衍鱼龙戏""凤辇辰游""开镐宴""竞夺锦标"等等，都是写实，都可以从张择端的《金明池争标图》、孟元老的《东京梦华录》以及当时的官私文献中得到印证。

所谓"灵沼"，即御池，也就是金明池。"太平兴国元年，诏以卒三万五千凿池，以引金水河注之。"[1]太平兴国二年，太宗正式赐名"金明池"[2]。金明池四周栽有许多柳树，王安石诗云："金明池道柳参天"[3]。在张择端的传世之作《金明池争标图》上，还可以清楚地看到池边的11棵柳树，实际数目肯定不止这些。金明池中心有一个小岛，岛上坐落着"水心五殿"。从"水心五殿"到池南岸之间，有一座拱桥，名叫"骆驼红"。柳永这里所写的"虹桥"，即指"骆驼红"，不是指东水门外七里的那座"虹桥"。东水门外的"虹桥"是单孔，中间没有立柱，而金明池上的"骆驼红"下面则有四排立柱，形如雁齿。金明池争标所用的龙舟，最初是吴越王所献，"长二十余丈，上为宫室层楼，设御榻，以备游幸"[4]。

---

[1]王应麟《玉海》卷一百四十七，文渊阁《四库全书》本。
[2]李焘《续资治通鉴长编》卷十九，文渊阁《四库全书》本。
[3]王安石《九月赐宴琼林苑作》，《王荆公诗注》卷四十四，文渊阁《四库全书》本。
[4]沈括《梦溪笔谈·补笔谈》卷二，文渊阁《四库全书》本。

这只船平常不用时，就藏在池北岸中间的"龙澳"或"奥屋"里，所以柳词谓"系彩舫龙舟遥岸"。他的观察点在南岸，这里也是游人最为密集的地方。

金明池的南门之东为"临水殿"，是皇帝观看争标的地方。皇帝观看争标，一般在三月初三，后来改为三月二十。争标之前，皇帝要在"临水殿"赐宴群臣，也就是柳词所谓的"临翠水、开镐宴"。宴会之际，有百戏表演。柳词所写的"曼衍鱼龙戏"，即"鱼龙漫延"，是一种模拟动物的舞蹈。同时还有"水傀儡"和"水秋千"等等，然后才是这一天的压轴戏：龙舟争标。争标活动经过"旋罗""海眼""交头"三道程序之后进入高潮："诸船皆列五殿之东面，对水殿排成行列，则有小舟一军校执一竿，上挂以锦彩银碗之类，谓之'标竿'，插在近殿水中。又见旗招之，则两行舟鸣鼓并进，捷者得标，则山呼拜舞。""三次争标"过后，"小船复引大龙船入奥屋内矣"。[1]皇帝回驾的时候，真是人山人海。所谓"锦绣盈都，花光满目。御香拂路，广乐喧空。宝骑交驰，彩棚夹路。绮罗珠翠，户户神仙。画阁红楼，家家洞府。游人士庶，车马万数"。直到"四月八日闭池，虽风雨亦有游人，略无虚日"[2]。这种热闹气氛，在柳词中都可感受到。

（4）乞巧节。七夕乞巧，是北宋东京的又一个传统节日。柳永的《二郎神》是写七夕乞巧的名篇：

> 炎光谢。过暮雨、芳尘轻洒。乍露冷风清庭户，爽天如水，玉钩遥挂。应是星娥嗟久阻，叙旧约、飙轮欲驾。极目处、乱云暗度，耿耿银河高泻。　　闲雅。须知此景，古今无价。运巧思、穿针楼上女，抬粉面、云鬟相亚。钿合金钗私语处，算谁在、回廊影下。愿天上人间，占得欢娱，年年今夜。

这首词写了乞巧节的两项民俗内容，一是妇女们在楼上望月穿针，

---

[1]孟元老《东京梦华录》卷七，文渊阁《四库全书》本。
[2]孟元老《东京梦华录》卷七，文渊阁《四库全书》本。

二是青年男女在回廊影下私会。据孟元老《东京梦华录》载，早在"七夕前三五日"，东京城里就已经"车马盈市，罗绮满街"了，人们争相购买"磨和乐""水上浮""谷板""花瓜""果食将军"一类的节日玩具。"至初六日七日晚，贵家多结彩楼于庭，谓之'乞巧楼'。铺陈磨和乐、花瓜、酒炙、笔砚、针线，或儿童裁诗，女郎呈巧，焚香列拜，谓之'乞巧'。妇女望月穿针。或以小蜘蛛安放盒子内，次日看之，若网圆正，谓之'得巧'。里巷与妓馆，往往列之门首，争以侈靡相尚。"[1]

柳词所写的市俗青年男女七夕私会的内容，《东京梦华录》里没有提到，但是在《醉翁谈录》《绿窗新话》等宋人小说里则多有记载。如《静女私通杨彦和》："两情感动，而彦和往来时复相挑，静女愈属意焉。因七夕乞巧之夜，静女辄以小红笺题诗一首，赂邻居之妇而通殷勤。诗曰：牛郎织女本天仙，隔涉银河路杳然。此夕犹能相会合，人间何事不团圆？"[2]又如《杨生私通孙玉娘》："东邻有杨曼卿，亦业儒，有为执柯者，而母氏不许。两情感动，眼约心期。时七夕，玉娘赂邻妇，以诗与曼卿曰……"[3]盖七夕故事，本是敷衍牛郎织女渡河相会。天上的神仙犹能团圆，人间的痴情男女为何不能约会？柳词所写，原是有充分的生活依据的。

据宋人庄绰《鸡肋编》载："徽宗尝问近臣：'七夕何以无假？'时王黼为相，对云：'古今无假。'徽宗喜甚。还语近侍，以黼奏对有格致。盖柳永七夕词云：'须知此景，古今无价。'按此词为《二郎神》调，而俗谓事之得体者，为有格致也。"[4]徽宗君臣对这首词如此的熟悉和赏识，从一个侧面说明了它在宋时的影响。

柳永还有《应天长·残蝉渐绝》和《玉蝴蝶·淡荡素商行暮》两首词是写九月九日重阳节的，作品写到了登高、赏菊和聚宴等民俗活动，这些活动都可以从孟元老的《东京梦华录》卷七里找到印证，限于篇幅，不再细述。

---

[1]孟元老《东京梦华录》卷八，文渊阁《四库全书》本。
[2]《静女私通陈彦和》，罗烨《醉翁谈录》己集卷二，古典文学出版社1957年版。
[3]《杨生私通孙玉娘》，皇都风月主人编《绿窗新话》，古典文学出版社1957年版。
[4]庄绰《鸡肋编》卷下，文渊阁《四库全书》本。

同张择端的绘画和孟元老的笔记相比，柳永描写北宋东京岁时民俗的作品有这样几个特点。第一，它虽然没有《清明上河图》和《金明池争标图》那样直观，它不是空间艺术，它不具备那样的优势，但是，作为一种时间艺术，它能把一年当中的几个主要的岁时民俗都写下来，它的内涵是丰富的，给人的感受也是多样的。第二，它虽然没有《东京梦华录》那样翔实具体，它不是史料笔记，它也不具备那样的优势，但是，它是艺术，而且是歌唱的艺术，它的影响力和感染力，是《东京梦华录》所无法比拟的。第三，它是真宗、仁宗两朝尤其是"仁宗四十二年太平"的真实再现，它以满腔的热情、绚丽的文字和昂扬的音符，歌颂了那个值得歌颂的时代，而张择端的绘画和孟元老的笔记，则比柳词晚出大半个世纪，一个作于北宋亡国前夕，一个作于北宋亡国之后，因此，他们的绘画和笔记，在繁华景象的背后，是掩饰不住的世纪末的冷峻和亡国后的悲伤。

二、《乐章集》与北宋东京的歌舞声妓

歌舞声妓是一种乐俗文化，是民俗的一个重要组成部分。柳永所写的北宋东京的歌舞声妓，给人印象最深的是新声，以及新声的演唱者——歌妓。

（1）新声。北宋的东京，是当时世界上人口最多的大都市，太宗时就有人口100多万，徽宗时达到150万。[1]社会的相对稳定，人口的高度集中与物质、文化需求的不断上升，带来了商品经济的繁荣，也带来了市民文艺的活跃。终北宋一朝，东京城内的瓦子勾栏非常之多，瓦子勾栏里上演的伎艺节目也非常丰富，据孟元老统计，有小唱、嘌唱、叫果子、杂剧、杂班、诸宫调、影戏、球杖踢弄、弄虫蚁、商谜、说浑话、小说、孟子书主张、讲史、说三分、五代史等二十多种[2]，其中影响最大、艺术上最成熟的是小唱和嘌唱，也就是演唱"新声"。

柳永的不少作品都写到过这种新声。通过这些作品，我们得知，新

---

[1] 周宝珠《宋代东京研究》，河南大学出版社1992年版，第319—324页。
[2] 孟元老《东京梦华录》卷二，文渊阁《四库全书》本。

声风靡了整个东京社会："是处楼台，朱门院落，弦管新声腾沸"（《长寿乐·繁红嫩翠》）；"坐久觉、疏弦脆管，时换新声"（《夏云峰》）。唱新声是一种时尚："佳娘捧板花钿簇，唱出新声群艳伏"（《木兰花·佳娘捧板》）；"讼闲时泰足风情，便争奈、雅歌都废。省教成、几阕清歌，尽新声、好尊前重理"（《玉山枕·骤雨新霁》）。新声唱得好，则可以赢得听众的赞美和倾慕："按新声、珠喉渐稳，想旧意、波脸增妍"（《玉蝴蝶·误入平康小巷》）；"帘下清歌帘外宴。虽爱新声，不见如花面"（《凤栖梧·帘下清歌》）。

孟元老的《东京梦华录》一书有两处讲到新声。一处是在该书的序言里："新声巧笑于柳陌花衢，弄管调弦于茶坊酒肆。"[1]一处是在介绍元宵节的活动时："诸幕次中，家妓竞奏新声，与山棚露台上下，乐声鼎沸。"[2]验诸孟元老的这两段话，可知柳永关于新声的描写是真实可信的。

新声的演唱有两种形式，一是歌妓执板演唱，伴以丝竹。板是拍板，有木质的和象牙的两种，木质的称"檀板"，又称"香檀"，象牙的称"象板"，又称"牙板"。柳词里写板的地方有多处，如"乍入《霓裳》促遍。逞盈盈、渐催檀板"（《柳腰轻·英英妙舞》）；"香檀敲缓玉纤迟，画鼓声催莲步紧"（《木兰花·虫娘举措》）；"凝态掩霞襟。动象板声声，怨思难任"（《瑞鹧鸪·宝髻瑶簪》）；"牙板数敲珠一串，梁尘暗落琉璃盏"（《凤栖梧·帘下清歌》）。一是载歌载舞。如《木兰花》："心娘自小能歌舞，举意动容皆济楚。解教天上念奴羞，不怕掌中飞燕妒。　玲珑绣扇花藏语，宛转香茵云衬步。王孙若拟赠千金，只在画楼东畔住。""绣扇"，既是一个舞蹈用的道具，又是一个"歌曲菜单"，可以把歌名记在上面。而"念奴"和"飞燕"则是两个常典，分别用来形容心娘在歌和舞两方面所达到的高水准。

听歌观舞，是东京人日常生活中不可或缺的一项内容。所谓"太平日

---

[1]孟元老《东京梦华录序》，文渊阁《四库全书》本。
[2]孟元老《东京梦华录》卷六，文渊阁《四库全书》本。

久，人物繁阜。垂髫之童但习鼓舞，班白之老不识干戈。"[1]描写歌舞，则是柳词中一个不容忽视的重要特点。在柳永现存213首词里，仅"歌"和"舞"这两个字就出现了72次，占其词作总数的34％。这个比率在同时代词人中是最高的。[2]通过这些作品，我们发现东京这个地方真是无处不歌舞。官员宅第有歌舞："锦衣冠盖，绮堂筵会，是处千金争选。顾香砌、丝管初调，倚轻风、佩环微颤"（《柳腰轻·英英妙舞》）。政府衙门有歌舞："铃斋无讼宴游频。罗绮簇簪绅。……舞茵歌扇花光里，翻回雪、驻行云"（《少年游·铃斋无讼》）。秦楼楚馆有歌舞："巷陌纵横。过平康款辔，缓听歌声。凤烛荧荧。那人家、未掩香屏"（《长相思·画鼓喧街》）。公众集会场所更有歌舞："皇都今夕知何夕。特地风光盈绮陌。金丝玉管咽春空，蜡炬兰灯烧晓色"（《玉楼春·皇都今夕》）。正所谓"遍锦街香陌，钧天歌吹，阆苑神仙"（《透碧霄·月华边》）；"九衢三市风光丽，正万家，急管繁弦"（《看花回·玉碱金阶》）。

（2）歌妓。歌舞的表演者是谁？当然是成千上万的歌妓。宋代的歌妓，就其出身而言，可以分为官妓、家妓和私妓三种。柳永所交往的主要是私妓，即市井上的歌妓。私妓的成分比较复杂，她们以卖艺为主，但是如果生存困难，她们也会卖身。北宋时的东京究竟有多少私妓？孟元老的说法是，"燕馆歌楼，举之万数"[3]。据他的记载，西大街又谓之曲院街，街北薛家分茶，"向西去皆妓女馆舍，都人谓之'院街'"。朱雀门外东边"麦秸巷、状元楼，余皆妓馆"。朱雀门外西边之"杀猪巷，亦妓馆"。旧曹门外之南、北斜街，"两街有妓馆"。牛行街，"亦有妓馆，一直抵新城。"马行街鹩儿市之东、西鸡儿巷，"皆妓馆所居"[4]。相国寺南"即录事巷妓馆"，寺北即小甜水巷，"妓馆亦多"。再向北之"姜行后巷，乃脂皮画曲妓馆"。景德寺前之桃花洞，"皆妓馆"。[5]

---

[1]孟元老《东京梦华录序》，文渊阁《四库全书》本。
[2]按：晏殊《珠玉词》中，"歌""舞"二字出现33次，占其词总数的24％。欧阳修《六一词》中，"歌""舞"二字出现42次，占其词总数的17％。张先《安陆集》中，"歌""舞"二字出现38次，占其词总数的23％。
[3]孟元老《东京梦华录》卷五，文渊阁《四库全书》本。
[4]孟元老《东京梦华录》卷二，版本同上。
[5]孟元老《东京梦华录》卷三，版本同上。

除了妓馆，酒店也是私妓们日常出没的场所。"凡京师酒店门首，皆缚彩楼欢门，唯任店入其门，一直主廊约百余步，南北天井两廊皆小阁子。向晚灯烛荧煌，上下相照，浓妆妓女数百，聚于主廊槛面上，以待酒客呼唤，望之宛若神仙。""又有下等妓女，不呼自来，筵前歌唱，临时以些小钱物赠之而去，谓之'扎客'，亦谓之'打酒坐'……诸酒店必有厅院，廊庑掩映，排列小阁子，吊窗花竹，各垂帘幕，命妓歌笑，各得稳便。"[1]

北宋词人当中，柳永接触的歌妓是最多的，对歌妓生活的描写也是最充分的。通过这些描写，我们可以从一个侧面了解到北宋东京歌妓的经济地位、文化素质、爱情追求和悲剧命运。

柳永所接触的歌妓，不是那种"不呼自来，筵前歌唱"的下等妓女，她们有一定的经济地位。柳永的不少作品都写到歌妓的居住环境，如"藻井凝尘，金梯铺藓，寂寞凤楼十二"（《望远行》）；"蜀锦地衣丝步障。屈曲回廊，静夜闲寻访。玉砌雕阑新月上。朱扉半掩人相望"（《凤栖梧》）；"凤额绣帘高卷，兽环朱户频摇。两竿红日上花棚。春睡厌厌难觉"（《西江月》），等等。这种雕阑玉砌，绣阁朱帘，绝不是下等妓女所能享受的。宋人笔记里似乎没有关于妓女居住环境的具体记载，唐人孙棨的《北里志》则载之颇详："平康里入北门东回三曲，即诸妓所居之聚也。妓中有铮铮者，多在南曲、中曲。其循墙一曲，卑琐妓所居，颇为二曲轻斥之。其南曲中者，门前通十字街，初登馆阁者，多于此窃游焉。二曲中居者，皆堂宇宽静，各有三数听事，前后植花卉，或有怪石盆池，左右对设小堂，垂帘茵榻帏幌之类称是。诸妓皆私有所指占，听事皆彩版以记诸帝后忌日。"[2]宋代的娱乐业比唐代更发达，东京人比长安人更奢靡，柳词关于东京妓女中的"铮铮者"的居处环境的描写是真实可信的。

通常情况下，歌妓所追求的当然是金钱："心娘自小能歌舞。举意动容皆济楚。……王孙若拟赠千金，只在画楼东畔住。"（《玉楼春·心娘自小能歌舞》）"酥娘一搦腰肢袅，回雪萦尘皆尽妙。……而今长大懒婆娑，

---

[1]孟元老《东京梦华录》卷二，版本同上。
[2]孙棨《北里志》，上海古籍出版社1988年影印本。

只要千金酬一笑。"(《玉楼春·酥娘一搦腰肢袅》)"英英妙舞腰肢软。章台柳,昭阳燕。锦衣冠盖,绮堂筵宴,是处千金争选。"(《柳腰轻》)但是有时候,她们所追慕的却并不是金钱,而是对方的才华:"自古及今,佳人才子,少得当年双美。且恁相偎倚。未消得、怜我多才多艺。"(《玉女摇仙佩》)"盈盈秋水。恣雅态、欲语先娇媚。每相逢、月夕花朝,自有怜才深意。"(《尉迟杯》)"当日相逢,便有怜才深意。歌筵罢、偶同鸳被。"(《殢人娇》)有时候,她们则是既慕金钱,又慕对方的才华:"莫道千金酬一笑,便明珠、万斛须邀。檀郎幸有,凌云词赋,掷果风标。"(《合欢带》)还有的时候,她们干脆不要钱。不仅不要钱,还拿钱去资助那些有才华的人。宋人罗烨《醉翁谈录》载:"耆卿居京华,暇日遍游妓馆。所至,妓者爱其有词名,能移宫换羽,一经品题,声价十倍。妓者多以金物资给之。"[1]

歌妓爱才,怜才,与她们自身的文化素质大有关系。宋代有不少歌妓的文化素质是很高的,这些人"心性温柔,品流详雅,不称在风尘"(《少年游》)。她们除了能歌善舞,还会吟诗填词。宋人吴曾《能改斋词话》载,杭州歌妓琴操能把秦少游的名作《满庭芳·山抹微云》的"元"字韵改为"阳"字韵,其意思和韵味竟分毫不爽,与少游原作比,几乎不能分出高下。[2]这件事为苏东坡所激赏,在文化圈内传为佳话。柳永所接触的歌妓当中,也有能诗擅词的,如"有美瑶卿能染翰。千里寄、小诗长简"(《凤衔杯》)。有的人的作品,甚至可以和柳永一较高低:"属和新词多俊格,敢共我勍敌"(《惜春郎》)。

许多歌妓虽然过的是送往迎来、声色事人的日子,也看到过许多黑暗的现实与丑恶的灵魂,但是在她们的内心深处还保留着很多纯洁美丽的东西。对于她们所欣赏和爱慕的男子,她们是很重感情的。她们表达感情的方式之一,是把自己的头发剪下一束,送给对方。这也是一种爱的盟誓。柳永的不少作品就写到过这个细节:"记得当初,剪香云为约"(《尾犯》);"况已断、香云为盟誓"(《尉迟杯》);"更对剪香云,须要深心同

---

[1] 罗烨《醉翁谈录》丙集卷二,古典文学出版社1957年版。
[2] 吴曾《能改斋词话》,唐圭璋编《词话丛编》第一册,中华书局1986年版,第138页。

写"(《洞仙歌·佳景留心惯》);"共有海约山盟,记得香云偷剪"(《洞仙歌·嘉景》)。

她们渴望真正的爱情,更渴望这种爱情会有一个好的结局:"纵然偷期暗会,长是匆匆。争似和鸣偕老,免教敛翠啼红"(《集贤宾》)。这些人没有人身自由,她们隶属于"娼籍"。她们的理想,就是"脱籍"从良,和自己所爱的人携手同归:"已受君恩顾,好与花为主。万里丹霄,何妨携手同归去?永弃却、烟花伴侣。免教人见妾,朝云暮雨"(《迷仙引》)。但是,真正能"脱籍"从良的人是很少的,多数人都是在那个黑暗的人间地狱里度过屈辱的一生。有的则年纪轻轻就失去了生命。柳永有两首词写到妓女的死亡,其中《离别难》一首尤其显得沉痛。这些歌妓都是因病痛折磨而死的。通过这些作品,我们看到了古代蓄妓制度的罪恶,同时也看到了词人同歌妓之间的深厚感情,看到了词人的正义感、同情心和人文精神。这些内容在宋代其他词人的作品里是找不到的。

柳永《乐章集》的民俗描写是既丰富、又珍贵的。可是长期以来,研究柳词的人不关心其中的民俗,研究民俗的人则不熟悉柳词,这不能不说是学术研究上的一个缺憾。

(原刊《中山大学学报》2003年第5期)

柳永的文学贡献及其成功之秘

柳永在题材、语言、体式、风格诸方面，为宋词的发展作出了重大贡献。他是宋代最杰出的词人之一。他的成功，得益于那个在政治上压制他又在艺术上成全他的时代，得益于他那坎坷而又富有传奇色彩的人生经历，也得益于他的创新精神和进取型道德。

一、柳永的贡献与地位

文学史上任何一种有重大影响的文学样式，总是和它的代表作家的名字联系在一起的，如同我们讲到唐诗，就会想到李白和杜甫一样，我们讲到宋词，就会想到柳永和苏轼。宋代词坛如果没有柳永，宋词的发展也许完全是另外一种样子。这一点，已经是文学史的不刊之论了。

柳永（约983—约1053），原名三变，字耆卿，福建崇安（今武夷山市）人。历北宋太宗、真宗和仁宗三朝，与词人晏殊（991—1055）、宋祁（998—1061）、张先（990—1078）大体同时。柳永生前的政治地位远不及晏、宋、张，然其文学地位却迥出他们之上。一个词人的文学地位的高低，是由他的文学贡献的大小来决定的。那么，柳永的文学贡献主要体现在哪些方面呢？概括地讲，有如下四点：

一是词的题材领域的大幅度拓展。和柳永同时的晏殊、宋祁、张先等词人，虽然也留下了一些佳作，但是在题材方面，并没有超出西蜀词和南唐词的范围，多数都是娱宾遣兴、流连光景之作。真正大幅度地拓展了词的题材领域的是柳永。是他第一次真实而生动地描绘了当时朝野上下的晏安游乐与大都市的节物风光，所谓"升平气象，形容曲尽"[1]；是他第一次以平等的、同情的心态揭示了歌妓的悲惨生活和不幸命运，为歌妓的自由和解放而大声呼喊；是他第一次以慢词的形式咏史怀古，气势苍莽，感慨深沉，从而为此后的咏史词和怀古词导夫先路；是他第一次大量地写作羁旅行役词，把一个知识分子的感慨不平之气同苍茫博大的自然景色有机地融合起来，其胜境"不减唐人高处"。也就是说，是他第一次在相当大的程度上，突破了词为"艳科""小道"的樊篱，突破了传统词人流连光景、娱宾遣兴的狭窄的创作路数，在作品中披露了更为真实、更为深沉的情感，展示了更为广阔、更为丰富的人生。

二是词的语言的进一步丰富。唐五代以来的词的语言，主要有两个来源：一是诗的语言，所谓"就唐人诸家诗句中字面好而不俗者，采择用之"[2]，如温庭筠、冯延巳、李煜、晏殊、宋祁、张先、欧阳修诸人就是这样。运用诗的语言无可厚非，但是必须指出，作为"别是一家"的歌词，应该有自己的语言。过于诗化、过于雅化的语言，只能让词在文人化、案头化的道路上越走越远，从而逐渐失去作为一种通俗的音乐文学的本色。另一个来源是市民口语，如唐代民间词，以及韦庄、尹鹗等人的部分篇什。就柳永的全部歌词来考察，于中自然不乏传统的诗赋语言，但是通俗、生动的大众语言却占了一半。这就不仅从另一个方面大大地丰富了词的语言，使之获得了更多的生活感与现实感，找到了语言艺术的源而不是流；不仅亲切、平易、明白家常，使之赢得了更为广泛的读者和听众，而且昭示了中国文学及其语言的新的发展方向——由雅而俗，由贵族化而平民化[3]。

三是慢词的大量创作及其一系列艺术法则的建立。整个唐五代时期，文人词的体式以小令为主，慢词总共不过十来首。宋初词坛，词人

---

[1]陈振孙《直斋书录解题》卷二十一，光绪九年苏州书局刊本。
[2]沈义父《乐府指迷》，人民文学出版社1981年版。
[3]参见曾大兴《柳永和他的词》第十一章第二节，中山大学出版社1990年初版，2001年修订版。

习用的仍是小令。据统计，张先、晏殊和欧阳修分别存词164首、136首和241首，他们所作的慢词分别为17首、3首和13首，仅占其词作总数的10.3％、2.2％和5.4％；柳永存词213首，所作慢词竟多达125首，占其词作总数的58.9％，居唐五代宋初词人之首。慢词虽发轫于中唐，但是正如张尔田所云："大抵唐时慢词，皆乐工肄习，文士少为之者。"[1]慢词本身自有其独立的音律句度和发展途径，非由小令随意延长而成。而且，宋代慢词亦非由唐代慢词直接变化而出，必须结合当时的市井新声，才能产生自己独特的韵律与声情，不同于宋代小令的直接渊源于唐五代，并且体貌多同。在这种情况下，一个词人是否作慢词以及作多少慢词，既与作者本人对当时的市井新声的态度和熟悉程度有关，更与其自身的创新意识和创新能力有关。当时整个词坛的情况是这样的：唐五代以来的文人小令已经达到鼎盛，再也没有多少新的发展空间了，而慢词又只是在市井艺人口中辗转传唱，并且水平不高。如果不是柳永勇于摒弃士大夫词人对民间艺术的偏见，大量地创制慢曲，填写慢词，从根本上改变唐五代以来小令的一统天下，那么宋词的发展路径，也许就不是我们今天所见到的这个样子了。

  为着配合慢曲在音乐上篇幅大大加长的特点，柳永在吸收汉魏六朝抒情小赋和民间慢词之营养的基础上，创造了慢词的铺叙手法，以赋为词，层层铺叙，一笔到底，始终不懈。又首创"领字"和"双拽头"等等，为以后的词人开启无数法门。

  四是平民风格的重建与平民意识的发扬。词，本是起源于民间的一种通俗的音乐文学样式，自从中晚唐以来的文人染指之后，这种文学样式便渐渐地丧失了它早期的真率、通俗、质朴与刚健的平民风格，而在雅化、诗化的道路上越走越远。只是到了柳永，才真正把它从士大夫的歌筵舞席再次引向勾栏瓦肆、山程水驿乃至一切有井水的地方，扩大了它的社会基础，恢复了它的平民色彩，增强了它的影响力。他以自己的真率、明快、清新的词句，以对普通市民的生活、情感与命运的深切关注，以及发自内心的对于人生忧患的深沉感喟，一扫士大夫词坛的典雅雍容、无病呻吟和

---

[1] 引自任二北《敦煌曲校录》，中华书局1962年版。

装模作样，闪现着平民意识与人文精神的光芒。

这四个方面的杰出贡献正是当时的士大夫词坛所缺乏的。宋词之开始具备自己的品格与面貌，即以这些重要的突破为表征。唐五代以来的文人词，如果不是经过柳永的全面改造，则充其量只能是在花间、南唐的规模之内兜圈子，陈陈相因，黯无生气。这一发轫于隋唐民间的通俗的音乐文学，不待走完它的全部路程，就被少数士大夫词人过早地扼杀了。从这个意义上讲，称柳永为两宋词坛第一大功臣，应该说是恰如其分的。

柳永以一位真正的艺术家的胆识、才华和创新精神，为宋词的发展作出了不可磨灭的贡献。就其艺术影响的广泛和深远来说，有宋一代，无人能出其右。无论是豪迈健举如苏轼、辛弃疾，还是富丽清空如周邦彦、姜夔，他们的影响都局限在文人圈子内，而柳永是属于全民的。史载"凡有井水饮处，即能歌柳词"[1]，有人烟的地方，就有柳永的存在。可见他的影响是不分地域、不分民族、不分阶层、不分贤愚贵贱的。

毫无疑问，柳永既是宋代第一流的词人，也是我国古代最富有创造性的文学艺术家之一，他是大自然与人类社会的卓越产儿。按照人才学关于人才的定义，柳永是一个比一般人发展得更充分、同时又积极地影响了一般人的发展的真正的人才。而人才的成功，乃是各种主客观原因综合作用的结果。那么，影响、促成和规定了柳永巨大成功的主客观原因主要是什么呢？

二、柳永成功的时代原因

法国19世纪著名批评家丹纳把对种族、时代和环境三大因素的考察，作为了解一件艺术品、一个艺术家乃至一个艺术家群体的前提。从人才学的角度来讲，作为艺术家成长与艺术品诞生的外部因素，这三点是很有道理的，虽然我们在对柳永成功的外部条件进行考察时，并不涉及种族这一因素，而主要是考察他的时代以及他所生活的环境。

---

[1]叶梦得《避暑录话》卷下，文渊阁《四库全书》本。

北宋王朝建立之后，一方面在政治、军事、财政各方面施行高度的中央集权，一方面则通过招抚流民、奖励垦殖等一系列比较开明的措施，恢复和发展农业生产。不几年，便出现了"四方无事，百姓康乐，户口繁庶，田野日辟"[1]的兴旺景象。随着农业经济的振兴，手工业也发展到前所未有的水平，无论组织形式、经营规模、专业化程度，还是生产总值，都远比唐代进步。而农业和手工业的发展，又直接刺激了城市商业经济的发展与繁荣，出现了像东京（开封）、成都、杭州、广州等一大批著名的都市。尤其是当时的首都东京，"八方争凑，万国咸通。集四海之珍奇，皆归市易；会寰区之异味，悉在庖厨"[2]。大街小巷，店铺林立，交易货卖，继之以夜。

与城市商业经济的繁荣结伴而来的，便是城市人口的剧增。所谓"添数十万众不加多，减之不觉少"。东京开封府在唐时称汴州，以玄宗天宝年间的人口为最盛，领县六个，有"户十万九千八百七十六，口五十七万七千五百七十"。[3]至宋太宗时，东京开封府的人口即号称百万[4]。在这个庞大的都市人口当中，仅官营手工作坊的工匠就有八万多人，另有军队数十万人，僧尼道士女冠三万人，巫卜万人，商人两万户，妓女万家，以及大量的官府吏卒和其他城市游民。这就形成一个在上流社会之外的，以手工业工人、店员、小商贩、小手工业主、小吏、差役、兵士、妓女、僧道乃至乞丐等为主体的相当庞杂的市民阶层。正是这个市民阶层，推动了东京的勾栏瓦肆文艺的兴起和发展。

终北宋一世，东京的勾栏瓦肆非常之多。据孟元老《东京梦华录》卷一"东角楼街巷"条载："街南桑家瓦子，近北则中瓦，次里瓦，其中大小勾栏五十余座。中瓦子莲花棚、牡丹棚，里瓦子夜叉棚、象棚最大，可容数千人。……瓦中多有货药、卖卦、喝故衣、探搏、饮食、剃剪、纸画、令曲之类。终日居此，不觉抵暮。"在勾栏瓦肆里，仅仅是文艺表演方面的内容就相当丰富，计有"新声""小唱""嘌唱""般杂剧""讲

---

[1] 脱脱等《宋史·食货上》，中华书局1977年版。
[2] 孟元老《东京梦华录序》，中华书局2006年版。
[3] 刘昫等《旧唐书·地理一》，中华书局1975年版。
[4] 李焘《续资治通鉴长编》卷三十二，古籍出版社1957年版。

史""小说""诸宫调""说三分"等20多种。尤其是"新声",这一融中原民间音乐与西域胡乐之精华的市井流行音乐,对当时的歌词作者影响甚巨。在柳永的《乐章集》里,就有多处写到这种新声。例如:"是处楼台,朱门院落,弦管新声腾沸"(《长寿乐》);"风暖繁弦声脆,万家竞奏新声"(《木兰花慢》)。可见当时的东京是一个多么繁富、多么神奇的音乐世界,而作为词人兼音乐家的柳永,竟为之流连忘返,心动神摇:"坐久觉,疏弦脆管,时换新声"(《夏云峰》)。清人宋翔凤《乐府余论》指出:"词自南唐以后,但有小令。其慢词盖起宋仁宗朝。中原息兵,汴京繁庶,歌台舞席,竞赌新声。耆卿失意无俚,流连坊曲,遂尽收俚俗言语,编入词中,以便伎人传习。一时动听,散布四方。"[1]这段话,正好揭示了柳永在歌词(尤其是慢词)创作方面获得成功的时代原因。

勾栏瓦肆文艺无疑为文学艺术家的创作实践提供了全新的参照。当时许多画家脱离旧的以宗教内容为题材的窠臼,以绚丽多彩的画笔图写东京的市井风俗。如著名画家燕文贵在太宗时"尝画《七夕夜市图》,状其浩穰之所,至为精备"[2];另一位著名画家高元亨亦工于"京城市肆车马",尝有"角觝、夜市等图传入世"。[3]多姿多彩的市井生活同样感召着词人。如宋初词人潘阆就描写过杭州市民的弄潮与观潮[4],与柳永同时代的词人张先也描写过吴兴市民的踏青与竞渡[5]。遗憾的是,这种市民生活镜头在潘阆、张先等人的全部作品中还只是吉光片羽,为数并不多。更重要的是,他们的审美情趣还没有完成必要的转变。就连词的基本体式,也还是谨守着西蜀、南唐以来的规矩,百分之八九十的作品都是小令。潘阆、张先如此,晏殊更是如此。而柳永则是一个例外。柳永第一次真实地、多角度地图写了都市的繁华景象、节序风光和市井人物的晏安游乐,第一次深刻地、生动地描写了以歌妓为代表的市民阶层的生活、情绪和命运,第一次不带偏见地、满怀热情地讴歌了市民群众的价值观念、审美情趣和生

---

[1]宋翔凤《乐府余论》,唐圭璋编《词话丛编》第三册,中华书局1986年版。
[2]《古今图书集成·艺术典·画部名流列传》,中华书局影印本。
[3]《古今图书集成·艺术典·画部名流列传》,中华书局影印本。
[4]潘阆《酒泉子》之十,《全宋词》第一册,中华书局1965年版。
[5]张先《木兰花·乙卯吴兴寒食》,《全宋词》第一册,中华书局1965年版。

活理想，从而既赢得了市民群众的爱戴和尊敬，所谓"自成一体，不知书者尤好之"[1]，也因此而形成了自己独特的艺术个性和审美风格，成全了自己的艺术功业。

俄罗斯著名文学批评家别林斯基说过："一个时代的历史和社会精神可以把一个行动着的人的天赋能力激发到它最大的限度，也可以削弱和麻痹它，使诗人的成就比可能做到的更小。"[2] "一个时代的历史和社会精神"，亦即我们通常所说的时代条件，对于一个人的成功来讲是非常重要的因素，但不是唯一的因素。如何有效地利用时代条件，顺应时代潮流，反映时代需要，从而实现自身的价值和理想，则有待于每个人的天赋、机遇和努力。人才与一般人的差距就在这里。北宋太宗、真宗、仁宗时期都市生活的繁荣，市民文艺的活跃，为当时所有的词人在艺术上的创新提供了很好的条件，但是晏殊、张先等人却恪守着传统，重复着前人，而柳永却因此而完成了自己的艺术嬗变，促成了北宋词坛的第一次重大变革。个中原因，便只有从他个人方面来寻求了。

三、柳永成功的个人原因

柳永出生于一个典型的奉儒守官之家，父辈六人，就有三人进士及第。柳永幼时读书非常勤奋。尝著《劝学文》曰："父母养其子而不教，是不爱其子也。虽教而不严，是亦不爱其子也。父母教而不学，是子不爱其身也。虽学而不勤，是亦不爱其身也。是故养子必教，教则必严。严则必勤，勤则必成。学，则庶人之子为公卿；不学，则公卿之子为庶人。"正是怀着这种"为公卿"的抱负，柳永20岁左右赴京师开封参加了第一次进士考试。出乎他的意料，这次考试失败了。《鹤冲天》这首词，就是这次失败的真实记录。"黄金榜上，偶失龙头望。""偶"，就是偶然，出乎意料。行为科学讲，挫折是当事人的一种主观感受。一个人是否觉得受挫折，以及这种挫折对当事人的打击是轻是重，既与他的抱负水准（即对

---

[1] 王灼《碧鸡漫志》卷二，《词话丛编》第一册，中华书局1986年版。
[2] 《别林斯基论文学》，上海新文艺出版社，1958年版。

成功所定的标准)有关,又与他的知觉判断(即对挫折有无预料)有关。在此之前,柳永一直自视很高,以才学自负,以"龙头"自期,谓功名可立就,似乎根本就没有想过落第二字。所以一旦名落孙山,他的心理便发生严重的倾斜。表现在行为上,便是格外地沉不住气,歌呼叫骂,惊世骇俗。以"白衣卿相"自诩犹不足以舒其怨愤,还要公然表示去"烟花巷陌""浅斟低唱"。作贱功名,菲薄卿相,亵渎礼法。这就捅了马蜂窝了。这种反抗虽然吐得一时之怨气,却为他下一次的名落孙山埋下了祸根。宋人吴曾《能改斋漫录》记载说:"仁宗留意儒雅,务本向道,深斥浮艳虚薄之文。初,进士柳三变好为淫冶讴歌之曲,传播四方。尝有《鹤冲天》词云:'忍把浮名,换了浅斟低唱。'及临轩放榜,特落之,曰:'且去浅斟低唱,何要浮名?'"[1]一直到仁宗景祐元年(1034),柳永才进士及第。这个时候的他,已经是50岁左右的人了。困于场屋30年。

值得注意的是,这漫长的30年当中,柳永在做些什么呢?宋人胡仔《苕溪渔隐丛话》引严有翼《艺苑雌黄》的记载说:"柳三变……喜作小词,然薄于操行。当时有荐其才者,上曰:'得非填词柳三变乎?'曰'然。'上曰:'且去填词。'由是不得志,日与猖子纵游娼馆酒楼间,无复检约。自称云:'奉旨填词柳三变'。"[2]

类似这样的记载还有不少。这就表明,柳永在多次遭受统治者的排斥和轻侮之后,于走投无路之际,只好带着一颗受伤的心,再次来到歌妓们中间,为她们写词,同她们交朋友,以求得心灵的慰藉和平衡。联系当时的社会风气,这种行为本来是可以理解的,然而历来对于柳永的误解也往往集中在这里。所谓"薄于操行",所谓"无复检约",都是因此而发。事实上,这个时候的柳永,是以一个不得志的读书人的身份来到歌妓中间的,既不同于那些"春风得意"的青年士子的追欢买笑,更不同于那些"目中有妓而心中无妓"的达官贵人的诗酒风流。他带着一副悲悯的情怀,重新体验、重新审视这个人间地狱的一切,不仅看到了歌妓们美丽绰约的风姿,发现了她们出色的才华与善良的心地,也深切地体察了她们悲

---

[1]唐圭璋编《词话丛编》第一册,中华书局1986年版。
[2]唐圭璋编《词话丛编》第一册,中华书局1986年版。

惨的哭泣与热烈的梦想。他写下了许多闪现着人道主义光芒的歌妓词，既揭示了歌妓们的不幸命运，又为她们发出了自由的呼喊。他的重要的艺术实践就是在这里完成的。宋人叶梦得《避暑录话》一书载："柳永，字耆卿。为举子时，多游狭斜，善为歌辞。教坊乐工每得新腔，必求永为辞，始行于世。于是声传一时。"[1]正是这种既充满着坎坷，又具有许多传奇色彩的生活经历，使得他在很大程度上摒弃了他所出身的那个阶级的偏见，接受了市民意识的熏陶和市民文艺的洗礼。他真实地再现都市市民的生活情景，深刻地描写风尘中的种种悲欢，不加掩饰地表达自己对歌妓们的同情、欣赏和爱恋，这就在很大程度上拓展了宋词的题材领域，扩大了宋词的社会基础，提升了宋词的人文品格。为了适应歌妓们的演唱需要和普通市民的审美情趣，柳永还大量使用"不知书者尤好之"的市民口语，大量创作慢曲慢词，所谓"失意无俚，流连坊曲，遂尽收俚俗言语，编入词中，以便伎人传习。一时动听，散布四方"[2]。这就为当时陈陈相因的宋词语汇引来了一股活水，也使得发轫于唐代民间、此后则岑寂了一百多年的慢词获得新的生命。柳永因此成为语言丰富、音乐造诣深厚的慢词鼻祖。从这个意义上讲，柳永对宋词的一系列创造性的贡献，既是统治者不断排斥的结果，也是以歌妓为代表的市民社会热忱接纳的结果。

　　统治者的排斥与打击，下层市民的接纳与支持，使他自觉地走上了一条与歌妓乐工合作的全新的艺术道路。这条道路成全了他前半生的艺术事业。如果说，柳永在50岁左右考中进士之后，能够像许多获得功名的人那样，真正地发达起来，驷马高车，养尊处优，那么他的艺术追求，也许会就此止步，不可能最后登上时代的制高点。是做大官，还是做大词人？不管他的主观愿望如何，命运还是为他选择了后者。以后的事实是：他虽然取得了"功名"，但最终不过从六品（屯田员外郎）；虽然吃上了官俸，但依然宦囊羞涩。乃至最后死在润州（今江苏镇江）的一所驿站时，身上竟分文不名；无钱安葬，无地安葬，灵柩被放在当地的一间寺庙里达20年

---

[1]叶梦得《避暑录话》卷下，文渊阁《四库全书》本。
[2]宋翔凤《乐府余论》，唐圭璋编《词话丛编》第三册，中华书局1986年版。

之久[1]。这就是他中进士之后的官宦生涯。然而为了这个"蜗角虚名"和"蝇头微利",他年复一年地舟车劳顿,书剑飘零,付出了多少沉重的代价,洒下了多少辛酸的泪水。

一切幸运都并非没有烦恼,一切厄运也绝非没有希望。命运残酷地折磨了科场上和官场上的柳永,同时却慷慨地成全了词坛上的柳永。也就是在他奔波于衰柳枯杨的长安古道,徘徊于风雨潇潇的野店驿楼的时候,他迎来了自己艺术生涯的第二个黄金时期。苍茫博大的自然景观,深沉悲凉的人生感慨,熔铸为一篇又一篇羁旅行役词的杰作。《八声甘州》《戚氏》等一系列不朽的作品就这样诞生了。大自然赋予他的卓越才华,连同统治者强加给他的沉重不幸,为他浇铸了一座艺术的丰碑。

四、柳永的创新意识与进取型道德

应该感谢那个既值得缅怀又必须谴责的时代,既为柳永在艺术上的成功提供了一个适宜的环境和氛围,又在政治上残酷地粉碎了他从小就编织的"为公卿"的梦想;使他在冷漠而势利的官场上吃尽苦头,转而沿着一条艰辛的道路顽强地登上了艺术的高地。

更应该感谢包孕一切、创造一切的大自然,为人类孕育了这样一位敏捷、智慧、热情、富于创新精神的天才人物。个人的创新意识与进取型道德,也是我们考察柳永的成功之秘时不可忽视的一个因素。

《历代词话》引《古今词话》:

> 宋无名氏《眉峰碧》词云:"蹙破眉峰碧。纤手还重执。镇日相看未足时,忍便使鸳鸯只。 薄暮投村驿。风雨愁通夕。窗外芭蕉窗里人,分明叶上心头滴。"真州柳永少读书时,遂以此词题壁,后悟作词章法。一妓向人道之。永曰:"某于此亦颇变化多方也。"然遂成"屯田蹊径"。[2]

---

[1] 王应麟《镇江府志》卷三二,万历影印本。
[2] 王弈清等《历代词话》卷四,唐圭璋编《词话丛编》第二册,中华书局1986年版。

真州即真州府，宋真宗时立，辖扬子、六合二县，治今仪征市真州镇。柳永并非真州人，但他最后死在润州（镇江），埋在润州[1]，今镇江北固山上还有柳永墓，而润州与真州仅一江之隔，因此也有人说他死在真州，埋在真州[2]，甚至把他当作真州人。此处所谓"真州柳永"，就是这样来的。不过这段词话的重点并非讲柳永的籍贯，而是讲"屯田蹊径"的来由。

所谓"屯田蹊径"，用蔡嵩云的话来讲，就是"屯田家法"[3]。关于"屯田家法"的内涵，施议对老师有一个解读，可供参考："柳永的家法及模式可用以下两个公式加以展示——'从现在设想将来谈到现在'和'由我方设想对方思念我方'。前者表明时间的推移，后者表明空间的转换。"施老师认为，第一种可以柳词《浪淘沙慢·梦觉》作代表，第二种可以柳词《玉蝴蝶·望处雨收云断》作代表。"柳永利用此推移与变换进行布景、说情，从而创造出令人应接不暇的绚烂艺术世界。"[4]

宋无名氏《眉峰碧》这首词，从结构上来看，已经不是宋初词人普遍运用的那种"上片布景，下片说情"的单一模式，它在时空构成上要复杂一些。它的上片写离别（过去），下片写相思（现在）；上片写离别之空间（家中），下片写别后之空间（村驿）。它营造了两个不同的时空，可称作"二度时空模式"。柳永对于这种"二度时空模式"显然是很敏感、很重视的，因此他要把这首词题写在壁，反复观摩。在他后来的创作中，这种"二度时空模式"也曾多次用过，但他并未停留于此，而是在这种"二度时空模式"的基础上"变化多方"，因此才创造了"从现在（时间）设想将来（时间）谈到现在（时间）"和"由我方（空间）设想对方（空间）思念我方（空间）"这种"三度时空模式"，亦即前人所讲的"屯田蹊径"或"屯田家法"。这种"三度时空模式"显然比《眉峰碧》的"二度时空模式"要复杂得多，其情感意蕴也丰富得多。

---

[1] 王应麟《镇江府志》卷三二，明万历影印本。
[2] 王士禛《池北偶谈》卷二十一，汀州张氏励志斋本。
[3] 蔡嵩云《柯亭词论》，唐圭璋《词话丛编》第五册，中华书局1986年版。
[4] 施议对《论"屯田家法"》，《宋词正体》，澳门大学出版中心1996年版。

由此看来，柳永的创新意识在少年时代就形成了。这种创新意识与那种集中体现在《鹤冲天》等作品中的叛逆精神相结合，就形成了对于一个真正的艺术家来讲不可或缺的进取型道德，这是他在艺术上获得成功的一个基本前提。

　　如果没有这种创新意识和进取型道德，他就会在生机勃勃的市民文艺面前无动于衷，满足于做一个封闭、保守、陈陈相因的词人，谨小慎微，中规中矩，不敢越雷池一步；他会在一个接一个的打击面前委靡不振，自暴自弃，像市俗所误解的那样，在花街柳巷醉生梦死。不！柳永之所以是柳永，就在于他既敏捷地抓住了时代提供的良机，又顽强地扼住了命运的咽喉，最后把悲剧的苦汁化作创造的甘泉。创新、进取、坚忍不拔，这就是作为杰出词人和艺术家的柳永留给我们的既深刻又简明的人生启示。

（原刊《广州大学学报》2002年第2期）

从关汉卿对柳永的受容看元曲与宋词的承传关系

通过对杂剧《钱大尹智宠谢天香》的解读，可以看出关汉卿是柳永的异代知音，他的创作道路是对柳永创作道路的继承和拓展；通过对套曲［南吕一枝花］（不伏老）、［南吕一枝花］（杭州景）与慢词《传花枝》《望海潮》这两组同类题材作品的比较，既可看出关汉卿在为人、个性、价值观、生命观、创作道路、艺术风格等方面深受柳永的影响，也可看出元曲在叙事性与铺述手法的运用方面深受宋代慢词的影响。

讨论不同文体之间的传承关系，可以有多种方法。通常的方法是就文体谈文体，就形式谈形式。这种方法固然没有什么不好，但是如果用得多了，就难免陈陈相因，难以跳出前人的窠臼。

还有一种方法，就是从作家、作品个案入手，通过对个案的分析，总结文体之间的承传关系。这种方法虽然谈不上新颖独创，但毕竟使用的人要少一点。而且个案是无穷的，只要是个案，就不会予人以陈陈相因之感。笔者讨论元曲与宋词的承传关系，之所以要从关汉卿对柳永的受容入手，就是出于这种考虑。

"受容"是一个日语动词，源自汉语，也就是"容纳""接受"的意思。一个作家是不是受容了一个前辈作家，或者说，是不是接受了一个前辈作家的影响，需要确凿的证明，不可凭感觉说话。综观关汉卿留下来的全部作品，他虽然没有对柳永作过任何直接的评价，但是有三点值得我们注意：第一，他通过自己作品中的人物之口，对柳永的作品表达了高度的赞许和由衷的喜爱；第二，他的创作道路，是对柳永创作道路的一个延续和发展；第三，他的某些代表作，从题材、语言、手法、风格到价值观等，都体现了与柳永相关作品的承传关系。

关汉卿是元曲的代表作家，而柳永则是宋词的代表作家。通过关汉卿对柳永的受容，来考察元曲和宋词之间的承传关系，可以说是一个较好的方法或者角度。

一、从杂剧《钱大尹智宠谢天香》看关汉卿对柳永的受容

柳永故事，宋金以还民间盛传。仅戏剧存目就有《柳耆卿诗酒玩江楼记》（见《永乐大典》卷一三九八〇，戏文十六）、《柳耆卿花柳玩江楼记》（见《南词叙录》"宋元旧篇"）、金院本《变柳七爨》（见《辍耕录》卷二十五）；戏文则有《花花柳柳清明祭柳七》、戴善夫《玩江楼》（见《录鬼簿》）、杨遏《玩江楼》（见《录鬼簿续编》）、邹式金《春风吊柳七》（见《远山堂明剧品》）；传奇则有王元寿《领春风》（见《远山堂曲品》）等，共十来种，而关汉卿的杂剧《钱大尹智宠谢天香》，则是唯一有完整剧本流传至今的作品。

这个杂剧的突出成就在于，作者站在理想主义的立场，塑造了一个摒弃统治阶级的顽固偏见，忠贞不渝地热爱一位歌妓，并且最终与之结成连理的知识分子的感人形象。

柳永事迹虽不见正史，但在野史笔记和地方志书里却有不少零星记载。而《钱大尹智宠谢天香》里的柳永形象，与其说是基于这类野史笔记和地方志书的某些记载，不如说是基于柳永《乐章集》有关篇什所表达的新兴市民的爱情婚姻理想，以及关汉卿本人的良好愿望塑造而成的。

剧本写青年士子柳永游学到开封府，与上厅行首谢天香相爱。[1]因试期逼近，便将谢天香托付给自己的故交开封府尹钱可。钱可是一位既开明又未免保守、既正直又有些世故的官员，因见柳永倾心于谢氏，恐他"耽耳目之玩而惰功名之念"，故而答应得并不爽快，使柳永怏怏而归。后来钱可打听到柳永临行前写了一首《定风波》词，便特意唤谢氏歌唱。此词首句即为"自春来惨绿愁红，芳心事事可可"，钱氏以为，若谢氏唱出"可可"二字，便是犯了官长名讳，就要"扣厅责她四十"；而谢氏一旦被打，便成了"典刑过罪人"，柳永就不好再住她家了。钱可的动机虽然是为了柳永的名声和前程，但是对谢天香来讲，显然是不够厚道的。没想到谢氏非常聪明，她将原作"歌过韵"改为"齐微韵"，变"可可"为"已已"，竟一韵不爽地唱完了全词：

柳永《定风波》

自春来惨绿愁红，芳心是事可可。日上花梢，莺喧柳带，犹压香衾卧。暖酥消，腻云亸，终日厌厌倦梳裹。无奈，想薄情一去，音书无个！

早知恁么。悔当初不把雕鞍锁。向鸡窗收拾蛮笺象管，拘束教吟课。镇日相随莫抛躲。针线拈来共伊坐。和我。免使年少光阴虚过。[2]

谢天香改作《定风波》

自春来惨绿愁红，芳心事事已已。日上花梢，莺喧柳带，犹压绣衾睡。暖酥消，腻云髻，终日厌厌倦梳洗。无奈，薄情一去，音书无寄！

---

[1]元明时官妓承应官府，参拜或歌舞，以姿艺最出色者排在行列最前面，称"上厅行首"，后来成为名妓的通称。关汉卿杂剧《金线池》第一折："老身济南府人氏，自家姓李，夫主姓杜，所生一个女儿，是上厅行首杜蕊娘。"（见吴国钦校注《关汉卿全集》，广东高等教育出版社1988年版，第173页）

[2]按：此为关汉卿杂剧《钱大尹智宠谢天香》所录柳永《定风波》（见吴国钦校注《关汉卿全集》，广东高等教育出版社1988年版，第211页），与《全宋词》本《定风波》有出入。后者为："自春来、惨绿愁红，芳心是事可可。日上花梢，莺穿柳带，犹压香衾卧。暖酥消，腻云亸。终日厌厌倦梳裹。无那。恨薄情一去，音书无个。　早知恁么。悔当初、不把雕鞍锁。向鸡窗、只与蛮笺象管，拘束教吟课。镇相随，莫抛躲。针线闲拈伴伊坐。和我。免使年少，光阴虚过。"见唐圭璋编《全宋词》（一），中华书局1965年版，第30—31页。

早知恁的，悔当初不把雕鞍系。向鸡窗收拾蛮笺象管，拘束教吟味。镇日相随莫抛弃。针线拈来共伊对。和你。免使少年光阴虚费。[1]

一曲唱完，钱可大为惊叹，随即作了一个惊世骇俗之举。他为她除了乐籍，并把她娶回家来，作为自己的姬妾，而不避他人之流言。在钱可看来，若依她继续迎新送旧，便是辱没了柳永的高才大名。钱可在开封府为政三年，"治百姓水米无交，于天香秋毫不染"。待柳永及第之后，便亲自主婚，成其与谢氏百年之好。

可见，这个故事充满了理想主义的色彩而与宋人笔记及地方志书了无关涉，纯是关汉卿的虚构。古代士子的通病是一旦功成名就，便马上抛弃旧好，另结新欢，甚至攀龙附凤，以图青云直上。唐人传奇《霍小玉传》，宋元南戏《王魁负桂英》及《赵贞女蔡二郎》等都是很典型的例子。《钱大尹智宠谢天香》杂剧中的柳永则不然。应试之前与谢天香两情诚笃，临试之时再三托人看顾，而一旦登龙虎榜，便马上续接前缘，并不因自己功成名就而嫌弃一个娼门之女。作者有意用谢天香的疑惑与钱可的保守来反衬柳永的忠贞与脱俗，这个效果是很好的。

在关汉卿的笔下，身为歌妓的谢天香首先是一个真正的人，绝不同于一般作家笔下的那种但知追欢买笑、任人玩耍的妓女。她有自己的忧愁、痛苦和追求。她聪慧，漂亮，能歌善舞，多才多艺，但是她十分清楚自己的地位和命运："你道是金笼内鹦哥能念诗，这便是咱家的好比拟。原来越聪明越不得出笼时，能吹弹好比人每日常看伺，惯歌讴好比人每日常差使。""我怨那礼案里几个令史，他每都是我掌命司。"她渴望能够跳出火坑，过一种有独立人格的生活："怎生勾除籍不做娼，弃贱得为良？"但是，她意识到这不过是一种理想，在现实中是难以实现的。因为朝廷法度对她们是严酷的，只要是犯了官长忌讳，就要扣厅责四十，成为典刑过罪人。所以，当钱可说到"你是柳耆卿心上的谢天香"时，她便回答："他

---

[1] 关汉卿《钱大尹智宠谢天香》第二折。见吴国钦校注《关汉卿全集》，广东高等教育出版社1988年版，第312页。按：本文所引关汉卿杂剧《钱大尹智宠谢天香》均出自该版本，不再一一出注。

则是一时间带酒闲支谎,量妾身本开封府阶下承应辈,怎做的柳耆卿心上谢天香?"而一旦柳耆卿最终与她结成百年秦晋时,对她来讲,不啻是福从天降:"这天香不想艳阳天气开,我则道无情干罢休。谁想这牡丹花折入东君手,今日个分与章台路旁柳。"

钱可这个人比较复杂。他诚然属于那种比较正直的官员。治理开封府三年,与百姓水米无交,可见其廉洁;对柳永既友好,又关心,可见其厚道;对谢天香既欣赏,又为之出籍,娶到家中而秋毫无犯,可见其富于同情心且品德高尚。但是,此人的正统观念和功名思想也很严重。他虽然钦佩柳永的才学,却认为他是"才有余而德不足"。他对柳永说:"止为一匪妓,往复数次,虽鄙夫有所耻,况衣冠之士,岂不愧颜?耆卿,比及你在花街里留意,且去你那功名上用心,可不道'三十而立'!"他起初认为"歌妓女怎做的大臣姬妾","品官不得娶娼女为妻",并且存心寻衅,要扣厅责谢天香四十,使之成为典刑过罪人,以绝耆卿之念。后来只是发现了谢天香的出色才华,他才改变自己的偏见:"嗨,可知柳耆卿爱她呢。老夫见了呵,不由的也动情。"因此上"三年培养牡丹花",专等柳耆卿"一举首登龙虎榜"。

关汉卿这样描写柳永同谢天香的爱情及其婚姻,虽然没有什么历史根据,却与柳永的爱情婚姻观念正相吻合。柳永曾在自己的作品中不只一次地表达过这种才子佳人式的爱情理想:"自古及今,佳人才子,少得当年双美。"[1] "结前期。美人才子,合是相知。"[2] 更希望这种爱情能以婚姻为归宿:"眼前时、暂疏欢宴,盟言在、莫更忡忡。待作个真宅院,方信有初终。"[3] "已受君恩顾。好与花为主。万里丹霄,何妨携手同归去。永弃却、烟花伴侣。免教人见妾,朝云暮雨。"[4] 关汉卿对柳永的爱情婚姻观是高度认同的,他的描写符合柳永的理想。

还值得注意的是,关汉卿不仅对柳永的爱情婚姻观念表示了高度认可,对柳永的文学创作本身,也表示了高度认可。正是在《钱大尹智宠谢

---

[1] 柳永《玉女摇仙佩》,唐圭璋编《全宋词》(一),中华书局1965年版,第13页。
[2] 柳永《玉蝴蝶》其四,唐圭璋编《全宋词》(一),第41页。
[3] 柳永《集贤宾》,唐圭璋编《全宋词》(一),第31页。
[4] 柳永《迷仙引》,唐圭璋编《全宋词》(一),第22页。

天香》这个杂剧里，他借剧中人谢天香之口，对柳永的创作表达出了布帛菽粟般的热爱。谢天香因为能唱柳永的慢词《定风波》而得到钱大尹的赏识与爱护，她本人也曾以谙熟柳永的《乐章集》而自豪。如第三折：

（二旦云）敢问姐姐，当日柳七官人《乐章集》，姐姐收的好么？（正旦唱）

〔倘秀才〕便休题花七柳七，若听得这里是那里？相公的耳朵里风闻那旧是非。休只管里这几句，滥黄斋，我也记得。

（二旦云）姐姐，可是那几句儿，说一遍儿我听咱。（正旦唱）

〔穷河西〕姐姐每谁敢道袖褪《乐章集》，都则是断送的我一身亏。怕待学大曲子我从头儿唱与你。本记的人前会，挂口儿从今后再休提。

宋元时的妓女往往以拥有和谙熟柳永《乐章集》而自负。剧中人谢天香对柳词的谙熟和喜爱，正反映了这一事实，也反映了剧作家关汉卿本人对柳词的谙熟与喜爱。正是出于对柳词和柳永本人的谙熟与喜爱，关汉卿才写作了《钱大尹智宠谢天香》这个杂剧。

二、关汉卿的创作道路是对柳永创作道路的继承和拓展

关汉卿对柳永的谙熟与喜爱，建立在他们相似的社会地位与相同的创作道路的基础之上。

柳永虽然出身于奉儒守官的家庭，虽然生活在文人最受重视的北宋，但是，由于他的天性浪漫和音乐爱好，喜出入歌楼舞榭，与能歌善舞的妓女关系密切，并应她们之邀填写了若干被指为"艳冶"的歌词，给统治者留下了不好的印象，因而科举落第。他不但不思悔改，反而变本加厉，声称"才子词人，自是白衣卿相"。扬言要去"烟花巷陌"寻访"意中人"，

"忍把浮名，换了浅斟低唱"[1]，并以"奉旨填词柳三变"自诩。虽然他最终还是没有放弃古代读书人的功名之念，毕竟"及第已老"，且长期困于选调，漂泊四方，乃至最后卒于旅邸，死无葬资。他的遭遇，在中国古代文人中是很特别的，在待遇优厚的宋代文人中，尤其显得特别。柳永一方面在统治者那里受尽排斥、打压和屈辱，另一方面，则从歌妓那里得到真正的关心、帮助、友谊和爱情。歌妓们的文艺才华与善良心地，以及她们的不幸遭遇和悲苦命运，感动了他，教育了他，使他放弃了自己所出身的那个阶级的偏见，与她们交上了朋友，并且成了她们的知音。他不仅在作品中赞美了她们美丽的容貌、出色的才华和纯洁的品格，更揭示了她们悲苦的命运和热切的梦想。他不仅由此而培养了自己初步的民主思想，也形成了接近于广大普通市民的审美情趣。他大量描写普通市民的生活，包括妓女的生活，使用一系列适合她们的演唱需求与审美需求的艺术手法，更从她们的日常语言中挖掘出许多富有生命力和表现力的语词。他开创了一条与歌妓乐工合作的创作道路，这条道路使他成为宋词的大家。[2]

  柳永所开创的这条与歌妓乐工合作的创作道路，在历史上具有重要而深远的意义。此后的许多作家，从宋代的"书会才人"开始，即走着这样一条艰苦的然而也是独立自主的创作道路。中国文学的由雅而俗，由贵族化而平民化，由传统的以诗文为主转为以戏曲小说为主，与文人创作道路的转变关系极大。柳永即是这种转变的开山。

  关汉卿是元代最有成就的杂剧作家。他是当时著名的书会"玉京书会"的主要成员。他所走的创作道路，就是柳永所开创的与歌妓乐工合作的创作道路的一个延续和拓展。明人胡侍《真珠船》云："盖当时台省之臣，郡邑正官及雄要之职，中州人多不得为之，每沉抑下僚，志不得伸。如关汉卿乃太医院尹，马致远江浙行省务官，宫大用钓台山长，郑德辉杭州路吏，张小山首领官，其他屈在簿书、老于布素者，尚多有之。于是以其有用之才，而一寓之乎声歌之末，以舒其怫郁感慨之怀，所谓不得

---

[1] 柳永《鹤冲天》，唐圭璋编《全宋词》（一），第51—52页。
[2] 参见曾大兴《柳永和他的词》，中山大学出版社2001年修订版，第19—33页。

其平而鸣焉者也。"[1]关汉卿之所以终生从事戏剧活动，即在于"沉抑下僚，志不得伸"，要借戏剧"以舒其怫郁感慨之怀"。元朝初年，统治者对汉族知识分子软硬兼施，一方面予以笼络利用，一方面又予以压制歧视。那时，科举考试已经停止，读书人绝了仕进之路，与娼妓乞丐等列，处于有史以来最低贱的地位，所谓"八娼、九儒、十丐"。在这种情形下，知识分子阶层出现分化：或投降统治者，为其出谋划策充当鹰犬；或消极颓废，于山水和酒杯中过活；或以创作为武器，抨击黑暗统治，抒发满腔忧愤。关汉卿即属于最后一种。

关汉卿不仅加入了"玉京书会"，成为杂剧的专业作家，而且"躬贱排场，面傅粉墨，以为我家生活，偶倡优而不辞"。[2]他的创作活动，与歌舞艺人的合作相伴随。表演艺术为当时独步的珠帘秀即是他的好友。著名的套曲〔南吕一枝花〕（赠珠帘秀），可谓最有说服力的材料。他的充满民主意识和反抗精神的戏剧杰作，显然从这些优秀艺人的生活世界里获得了素材、灵感和思想。

关汉卿对统治阶级的认识比柳永更深刻，其作品的社会批判精神也因此比柳词更强烈。这首先是因为他所处的元代和柳永所处的宋代相比，乃是一个黑暗的时代。上层贵族的腐恶，下层人民的不幸，社会的不公平等等，要比宋代严重得多。其次就是他在与戏剧艺人的联系与合作方面，比柳永更为紧密，也更为长久。他与戏剧艺人合作的创作道路，既是柳永与歌妓乐工合作的创作道路的一个延续，也是一个拓展和深入。

三、从关柳两组同类题材的作品看二人的承传关系

让我们回到作品本身。通过关汉卿散曲和柳永慢词的比较，看元曲和宋词的承传关系。柳永《乐章集》里有这样一首《传花枝》：

---

[1] 胡侍《真珠船》，引自吴国钦校注《关汉卿全集》"附录"，广东高等教育出版社1988年版，第630页。
[2] 臧晋叔《〈元曲选〉序》，引自吴国钦校注《关汉卿全集》"附录"，广东高等教育出版社1988年版，第632页。

平自自负,风流才调。口儿里、道知张陈赵。唱新词,改难令,总知颠倒。解刷扮,能咻嗽,表里都峭。每遇着、饮席歌筵,人人尽道。可惜许老了。

阎罗大伯曾教来,道人生、但不须烦恼。遇良辰,当美景,追欢买笑。剩活取百十年,只恁厮好。若限满、鬼使来追,待倩个、掩通着到。[1]

读到这首词,很自然地令人想到关汉卿的一个同类题材的作品,即散曲[南吕一枝花](不伏老):

攀出墙朵朵花,折临路枝枝柳。花攀红蕊嫩,柳折翠条柔,浪子风流。凭着我折柳攀花手,直熬得花残柳败休。半生来倚翠偎红,一世里眠花卧柳。

[梁州第七]我是个普天下郎君领袖,盖世界浪子班头。愿朱颜不改常依旧,花中消遣,酒内忘忧。分茶攧竹,打马藏阄。通五音六律滑熟,甚闲愁到我心头?伴的是银筝女银台前理银筝笑倚银屏,伴的是玉天仙携玉手并玉肩同登玉楼,伴的是金钗客歌金缕捧金樽满泛金瓯。你道我老也,暂休。占排场风月功名首,更玲珑又剔透。我是个锦阵花营都帅头,曾玩府游州。

[隔尾]子弟每是个茅草岗、沙土窝、初生的兔羔儿乍向围场上走,我是个经笼罩、受索网、苍翎毛老野鸡,踏踏的阵马儿熟。经了些窝弓冷箭镴枪头,不曾落人后。恰不道人到中年万事休,我怎肯虚度了春秋。

[尾]我是个蒸不烂、煮不熟、捶不匾、炒不爆、响珰珰一粒铜豌豆,恁子弟每谁教你钻入他锄不断、斫不下、解不开、顿不脱、慢腾腾千层锦套头。我玩的是梁园月,饮的是东京酒,赏的是洛阳花,攀的是章台柳。我也会围棋,会蹴鞠,会打围,会

---

[1]柳永《传花枝》,唐圭璋编《全宋词》(一),第20页。

插科,会歌舞,会吹弹,会咽作,会吟诗,会双陆,你便是落了我牙,歪了我嘴,瘸了我腿,折了我手,天赐与我这几般儿歹症候,尚兀自不肯休。则除是阎王亲自唤,神鬼自来勾,三魂归地府,七魄丧冥幽。天哪,那其间才不向烟花路儿上走![1]

《传花枝》是柳永的自叙传。此人风流自负,多才多艺,可惜作此词时,年纪已经老大了。但他并无所谓生的恐惧与死的悲伤,而是清醒地执着地主张及时行乐,绝不让良辰美景等闲虚掷,除非是大限来临,阎罗驾到。这首词的价值,首先在文献方面,它为我们研究柳永的生平遭遇和个性、才华、价值观等等提供了第一手材料。其次是在形式方面,作者第一次用歌词的形式写自传,为词史上前所未有之创举。

[南吕一枝花](不伏老)则是关汉卿的自叙传。此人比柳永还要直率,他把话说到十二分。他明确宣称:"我是个普天下郎君领袖,盖世界浪子班头。"他毫无顾忌地表示:"愿朱颜不改常依旧,花中消遣,酒内忘忧。"乍看起来,还真有些风流才子的狂放。但是,深一层看,这其中又包含着一个落魄潦倒的知识分子对于命运的抗争。它的思想内容是丰富的,在艺术上也有突出的表现:铺叙和夸张的手法,泼辣而鲜活的语言,把一个反专制的士人描写得形神毕肖。这支套曲对于风流人生的不加掩饰的表白,对于多才多艺的自矜与自负,对于现世享乐的不失时机的追求,以及大胆、泼辣、明快、真率的艺术风格,都可以从柳永的《传花枝》中找到渊源关系。

总之,这一组作品,都属于作者的自叙传,是两位作者对自己的才能、个性、为人、价值观与生命观的形象表白。如果仅仅从造句、敷色来看,二者之间的相似点似乎还不算多;如果从作品所叙述的人物(为人、个性、才能、价值观、生命观)及其风格、声吻和神理气味来看,二者之间的相似之处还是很多的。

再看第二组作品。柳永《望海潮》:

---

[1]关汉卿[南吕一枝花](不伏老),吴国钦校注《关汉卿全集》,广东高等教育出版社1988年版,第604—605页。

东南形胜，三吴都会，钱塘自古繁华。烟柳画桥，风帘翠幕，参差十万人家。云树绕堤沙。怒涛卷霜雪，天堑无涯。市列珠玑，户盈罗绮竞豪奢。

重湖叠巘清嘉。有三秋桂子，十里荷花。羌管弄晴，菱歌泛夜，嬉嬉钓叟莲娃。千骑拥高牙。乘醉听箫鼓，吟赏烟霞。异日图将好景，归去凤池夸。[1]

这首词问世之后，很快传遍四方。相传"金主亮闻歌，欣然有慕于'三秋桂子，十里荷花'，遂起投鞭渡江之志"[2]。可见其影响之广而强大。这是宋词中写杭州西湖的最佳篇什，其成就是空前绝后的。后来张先也写有一首慢词名《破阵乐·钱塘》，其结句为："自此归从泥诏，去指沙堤，南屏水石，西湖风月，好作千骑行春，画图写取。"[3]可谓有意模仿柳词，但远不及关汉卿的套曲〔南吕一枝花〕（杭州景）深得柳词三味：

普天下锦绣乡，环海内风流地。大元朝新附国，亡宋家旧华夷。水秀山奇，一处处堪游戏，这答儿忒富贵。满城中绣幕风帘，一哄地人烟凑集。

〔梁州第七〕百十里街衢整齐，万余家楼阁参差，并无半答儿闲田地。松轩竹径，药圃花蹊，茶园稻陌，竹坞梅溪。一陀儿一句诗题，行一步扇面屏帏。西盐场便似一带琼瑶，吴山色千叠翡翠。兀良，望钱塘江万顷玻璃。更有清溪绿水，画船儿来往闲游戏。浙江亭紧相对，相对着险岭高峰长怪石，堪羡堪题。

〔尾〕家家掩映渠流水，楼阁峥嵘出翠微。遥望西湖暮山势，看了这壁，觑了那壁，纵有丹青下不得笔。[4]

---

[1]柳永《望海潮》，唐圭璋编《全宋词》（一），第39页。
[2]罗大经《鹤林玉露》丙编卷之三，中华书局1983年版，第241页。
[3]张先《破阵乐·钱塘》，唐圭璋编《全宋词》（一），第69页。
[4]关汉卿〔南吕一枝花〕（杭州景），吴国钦校注《关汉卿全集》，广东高等教育出版社1988年版，第603页。

不仅如"满城中绣幕风帘""万余家楼阁参差""吴山色千叠翡翠"和"纵有丹青下不得笔"诸句即从柳词而来,其意境之雄阔,铺叙之详赡,层次之清晰,结构之完整(由整体到局部,再回到整体),都神似柳词而非张先所能企及。可以说,在描写杭州风景的词曲作品中,词以柳永《望海潮》为最佳,曲以关汉卿[南吕一枝花](杭州景)为最佳。

四、从关汉卿对柳永的受容看元曲和宋词的承传关系

关汉卿是元曲"本色派"的大师。他的创作,既当行本色,又真率动人。明人孟称舜在讲到杨显之剧作的时候说:"其词真率尽情,(与汉卿)大约相似。"[1]王国维《宋元戏曲史》云:"关汉卿一空倚傍,自铸伟词,而其言曲尽人情,字字本色,故当为元人第一。"[2]在他们看来,"真率尽情""字字本色"乃关汉卿戏剧的一大特色。而真率、本色,正是柳词的显著特色。清人陈锐《袌碧斋词话》云:"词源于诗而流为曲,如柳三变,纯乎其为词矣乎?"又云:"屯田词在院本中如《琵琶记》,美成词如《会真记》;屯田词在小说中如《金瓶梅》,美成词如《红楼梦》。"[3]前人认识到了柳词与元明戏曲、小说之间的传承关系,这是需要眼光的;但前人还没有认识到柳永词与关汉卿的散曲、杂剧之间的关系,所以我们有必要补充这一点。

事实上,在元明戏曲、小说作家当中,第一个深受柳永影响的人,就是关汉卿。这种影响,不仅仅体现在作者的为人、个性、才华、价值观、生命观、创作道路、艺术风格等方面,更体现在文体方面。

我们知道,词是一种抒情艺术,它的叙事性和诗相比是有所不足的。但是在柳永的词里,我们发现了词的叙事性。可以说,柳词的叙事性,比后来的苏轼、周邦彦、李清照、姜夔、吴文英、张炎等人的词都要强得

---

[1]孟称舜《古今名剧合选》,见《古本戏曲丛刊》四集之八,商务印书馆1958年版。
[2]王国维《宋元戏曲史》,百花文艺出版社2002年版,第104页。
[3]陈锐《袌碧斋词话》,见唐圭璋编《词话丛编》(五),中华书局1986年版,第4197—4198页。

多。上举《传花枝》就是一个很好的例子。而这种带有叙事性的作品，几乎占了柳永慢词（共125首）的一半。

元人散曲，就其本质来讲，也是一种抒情艺术，不过它的叙事性比词要强，尤其是那些长篇的套曲，如杜仁杰的［耍孩儿］（庄家不识勾栏）、马致远的［耍孩儿］（借马）、睢景臣的［哨遍］（高祖还乡）等作品，其叙事性都很强。关汉卿的［一枝花］（不伏老），也有这个特点。元人的套曲，相当于宋人的慢词，它的叙事性，在笔者看来，就是继承了宋人慢词尤其是柳永慢词的传统，并加以发扬光大。

再看铺叙。铺叙是一种艺术表现手法。它的源头，可以追溯到汉魏六朝的抒情小赋。宋代的慢词都使用铺叙的手法，这是因为它所配合的是慢曲。慢曲和小令相比，音乐的篇幅加长了。为了适应慢曲在音乐上的需要，作为慢词的文学，也需要加长篇幅。但是，加长了篇幅的慢词决不能是一盘散沙，必须有层次、有结构地组织词句，于是六朝抒情小赋的铺叙手法就被借鉴过来。柳永是宋代第一个大量写作慢词的词人，也是第一个借鉴六朝抒情小赋的铺叙手法并加以多种创新的词人。其铺叙手法大致来讲，有纵向铺叙、横向铺叙、逆向铺叙与交叉铺叙四种[1]，他因此被称为慢词的鼻祖。他之后，所有的词人写作慢词，都要使用铺叙的手法，所有的词人都在这一方面深受他的影响。有些词人，例如周邦彦和吴文英等人，在铺叙方面甚至比柳永还要讲究，还要曲折多变，他们多使用逆向铺叙与交叉铺叙，而柳永则主要使用纵向铺叙与横向铺叙。

元人散曲中的套曲，作为一种叙事性比宋人慢词还要强的文体，自然也普遍地使用了铺叙的手法。但是由于元人散曲的大众性、通俗性比宋词要强，其套曲的铺叙就不是那么讲究，那么曲折多变，而是显得清晰明了。例如杜仁杰的［耍孩儿］（庄家不识勾栏）、马致远的［耍孩儿］（借马）、睢景臣的［哨遍］（高祖还乡）等作品，就都是使用的纵向铺叙，而关汉卿的［南吕一枝花］（杭州景），则是使用的横向铺叙。这几个作品所使用的铺叙手法，就是柳永惯常使用的纵向铺叙与横向铺叙，尤其是关

---

[1]参见曾大兴《柳永和他的词》，中山大学出版社2001年修订版，第105页。

汉卿［南吕一枝花］（杭州景）的横向铺叙，与柳永《望海潮》的横向铺叙，可以说是如出一辙。也就是说，元人套曲的铺叙手法，主要是继承柳永，而不是周邦彦、吴文英等人。

（原刊《词学》第33辑，华东师范大学出版社2015年版）

柳永和冯梦龙

冯梦龙也是柳永的异代知音。他的小说《众名姬春风吊柳七》揭示了柳永悲剧命运的实质，也体现了柳永的民主思想与市民意识。他的审美理想是对柳永审美理想的继承和光大。

同关汉卿一样，明代著名小说家冯梦龙也是柳永的异代知音。冯氏通过《众名姬春风吊柳七》这篇小说，给了柳永中肯的评价和高度的赞许，而这种评价和赞许，又基于两人在生平遭遇、创作道路和审美理想等方面的相似。

一、从小说《众名姬春风吊柳七》看冯梦龙对柳永的肯定

以柳永的事迹和传说为题材的小说迄今能见到的有三种：一是宋人罗烨《醉翁谈录》丙集卷二所载之《花衢实录·柳屯田评传》，二是明人洪楩编《清平山堂话本》所载之《柳耆卿诗酒玩江楼记》，三是冯梦龙编著《喻世明言》之《众名姬春风吊柳七》。[1]

就《花衢实录·柳屯田评传》所收的几折小故事《耆卿讥张生恋妓》

---

[1]《宝文堂分类书目》所著录之《柳耆卿记》，明刊《绣谷春容》及《燕居笔记》之《柳耆卿玩江楼记》，明刊《万锦情林》及清人重刊《燕居笔记》之《玩江楼记》，均为话本，然未见传本。

《三妓挟耆卿作词》和《柳耆卿以词答妓名朱玉》看来，柳永的形象不过一风流词人而已，诙谐、多情，才华横溢，颇得歌妓的喜爱和敬重。联系柳永本人的全部作品及其有关事迹来考察，应该指出，这篇小说对柳永的描写还是比较肤浅的、平庸的，并没有揭示出柳永性格的精神内核——叛逆思想和民主意识，更没有揭示出柳永一生悲剧的实质——真率的个性与虚伪的礼教之间的矛盾。但是，这篇小说并不可恶，它对柳永并无污蔑、歪曲、诋毁的笔墨，而且作者还以叙述人和小说中人物的口吻，对柳永多有赞赏。如小说开头写道："柳耆卿名永，建州崇安人也。居近武夷洞天，故其为人有仙风道骨，倜傥不羁，傲睨王侯，意尚豪放。花前月下，随意遣词，移宫换羽，词名由是盛传天下不朽。""柳自是厌薄宦情，遁于武夷九曲之东。至今柳陌花衢、歌姬舞女，凡吟咏讴唱，莫不以柳七官人为美谈。"又借剑南太守之口云："见其词而想其人，必英雄豪杰之士。"尽管这种赞美不一定都符合事实，但毕竟表明作者对柳永的态度是肯定的；尽管它还不是真正意义上的小说，在艺术表现上离当时的话本小说还有一些距离，但是却给冯梦龙的优秀小说《众名姬春风吊柳七》以积极的影响。

真正粗鄙浅薄、面目可憎的是《清平山堂话本》所收之《柳耆卿诗酒玩江楼记》。这篇小说写柳永任余杭县宰时，属意于本地歌妓周月仙。因周月仙与刘二员外关系密切，每夜乘船过古渡与其幽会，故柳永虽"春心荡漾，以言挑之"，而"月仙再三拒而弗从"。柳永于是凭借权势，买通舟人（船夫），盼咐他于"夜间船内强奸月仙"，舟人立即依计而行。周月仙惆怅之余，吟了四句诗："自恨身为妓，遭淫不敢言。羞归明月渡，懒上载花船。"舟人将诗报告给柳永，柳永于是排宴于玩江楼上，"令人召周月仙歌唱，却乃预令舟人，假作客官预坐。酒半酣，柳县宰乃歌周月仙所作之诗。……柳耆卿歌诗毕，周月仙惶愧，羞惭满面，安身无地，低首不语。耆卿命舟人退去。月仙向前跪拜。告曰：'……妾今愿为侍婢，以奉相公，心无二也！'……自此，日夕常侍耆卿之侧，与之欢悦无怠。"柳永且作《浪里来》词云："柳解元使了计策，周月仙中了机扣。我交那打鱼人准备了钓鳌钩。你是惺惺人，算来出不得文人手。"很显然，这是一个肮脏的故事，柳永被写成了一个心地下流、手段卑鄙的官员。这篇小说不仅严重违反了历史真实，趣味庸俗，格调低下，表现形式也拙劣不堪。冯梦龙对它极为不满，斥责为"鄙俚浅薄"[1]，因而在有关史实的基础上，以全新的角度，彻底改写，这就是有名的《众名姬春风吊柳七》这篇话本小说。

冯梦龙这篇小说的卓特之处，首先在于中肯地揭示了柳永悲剧命运的实质：真率的个性与虚伪的礼教之间的矛盾。小说写道：柳永"是个有名才子，只为一首词上误了功名，终身坎壈"[2]。这个认识是符合历史真实的。吴曾《能改斋漫录》卷十六载："仁宗留意儒雅，务本向道，深斥浮艳虚薄之文。初，进士柳三变好为淫冶讴歌之曲，传播四方。尝有《鹤冲天》词云：'忍把浮名，换了浅斟低唱。'及临轩放榜，特落之，曰：'且去浅斟低唱，何要浮名？'景祐元年方及第，后改名永，方得磨勘转官。"[3]柳永长期困于场屋，是因为词；及第之后又长期困于选调，还是因为词。王辟之《渑水燕谈录》卷八载：柳三变"皇祐中，久困选调，入内，都知史某爱其才，而怜其潦倒，会教坊进新曲《醉蓬莱》。时司天台奏老人星见，史乘仁宗之悦，以耆卿应制。耆卿方冀进用，欣然走笔，甚自得意，词名《醉蓬莱慢》。比进呈，上见首有'渐'字，色若不悦。读至'宸游凤辇何处'，乃与御制真宗挽词暗合，上惨然。又读至'太液波翻'，曰：'何不言波澄？'乃掷之于地。永自此不复进用。"[4]那么，柳永这两首词究竟有什么问题呢？简而言之，就是冒犯了礼教。如果说，早年的《鹤冲天》是有意的冒犯，晚年的《醉蓬莱》则是无意的冒犯。无论是有意冒犯还是无意冒犯，都缘于他那真率的个性，未能隐忍，未能避讳。

其次，正是因为深刻地认识到了柳永悲剧命运的实质，冯梦龙对《柳耆卿诗酒玩江楼记》这篇小说作了颠覆性的改写。他的改写主要表现在三

---

[1] 冯梦龙《喻世明言叙》，冯梦龙编著、陈熙中校注《喻世明言》，中华书局2014年版，第2页。
[2] 冯梦龙《众名姬春风吊柳七》，冯梦龙编著、陈熙中校注《喻世明言》，中华书局2014年版，第175页。按：本文所引《众名姬春风吊柳七》均出自该版本，不再一一出注。
[3] 吴曾《能改斋词话》卷一，唐圭璋《词话丛编》（一），中华书局1986年版，第135页。
[4] 王辟之《渑水燕谈录》卷八，江苏广陵古籍刻印社1995年版。

个方面：

一是把热恋周月仙的人由刘二员外改为穷书生黄秀才，把买通船夫污辱周月仙的人由柳耆卿改为刘二员外。小说写道，作为父母官的柳永听到周月仙的哭诉之后，"好生怜悯，当日就唤老鸨过来，将钱八十千付作身价，替月仙除了乐籍。一面请黄秀才相见，亲领月仙回去，成其夫妇。黄秀才与周月仙拜谢不尽"。这一改写，就把柳永由一个无赖官僚变成了一个富于同情心的正直官僚，改变了人物的基本精神面貌。

二是虚构了柳永同妓女谢玉英的关系。柳永同谢玉英的关系，绝不同于一般狎客同妓女的关系，而是相知加相爱。作品写道：

> 耆卿看他桌上摆着一册书，题云《柳七新词》，检开看时，都是耆卿平日的乐府，蝇头细字，写得齐整。耆卿问："此词何处得来？"玉英道："此乃东京才子柳七官人所作，妾平昔甚爱其词，每听人传诵，辄手录成帙。"耆卿又问道："天下词人甚多，卿何以独爱此作？"玉英道："他描情写景，字字逼真。如《秋思》一篇末云：'黯相望，断鸿声里，立尽斜阳。'《秋别》一篇云：'今宵酒醒何处？杨柳岸晓风残月。'此等语，人不能道。妾每诵其词，不忍释手，恨不得见其人耳。"

谢玉英的鉴赏水平是很高的。所谓《秋思》就是《玉蝴蝶》这首词，所谓《秋别》就是《雨霖铃》这首词。这两首词，确为柳永的上乘之作。苏轼所激赏的"不减唐人高处"，就是指这一类作品。柳永深感其意，在玉英处住了三五日。由于担心误了到任期限，只得告别。临行时，以歌词《玉女摇仙佩》相赠。后来玉英寻到东京，伴随柳永终身。柳永死后，她行发妻之礼，衰绖，做主丧。

小说所虚构的柳永和谢玉英的爱情与婚姻虽然带有理想色彩，但与柳永本人的爱情婚姻观正相吻合。柳永曾在作品中多次表达过才子佳人式的爱情理想："自古及今，佳人才子，少得当年双美。"（《玉女摇仙佩》）"结前期。美人才子，合是相思。"（《玉蝴蝶》）他赞美这种才子佳人式的爱情，更希望这种爱情能以婚姻为归宿："眼前时、暂疏欢宴，盟言在、莫更忡忡。待作真个宅院，方信有初终。"（《集贤宾》）这种爱情和婚姻，建立在郎才女貌和相知相爱的基础之上，摒弃了门当户对的传统观念，对礼教是一个大胆的挑战和反叛。

三是重点写了"众名姬春风吊柳七"这个情节，完成了对这位悲剧词人形象的塑造，最为凄恻动人："原来柳七官人，虽做两任官职，毫无家计。……当时陈师师为首，敛取众妓家财帛，制买衣衾棺椁，就在赵家殡殓。谢玉英衰绖，做个主丧，其他三个的行首，都聚在一处，戴孝守幕。一面在乐游原上，买一块隙地起坟，择日安葬。坟上竖个小碑，照依他手板上写的增添两字，刻云：'奉旨填词柳三变之墓。'出殡之日，官僚中也有相识的，前来送葬。只见一片缟素，满城妓家，无一人不到，哀声震地。那送葬的官僚，自觉惭愧，掩面而返。不逾两月，谢玉英过哀，得病亦死，附葬于柳墓之旁。……自葬后，每年清明左右，春风骀荡，诸名姬不约而同，各备祭礼，往柳七官人坟上，挂纸钱拜扫，唤做'吊柳七'，又唤做'上风流冢'。未曾'吊柳七''上风流冢'者，不敢到乐游原上踏青。后来成了个风俗，直到高宗南渡之后，此风方止。"小说关于"吊柳七"的描写并非冯梦龙的虚构，它是以宋人的有关记载为本的。曾敏行《独醒杂记》卷四载："柳耆卿风流俊迈，闻于一时。既死，葬于枣阳县花山。远近之人，每遇清明多载酒肴，饮于耆卿墓侧，谓之吊柳会。"祝穆《方舆览胜》卷七也说柳永"流落不偶，卒于襄阳，死之日，家无余财，群妓合金葬之于南门外。每春日上冢，谓之'吊柳七'"。这两条记载关于柳永葬地的说法虽不一定真实，但是"吊柳七"这个活动应该是可信的。

二、冯梦龙的审美理想是对柳永审美理想的继承和光大

《众名姬春风吊柳七》这篇小说，不仅塑造了一个才华横溢、为人正派、具有民主意识和叛逆精神的柳永形象，而且深刻地揭示了这个形象的

悲剧实质。由此便不难看出，冯梦龙是柳永的异代知音。

冯梦龙的时代与柳永的时代相距近六百年，他为什么会对柳永有如此深切的了解？如此会心的体察？只要我们把冯梦龙的生平遭遇、创作道路和审美情趣等作一个考察，这个问题就不难回答。

冯梦龙同柳永一样，也出生在一个书香门第。他的父亲曾和当时苏州的大儒王仁孝来往密切。哥哥冯梦桂是著名的画家，弟弟冯梦熊是著名的诗人，时人称为"吴下三冯"。而柳永和他的两个哥哥柳三复、柳三接在当时也很有文名，时人称为"柳氏三绝"。

从冯梦龙所著《麟经指月》来看，冯氏在少年时代，也曾受到系统的传统教育。青年时期，也同所有的读书人一样，研读过《四书》《五经》，也曾应举赶考。30岁时，还曾被湖北麻城人请去讲《春秋》，并著有《春秋衡库》《四书指月》等指导科举的书籍。但是，和柳永一样，冯梦龙也有一种天生的浪漫性格，豪放不羁，经常出入歌楼酒馆，过着"逍遥艳冶场，游戏烟花里"的生活（见王挺《挽冯梦龙诗》）。也曾多次应考不第，内心郁抑，于是去歌楼酒馆寻找精神寄托。

冯梦龙曾经热恋过一个叫侯慧卿的著名歌妓，后来侯氏嫁了人，他大为失望，从此便绝迹青楼，结束了那种放浪的生活。但是由于早年有较长时间出入歌楼酒馆，使他有机会接触广大的市民群众，熟悉市民的生活状况，了解他们的审美追求，这对他终身从事通俗文学的编辑和写作，起了重要的作用。

冯梦龙也曾久困场屋，直到崇祯三年（1630）才以57岁的高龄考取贡生，61岁做福建寿宁知县。福建《寿宁府志》把他列为"循吏"，称他"政简刑清，首尚文学，遇民以恩，待士有礼"。冯氏的科场和官场经历也与柳永相似。柳永"及第已老"，及第之后，也曾做过县令。《余杭县志》卷二十一《名宦传》记载："柳永字耆卿，仁宗景祐间余杭令，长于词赋，为人风雅不羁，而抚民清静，安于无事，百姓爱之。"冯梦龙的这种生活经历，对于培养他的民本思想、市民意识和审美理想，无疑起了重要作用。

冯梦龙审美思想的一个重要方面，就是十分重视文学的通俗化。他在《喻世明言》的序言里讲过一段很著名的话："大抵唐人选言，入于文心；宋人通俗，谐于里耳。天下之文心少而里耳多，则小说之资于选言者少，而资于通俗者多。"[1]宋词就是一种"谐于里耳"的文学，而柳永则是宋词的杰出代表。冯梦龙既高度认可"宋人通俗"，那么他对柳永的作品，自然就会有深切的体悟。

冯梦龙审美思想的另一重要方面，就是强调文学作品的"真"。他在《山歌》序中写道："桑间濮上，国风刺之，尼父录焉，以是为情真而不可废也。山歌虽俚甚矣，独非郑卫之遗欤？且今虽季世，而但有假诗文，无假山歌，则以山歌不与诗文争名，故不屑假。苟其不屑假，而吾藉以存真，不亦可乎？"[2]他是在肯定其"真"的前提下，来收集《山歌》《挂枝儿》一类的通俗文学的，而且他认为这种不与诗文争名的"真"文学，其功能在于"借男女之真情，发名教之伪药"，也就是通过真实的民间文学，来彰显礼教的虚伪。事实上，柳永的许多作品，正是同礼教相违背的。通过柳永的这些作品，也可以彰显礼教的虚伪。冯梦龙正是这样看待柳永作品的。如上所述，在《众名姬春风吊柳七》中，他曾借谢玉英之口赞叹道："他描情写景，字字逼真。如《秋思》一篇末云：'黯相望，断鸿声里，立尽斜阳。'《秋别》一篇云：'今宵酒醒何处？杨柳岸、晓风残月。'此等语，人不能道。"也就是说，冯梦龙对柳永作品以"真"为特色的美学品格，原是高度认可的。

总之，类似的遭遇，类似的思想，类似的审美理想，使得冯梦龙成为柳永的异代知音。

（写于1984年）

---

[1]冯梦龙《喻世明言叙》，冯梦龙编著、陈熙中校注《喻世明言》，中华书局2014年版，第3页。
[2]冯梦龙《叙山歌》，《明清民歌时调集》，上海古籍出版社1987年版，上册，第269页。

柳永研究的重要收获

——评《柳永词详注及集评》

姚学贤、龙建国的《柳永词详注及集评》，是柳永《乐章集》的第一个注本。这个本子继承了汉人注书的优良传统，无论是疏通其文义，还是征引其事实，都要言不烦，力求简约。对典故旧事和宋人口语的注释颇见功力。

唐五代两宋名家词人的集子大多有后人作注，有的还有几种注本，但是柳永的词集在过去却一直无人问津，这种情形与他在词史上的举足轻重的地位是极不相称的。这里边的原因比较复杂。柳永是一位从市井坊曲走来的词人，他的最基本的审美观念是"以俗为美"，而历来注家又大都是些饱学的文人雅士，崇雅抑俗对他们来讲，既是一种美学原则，也是一种人生姿态，甚至是一种功利行为。这样，柳永在传统的注家那里，便只有坐冷板凳了。就柳永词的文本而言，注释起来也是相当麻烦的。第一，历史文献中关于柳永的记载极为少见。《宋史》里没有他的传记，当时和后来的某些文人笔记里虽然有一点关于他的零星记载，又大都传闻异词，舛误间出。直到今天，学术界连他是哪年生、哪年死、哪年进京赴考等一些最基本的问题都没搞清楚；他现存213首词的具体的写作背景，诸如写于何时、写于何地、因何而写等等，绝大多数都是一个谜。第二，他的许多作品，尤其是应歌之作，用了不少当时的口语，注释起来相当不易。第三,他虽然是一位大众化的词人,但是在他的为数不少的应制投赠游仙访道之作里,他又表现得很有学问,天文、地理、历法、佛道、典章名物方面的东西很多,注释起来也要大费功夫。因此,古今注家对于柳永词的系统评注,不是不为,便是不能。这一片学术空白存留了九百多年。

1991年2月,姚学贤、龙建国先生在中州古籍出版社出版了他们花费多年心血完成的《柳永词详注及集评》一书[1],终于填补了这一空白。

注者以《疆村丛书》本《乐章集》三卷、续添曲子一卷为底本,参照毛晋《宋六十名家词》本、陈耀文《花草粹编》本和唐圭璋《全宋词》本,集轶去讹,择善而从,共得柳词213首,一一加以注释,并附上历代词学家的单篇评论及有关史料。书后还列有存疑词17首、诗三首及一残句,文一片断、生平资料30条、历代总评71条及五四以来有关柳词的部分研究著作和论文(不含赏析文章)索引。无论是作品,还是有关研究资料,就目前所能见到的而言,可以说是相当全了。这就为读者了解柳永的"全人"和"全篇",为学者们作进一步的具体而深入的研究,提供了一个相当完备的文本。仅仅就这一方面而言,便足以为之称道,何况此书还有许多独到的地方。

姚、龙二位注柳词,继承了古人(尤其是汉朝人)注书的优良传统,无论是疏通其文义,还是征引其事实,都力求简约,即"只注难晓处,不全注尽本文"[2]。不似时下的不少古籍注本,面面俱到,唠叨不已,往往在训诂名物和解释词义之后,还要一字一句地串讲一通。不用作注的地方偏要作注,可以少注的地方偏要多注,甚至还忍不住发点议论,说点题外话。这样看似为读者考虑,实则把读者的主要注意力由原著引向注释,卖弄学问,喧宾夺主,既中断了文学审美活动的连贯性,又浪费了读者的时间。姚、龙之作,名曰"详注",实则要言不烦,详略得当。

注者的努力,主要体现在两个方面。一是对典故旧事,大都索其出处,发其底蕴。如正宫《早梅芳》,中吕宫《送征衣》,仙吕宫《倾杯乐》,大石调《玉楼春》之一、之二、之三、之四,双调《御街行》之

---

[1]《柳永词详注及集评》,姚学贤、龙建国纂,中州古籍出版社1991年2月版。
[2]《朱子语类》卷135,转引自张舜徽《中国文献学》第6编第2章,中州书画社1982年版。

一，《巫山一段云》之一、之二、之三、之四、之五，小石调《一寸金》，歇指调《永遇乐》之一、之二，林钟商《醉蓬莱》，仙吕调《如鱼水》之一，南吕调《木兰花慢》之二，《瑞鹧鸪》之二等20首词，或为投赠，或为应制，或为游仙访道之作，涉及到许多历法、星象、地理、道藏和典章制度方面的问题，一反其多数作品的通俗易懂，显得很有学问。注者对这些作品的注释，大都比较详细，征引了不少典籍，发掘了不少资料。有些地方，为考证柳永的生平事迹，提供了极有价值的线索。譬如注《早梅芳》的"元侯"二字时，注者云："诸侯之长。此借指某地方长官。《花草粹编》于词牌下有题'上孙资政'"。注《永遇乐》的"孙阁"二字时，又云："孙氏府宅……此词可与《早梅芳》参读，皆为'上孙资政'之作。孙资政当指孙沔。据《宋史·孙沔传》记载，沔曾以资政士知杭州。"这两首词都是投赠之作，都写到苏杭一带的风物。这就使我们想到杨湜《古今词话》和罗大经《鹤林玉露》所谓"孙何帅钱塘，柳耆卿作《望海潮》词赠之"的记载。[1]前几年有人提出"《望海潮》非为孙何而作"[2]，那么《望海潮》究竟是不是投赠之作？如果是投赠之作，投赠对象是谁？如果不是孙何，是否就是孙沔？读到姚、龙二位的书，我们可以说，有了一个新的思路。又譬如《巫山一段云》之一的"六六真游洞，三三物外天"这两句词，有人认为"六六"指武夷山的三十六峰，"三三"指武夷山的九曲溪，并由此得出结论说《巫山一段云》五首是"柳永于大中祥符年间游武夷山时所作的"[3]。注者不同意这个解释。他们引《述异记》云："人间三十六洞天，知名者十耳，余二十六天出《九微志》，不行于世也。"指出"六六真游洞"即三十六洞天，为道家神仙所居之处，而不是指武夷山的三十六峰。而"三三物外天"也就是九天。这样，柳永的老家虽在武夷山下的崇安县，但他是否就在老家长大？是否在青少年时期游览过武夷山的三十六峰和九曲溪，后来是否又回过老家？等等，至少不能以此《巫山一段云》为确证了。类似这样的极有价值的资料

---

[1]分别见杨湜《古今词话》，《词语丛编》本，中华书局1986年版；罗大经《鹤林玉露》卷1，中华书局1983年版。
[2]徐凌云、龚德芳《柳永〈望海潮〉非为孙何而作》，《文学遗产》1983年第3期。
[3]参见谢桃坊《柳永》，上海古籍出版社1986年版。

和结论，有如散金碎玉，分布在全书各处，需要我们阅读时随时留心。因为注者并没有花费笔墨提示我们，他们在考证某个问题。他们的文笔很简炼，往往点到即止。

　　注者的第二个努力，是对冷语僻词大都究其真意，求其旁证。柳永，就其作品的主体风格而言，乃是一位通俗词人。他的语言主要是时人口语。这些口语在当时，当然没有任何语障，明白易晓；在今天，尽管较之其他词人的作品，仍显得通俗易懂，但是由于时过境迁，由于民族语言的发展和变异，其中的许多语词已经成了冷语僻词，不好懂了。有些本来是通俗的作品，其阅读难度并不亚于上述投赠、应制和游仙访道之作。越是俗语越不好懂。譬如"妳妳""则个""端的""陡顿""抵死""伸剖""孜煎""抛嚲""诵谈""摧挫""计料""悔懊""拖逗""可可""的的""巴巴""经年价"一类的词语，在他以前的诗文作品里极为少见，因而难以溯其来历；只是在他同时和以后的通俗文学作品如话本、词曲中可以觅其踪迹，这就要求"求其旁证"。在这方面，注者做了大量的工作。如《鹤冲天》里的"未省展眉则个"，"则个"怎么讲？注者在指出其为"语助词，近于'着''者'的用法"之后，引《京本通俗小说·碾玉观音》"您与我叫住那排军，我相问则个"作旁证。又同篇里的"自家只恁摧挫"，"摧挫"又怎么讲？注者亦在指出其为"折磨、烦恼"之意后，引杨无咎《玉抱肚》"你还知么？你知后，我也甘心受摧挫"作旁证。再如《慢卷䌷》的"算得伊家，也应随分"两句，注者在指出"随分"为"照样、照例之意"，"伊家"即"你"之后，亦是引郭应祥的《好事近·丁卯元夕》"今岁度元宵，随分点些灯火"和董解元的《西厢记诸宫调》"忆自伊家赴上都，日许多时，夜夜魂劳梦役"作旁证。这些俗语既为时人口语，自然难以觅其历史渊源；但是以同时代和后代的小说、词曲为旁证，就可以使读者为之信服：注家的解释是准确的。它如《征部乐》的"闷不见虫虫"和"举场消息"，《法曲献仙音》的"早是乍清减"，《法曲第二》的"怎生向"，《荔枝香》的"时揭盖头微见"，《破阵乐》的"千步虹桥"和"竞夺锦标"，《锦堂春》的"今后更敢无端"，《迎春乐》的"牵情无计奈"，《隔帘听》的"爱品相思调"，《少年游》的"无个事"，《木兰花》的"星眸顾指精神峭",《驻马听》的"恣性灵,忒煞些儿",《望远行》的"故故解放翠羽",《击梧桐》的"便好看承",《夜半乐》的"叹后约丁宁竟何据",《过涧歇近》的"怎向心绪",《满江红》之一的"恶发恣颜欢喜面",《满江红》之二的"不会得都来些子事",《临江仙》的"如许无聊",《倾杯乐》的"和梦也多时间隔",《爪茉莉》的"怎生挨",《十二时》的"做得十分萦系",《西江月》的"奸字中心著我",《凤凰阁》的"这滋味、黄昏又恶"等等,就分别引用了《清平山堂话本·陈巡检梅岭失妻记》、杜安世《浪淘沙》、王实甫《西厢记》、周邦彦《留客住》、周辉《清波杂志》、孟元老《东京梦华录》、杨万里《负丞零陵》、黄庭坚《和文潜舟中所题》、《水浒传》、周邦彦《望江南》、《宣和遗事》、李流谦《于飞乐》、杨万里《癸巳省宿咏南宫小桃》、《京本通俗小说·错斩崔宁》、谢懋《蓦山溪》、黄庭坚《转调丑奴儿》、陆游《老学庵笔记》、张矩《水龙吟》、范成大《盘龙释》、宋徽宗《燕山亭》、章谦亨《步蟾宫》、关汉卿《调风月》、黄庭坚《两同心》等后辈人的小说、词曲和通俗诗文,从而为这些俗语找到了最好的注脚。

作为九百多年来的第一部柳永词的较完整注本,这本书做了创榛辟莽的工作;既然是创榛辟莽,自然暂时还不能说是十分完美。这是可以理解的。我这里提出两个细节问题,以期就正于注者和大方之家。

第一,《传花枝》这首词,可以当作柳永的自叙传来理解,在《乐章集》中有着重要的地位[1]。但是注者对这首词的注释似过于简略。譬如"道知张陈赵"这一句,就没有讲清楚。又如"刷扮"二字,注者说是"梳妆打扮",似简单,似无据。《梦粱录》尝云:"又有杂扮,或曰'杂班',又名'纽元子',又谓之'拔和',即杂剧之后散段也。顷在汴京时,村落野夫,罕得入城,遂撰此端。多是借装为山东河北村叟,以资笑端。"[2] "杂扮"既有"杂班"之异名,是否也有"刷扮"之异名?二者既谐音,又近义,也就是说,柳永以之夸示于人的"刷扮",是否就是勾栏瓦肆中的技艺"杂扮"?

---

[1]参见曾大兴《柳永和他的词》第二章,中山大学出版社1990年版。
[2]吴自牧《梦粱录》卷20,浙江人民出版社1980年版。按《东京梦华录·元夕》亦有同样记载。

第二，《玉楼春》之四的"九岁国储新上计"，这一句，学术界有不同的解释。一种解释说："九岁国储"是指天禧二年真宗册立九岁的赵祯为皇太子，"新上计"乃是指册立皇太子一事为真宗的新的高明决策[1]。另一种解释说："九岁国储"是指国家粮食储备，即《礼记》所谓"国无九年之蓄曰不足"，《淮南子》所谓"三年耕而余一年之食……二十七年而有九年之储"之意，"新上计"则是说各地的粮食生产年结报告刚好送到朝廷，故下一句紧接着补充说"太仓日富中邦最"[2]。注者所采纳的是前一种解释，而对于"新上计"三字又阙而不注。显然，注者在这里有些吃不准。或以为第二种解释要稳妥一点，不知注者以为何如？

替古书作注解工作，乃是一件极不容易的事。杭世骏《李太白集辑注序》尝云："作者不易，笺疏家尤难。何也？作者以才为主，而辅之以学，兴到笔随，第抽其平日之腹笥，而纵横曼衍，以极其所至，不必沾沾獭祭也。为之笺与疏者，必语语核其指归，而意象乃明；必字字还其根据，而佐证乃确。才不必言，夫必有什倍于作者之卷轴，而后可以从事焉。"[3]柳永是一位真率纯情的词人，天分极高，下笔如神。他的作品中的那些典故，那些冷语僻词，并非刻意为之，并非故意卖弄学问，多是自然而然地流露或抒写。可是今天为他的作品作注的人，却要因此花费十倍的功夫和心血。嗟夫！如果不是怀着对祖国传统文化的满腔热情，如果不是怀着对读者的高度责任感，谁愿意孜孜不倦地做这份苦差事呢？

（原刊《信阳师范学院学报》1992年第1期）

---

[1]参见谢桃坊《柳永事迹补考二题》，《四川师范大学学报》1990年第1期。
[2]参见思嘉《从〈话柳永〉说到其他关于柳永的话》，《四川师范大学学报》1988年第2期。
[3]杭世骏《道古堂集》卷8，转引自张舜徽《中国文献学》第6编第2章。

奉旨填词柳三变
——词学演讲录之一

柳永出身于一个知书识礼的官宦人家，他最初出入歌舞场所，主要是受了时代风气和城市音乐文化环境的影响，后来出入歌舞场所，则是统治者逼迫排斥的结果。统治者30余年不录取他为进士，他没有出路，就只有做一个专业的词人，走上一条与歌妓乐工合作的创作道路。这是一条独立自主的道路，也是一条与下层民众相融合的道路。这条道路既成全了柳永在词史上的地位，也推动了宋词的发展和繁荣。

重读柳永《雨霖铃》这样的作品，可以重温我们中华民族曾经有过的那种真挚而醇厚的感情，让我们的感情品质来一个提升。

柳三变就是柳永。柳永这个人，大家应该不陌生。我印象中，在中学语文课本里，就有他的一首《雨霖铃》，是吧？

讲到宋词，就会讲到柳永。宋词是一代之文学。我们通常讲，"一代有一代之文学"，唐有唐诗，宋有宋词，元有元曲。李白和杜甫，就是唐诗的代表人物；而柳永和苏轼，就是宋词的代表人物。所以柳永这个人，大家应该不陌生。

今天我要讲的，就是柳永和他的词。词是什么呢？就是流行歌曲的歌词。我们在座的各位，对当代流行歌曲是很熟悉的，但是大家是否知道古代的流行歌曲呢？像宋词，就是宋代的流行歌曲。而宋代最有影响的流行歌曲作家是谁呢，就是柳永。我们关心当代的流行歌曲，同时也应该了解一下古代的流行歌曲。我们对于当代流行歌曲的歌词作者不陌生，但是对于古代流行歌曲的歌词作者也要知道一点。这是我在正式讲柳永之前，要特别跟大家提示一下的。相对来讲，柳永这个词人，跟别的词人相比，他的现实意义更大一些。

一、柳永的生平

首先，我要介绍一下柳永的生平。柳永，原名三变，字景庄，后改名永，字耆卿。我为什么要讲这个问题呢？因为有许多介绍柳永的书，往往会把他的名和他的字搞混淆。有人说柳永初名三变，后来改名永，字耆卿，他就把中间那个"字景庄"漏掉了。有的人则把这个名字的前后关系错乱了，所以我这里要讲讲。他最初叫三变，柳三变。他有两个哥哥，大哥叫三复，二哥叫三接，他叫三变，兄弟间的名字都是有相关性的。他为什么叫三变呢？为什么要字景庄呢？我们知道，古人有一个名，还要有一个字，但这个名和这个字，不是随便取的，古人的名和字是有对应关系的。你看，为什么要名三变字景庄呢？三变，来自于《论语》中的"君子有三变，望之俨然，即之也温，听其言也厉。""望之俨然"，就是看起来很庄重的样子。"即之也温"，就是你真正跟他接触的时候，你会发现他这个人很温和。"听其言也厉"，就是他不随随便便地讲话，一旦讲起来就义正辞严。这就是"三变"的来历。所谓"景庄"，就是向往庄重。后来生了一场病，病得还很重，病好之后就改名为"永"。"永"是什么意思呢？长久嘛。"耆"是什么意思呢？就是高寿嘛。所以说这个"耆卿"和"永"，又是相对应的。我们看到许多介绍柳永的书，或者一些文章，往往把他的名和字搞混淆了。所以我现在通过这个讲座，介绍柳永的名和字，顺便讲一下关于名和字的基本常识问题——就是我们在读古书的时候，要注意古人的名和字之间，往往有一种连带关系，一种对应关系，它不是随随便便取的。

柳永是哪里人呢？福建崇安人，在20世纪90年代的时候，崇安县改名为武夷山市，因为崇安就在武夷山，所以他的籍贯就是福建省武夷山市。他的生卒年代不是很具体，大约生于983年，大约卒于1053年，与范仲淹同时代。不过他中进士的时间是很准确的，就是宋仁宗景祐元年（1034）。为什么这个时间是准确的呢？因为古人中进士，在礼部是有记载的。宋代的这个礼部，相当于我们现在的教育部和文化部，所以他中进士的时间是可以肯定的。

柳永中了进士之后，做过哪些官呢？做过睦州团练推官。睦州在哪里？就在今天的浙江杭州市境内。还做过晓峰盐场监官。这个晓峰盐场在哪呢？在今天浙江的舟山群岛。在宋代的时候，是很著名的盐场。古代的盐场是官营的，所以他就被派到盐场做监管。最后做到屯田员外郎。屯田这一块，古代属于工部管。屯田员外郎，相当于今天一个处级干部。如果他是屯田郎中，那就相当于今天一个司局级干部。柳永做官做到最后，也就是个处级干部。因此人们就称他为"柳屯田"。

他的词集，叫《乐章集》。他的词集和别人的词集不一样。他的词集中的作品是按照宫调排列的。就是说，他是个音乐家，所以他的作品是按照音乐来分类的。别的词人在音乐造诣上不如他，所以他们的作品的分类和他的分类不一样。他的词流传到今天，还有213首。

二、柳永被误解的原因

接下来，我要澄清一下人们对柳永的一个误解。因为直到现在，还有很多人对柳永有这个误解。2010年，中央电视台的"百家讲坛"栏目邀我去讲课，问我打算讲什么，我说我想讲柳永，他们就不同意。我问他们为什么不可以讲柳永？他们说："曾老师，你要讲柳永，你是想给观众一个什么样的信息呢？"我说："看来你们对柳永还是有些误解。"通过这件事，我发现一个问题，就是通过我们的研究，词学界对柳永已经没有误解了，但是社会上还是有误解。因此我就想利用今天这个机会，给大家讲一讲真实的柳永，希望大家能够消除对柳永的这个误解。

我想我不讲大家也知道，一说起柳永，人们就会说他是一个风流浪子，所谓"薄于操行"。也就是说他年轻的时候经常出入歌舞场所，经常和那些歌女们在一起，所以被认为是一个风流浪子，一个"薄于操行"的人。其实这里面是有误解的。

我们先看看柳永究竟是一个什么样的人。

首先，柳永出身于一个奉儒守官、知书识礼的家庭，一个书香门第，一个官宦人家。他父亲有六兄弟，其中就有三个进士，他父亲就是一个进士。他这一辈呢？有三兄弟，一个叫柳三复，一个叫柳三接，一个叫柳三变，三兄弟都是进士，所以时人称为"柳氏三杰"。在他的子侄辈当中，有两个进士，他的儿子柳涚是进士，他的一个侄儿叫柳淇的也是进士。他们一家三代人，总共有八个进士，可以称为进士之家了。这就说明这个家庭的教育环境是很好的。他们走的是一条传统的读书做官的道路，这不就是中国古代多数知识分子的人生道路吗？

再来看看他们家的道德水准。他的祖父叫柳崇。柳崇去世之后，当时有一位很有名的文学家叫王禹偁，给他写了一篇《墓志铭》。这篇《墓志铭》说，柳崇这个人，"以行义著于州里，以矜严治于闺门。乡人有小忿争，不诣官府，决其曲直，取公一言"。就是说柳崇在崇安，以德行和义气著称，治家也很严。如果乡亲们之间有什么矛盾纠纷，都不用去找官府，只要找一找他就行了。这其中的是非曲直，就在他一句话。可见他在乡里有多么高的威望。还说："诸子诸妇，动修礼法。虽从宦千里，若公在旁。其修身训子有如此者。"就是说他的儿子、媳妇们都是遵守礼法的。儿子们虽然在千里之外做官，但都像在父亲身边一样，时刻严格要求自己。柳崇教育子女严格到了这样一个地步，我们因此就可以知道，柳永是在一个什么样的家庭长大的。

那么柳永本人又是怎样的呢？他小时候，写过一篇《劝学文》，里面写道："父母养其子而不教，是不爱其子也；虽教而不严，是亦不爱其子也。父母教而不学，是子不爱其身也；虽学而不勤，是亦不爱其身也。学，则庶人之子为公卿；不学，则公卿之子为庶人。"这不就是传统的读书人的价值观吗？这说明柳永少年时代走的是一条很正规的读书做官的道路。所以他每天晚上都要"燃烛苦读"，每天晚上都要点着蜡烛读书到深夜。于是当地人就把他读书所在地的那座山称为"笔架山"。那座山的山峰就像笔架一样。

以上事实说明，柳氏的家教是很好的。少年时代的柳永，读书是很用功的，是很能严格要求自己的。那么为什么到了青年时代，他就要出入歌舞场所呢？这个问题就值得研究了。

柳永大约20岁左右去首都开封参加进士考试。也就是在这个时候，他开始出入歌舞场所，也就是秦楼楚馆。这是什么原因呢？

第一个原因，是音乐家的气质使然。柳永是个词人，但他同时还是一个音乐家。他现存的213首词，一共用了127个词调。这127个词调当中，有55个是他自创的。也就是说，他除了会填词，还会作曲。他是一个音乐家，而这些歌舞场所，往往就是流行音乐的产生地和传播地。你想一个真正热爱音乐的人，或者说一个从事流行音乐创作的人，他怎么可能不去歌舞场所呢？你能要求今天的那些流行音乐创作者也就是音乐人不去夜总会，不去卡拉OK吗？你能让他整天关在家里进行创作吗？不行的。他需要熟悉这个音乐环境。

第二个原因，是城市的音乐环境使然。我们知道宋代是一个流行音乐非常繁荣的时代，而首都开封则是一个流行音乐最为繁盛的城市。比如柳永在他的作品中，就不只一次地介绍当时开封的流行音乐。他有一首词叫《长寿乐》，其中写道："是处楼台，朱门院落，弦管新声腾沸。""楼台""院落"，都好懂。"弦管新声腾沸"是指什么呢？"弦"是弦乐，"管"是管乐，"新声"就是流行音乐，在当时叫"燕乐"。还有一首《木兰花慢》写道："风暖繁弦声脆，万家竞奏新声。"就是在暖风的吹拂下，到处都可以听到那些繁密清脆的管弦乐声，那是"万家"在"竞奏新声"，就是比赛演奏新声。还有《夏云峰》这首词写道："坐久觉、疏弦脆管，时换新声。"就是他坐在那里，坐久了，就能感觉到乐器演奏的新声在变化。这就说明他是一个内行，而不是一个看热闹的人。所以我说他出入歌舞场所，乃是城市音乐环境使然。

第三个原因，是时代风气使然。这个风气其实从唐代就有了。考生在州府里考试通过了，然后到京城里去参加礼部的考试。这些人，就叫"举子"。唐朝规定：这些青年"举子"在进士及第之前，以及及第之后正式为官之前，在这段时间里，可以出入歌舞场所。如果是一个正式的官员，那就不能出入歌舞场所。许多人以为古代的官员可以随意出入歌舞场所，这是一种误解。如果你是一个在职官员，出入歌舞场，那是要受到弹劾的。但是青年"举子"就可以。宋代沿袭了这样一个规矩。柳永出入歌舞场所，是以"举子"的身份，这是不犯规矩的，是时代风气使然。

以上三个原因，使得柳永到了开封，就开始出入歌舞场所。那么，既然是这样，他为什么又被误解了呢？这就与他所接触的歌妓的身份有关了。

唐宋时代的歌妓有三种类型：一种是家妓，一种是官妓，一种是私妓。什么是家妓呢？就是士大夫家里养的歌妓。宋代五品以上的士大夫，就可以自蓄家妓。你看欧阳修家里就有妙龄歌妓"八九妹"，苏轼家里也有"歌舞妓数人"。什么是官妓呢？就是为官府服务，由官府发工资的歌妓。朝廷对于官员与官妓的关系是有明确规定的，官员可以欣赏官妓的歌舞表演，甚至可以安排歌妓劝客陪酒，但是不得与歌妓乱来，即不能有那种私密关系，不然也会受到弹劾。有些人以为古代的官员比现在的官员自由随便，恰好说反了。在古代，对官员是有严厉的弹劾制度的。什么是私妓呢？就是社会上的那些歌舞场所里面的歌妓。她们的成分比较复杂。这些私妓大多以卖艺为主，但是如果生存困难，有时候也会卖身。"妓"这个字，在古代是有人字旁的，也就是"伎"。日本人直到今天还把这种人叫"艺伎"，也就是我们中国人所说的歌舞艺人。这些歌舞艺人对于古代的文学艺术是有重大贡献的。如果没有这些歌舞艺人的话，根本就没有唐宋词的产生，也没有元曲的产生。因为她们不仅是词曲的传播者，也是词曲的催生者。有许多作品就是为了她们的演唱而创作的。

柳永作为一个青年举子，他较少接触到家妓和官妓，他所接触的主要是私妓。私妓的成分比较复杂，所以就容易引起误解。问题是，当时接触私妓的青年举子不在少数，为什么别人没有背上一个风流浪子的名声呢？一个很重要的原因，就是柳永喜欢填词，而且填的还很多。他把自己对歌妓的印象、感受、赞美、同情等等，都写在词里面了。别的人到歌舞场所，只是听听歌，观观舞，喝喝花酒。他们不写词，不写词就没事。柳永不仅写词，而且写得还很多，还很好，影响还很大。影响大到什么程度呢？你看啊，宋代有个很有名的文人叫叶梦得，他有一本书叫《避暑录话》，他在这本书里记载说："余仕丹徒，尝见一西夏归朝官云：凡有井水饮处，即能歌柳词。"就是说，我在丹徒做官的时候，有一个从西夏来的官员对我说，只要是有井水的地方，就有人唱柳永的词。丹徒在哪里呢？丹徒就是现在的江苏省镇江市的丹徒区，当时是一个县。西夏归朝官，就是从西夏归顺宋朝的官。西夏在哪里呢？就在今天的宁夏和甘肃东部这一带。在这一带，只要有井水的地方，就有人唱柳永的词。有井水的地方就是有人烟的地方嘛。只要是有人烟的地方，就有人唱柳永的词。你说他的影响大不大？前几年有人讲："有华人处有金庸。"只要是有华人的地方，就有人看金庸的武侠小说。于是人们就以为金庸的影响好大好大。其实金庸的影响再怎么大，也未必大过柳永。因为柳永的作品不仅传遍华人世界，还传到了国外。传到了今天的朝鲜、越南、日本。你看他的影响有多大？

还有一个原因，就是柳永做举子的时间太长了。他一直到50岁左右才中进士，做了30年左右的举子。因为长期做举子，长期接触私妓，长期为她们写词，写的既多又好，影响很大，因此就使得他背上了一个风流浪子的名声。其实这对他来讲，是一件很不幸的事。是吧？如果那些主考官，包括皇帝，早一点录取他为进士，那么按照朝廷的有关规定，他就不能随便出入歌舞场所了嘛，他就不能随便接触私妓了嘛。你们都不管他，你们把他长期排斥在外，所以他就只能出入歌舞场所了嘛，是吧？他出入歌舞场所，其实是付出了沉重的代价的。

三、柳永的创作道路

柳永最早参加进士考试，大约是20岁左右。那一次就落榜了。以他的卓越才华，居然落榜了，他心里就很不服气，很不平衡。当然，要是别的人，落榜就落榜嘛，下次再来嘛。但是他这个人，是一个很有诗人气质的人，他内心里有气，不平衡，他就要写出来。所以他就写了一首《鹤冲天》。他在《鹤冲天》这首词里，有一些比较过激的言论。就像今天有些高中生没有考上大学，就把大学狠狠地抨击一番。例如大家很熟悉的韩寒，中学生的偶像韩寒，不是没有考上大学嘛，不是把中国的大学骂得一塌糊涂嘛。其实柳永的言辞还没有韩寒那么激烈呢。他说："忍把浮名，换了浅斟低唱。"意思是说，所谓进士，所谓功名，不就是个浮名嘛，就像天上飘浮的云彩一样，虚幻得很。"神马都是浮云"，那我就不要这个浮名了。我干什么去呢？我去"浅斟低唱"。跟谁"浅斟低唱"啊？当然是跟歌女们"浅斟低唱"。"浅斟"，就是把酒斟得浅浅的，因为是跟小女孩喝酒嘛。如果是跟大男人喝酒，那就要把酒倒得满满的，"满上"，"满上"，是吧？

他这首《鹤冲天》，说了一些愤世嫉俗的话，说了一些对科举考试不敬的话，在当时来看，就可以说是惊世骇俗了。于是很快就"传遍都下"，连皇帝都知道了。所以等到下一次考试之后，等到要录取的时候，等到皇帝圈定最后名单的时候，就把他拿下来了。你看在宋人吴曾的《能改斋漫录》这本书里，就有这样一段记载："仁宗留意儒雅，务本向道，深斥浮艳虚薄之文。初，进士柳三变好为淫冶讴歌之曲，传播四方。尝有《鹤冲天》词云：'忍把浮名，换了浅斟低唱。'及临轩放榜，特落之。曰：'且去浅斟低唱，何要浮名？'"意思是说，宋仁宗这个皇帝，留意儒雅，恪守儒道。对于他认为的浮华文章，则深加排斥。柳三变当初喜欢写一些貌似浮华的作品，影响很大。他有一首《鹤冲天》，其中有"忍把浮名，换了浅斟低唱"这两句，皇帝很不高兴。等到殿试结束，要放榜的时候，就特意让他落选了。所谓"特落之"，就是特意把他的名字划掉。说你不是讲"且去浅斟低唱，何要浮名"吗？那你还要这个浮名干什么？你去"浅斟低唱"好了！

那么遭到这样严厉的打击，柳永本人又是什么态度呢？也是一个宋代人，叫严有翼，他有一本书叫《艺苑雌黄》，他在这本书里有这样一段记载："柳三变，字景庄，一名永，字耆卿。喜作小词，然薄于操行。当时有荐其才者。上曰：'得非填词柳三变乎？'曰：'然。'上曰：'且去填词。'

由是不得志。日与狷子纵游娼馆酒楼间,无复检约。自称云'奉旨填词柳三变。'"

意思是说,当时有人向皇帝推荐柳永,说他有才华,可以做官。皇帝说:"这个人不就是填词的柳三变吗?"对方说是。皇帝说:"且让他去填词吧!"因此就不得志,天天与那些狂放之人在娼馆酒楼间纵游,不再约束自己。

柳永也是有些反骨的。是你皇帝让我去填词的,对不对?那我从此以后就是"奉旨填词柳三变"了。我奉你的旨意填词,这应该没有什么不对吧?"奉旨填词柳三变"这个雅号就是这样来的。这当然是一种调侃,一种黑色幽默。

统治者的长期排斥,迫使柳永走上了一条与歌妓乐工合作的创作道路。就是跟歌妓合作,跟乐工合作。乐工是什么人呢?就是我们今天所说的音乐人,就是那些作曲的,那些配乐的。

"与歌妓乐工合作的创作道路",这个观点是我提出的。我有没有依据呢?当然有。叶梦得的《避暑录话》这本书记载说:"柳永,字耆卿,为举子时多游狭邪,善为歌辞。教坊乐工每得新腔,必求永为辞,始行于世,于是声传一时。""狭邪",就是歌女们集中的地方;"教坊",就是官方的音乐机构。叶梦得说,教坊的乐工"每得新腔",就是每得到一个新曲子的时候,就要请柳永填词。这样这个曲子才能流行于世,才能传播开来,"声传一时"。你看他的影响有多大?换句话说,教坊乐工得到一个新曲子,如果不找柳永填词,那么这个曲子就流传不开。这就很厉害了,很牛了,是吧?

那么柳永这一方又如何来配合呢?就是尽量适应乐工和歌妓的需要。你看宋翔凤的《乐府余论》这本书就有这样的记载:"耆卿失意无俚,流连坊曲,遂尽收俚俗言语,编入词中,以便伎人传习,一时动听,散播四方。""耆卿"就是柳永的字嘛,"失意无俚"就是失意无靠,没有依靠。"坊曲"就是歌女们居住的地方。"俚俗言语"就是大众口语。意思是说,柳永在生活上没有别的出路,于是就把大众口语收集拢来,写进词里,以便于歌女们演唱。

这两条记载，就足以说明柳永和乐工、歌女之间，是一种合作关系，一种互动关系。首先是乐工有了新曲子就请他填词，然后他呢，就是尽量地收集和使用那些大众口语，以便适应歌女的演唱需要。这不就是与歌妓乐工合作的创作道路吗？

因此柳永就成了文学史上的第一个专业作家。中国古代的作家都不是专业作家，他们的本职工作主要是做官，还有少数人是教书，或者行医，或者种地，或者当和尚、道士。中国当代的作家有很多是政府养着的，是不是？政府养作家，只有今天的中国才有，以前不是这样。政府养作家的结果是什么呢？就是许多人都写不出好东西来。你不养他，他反而能写出好东西来，是吧？你看柳永就是这样的人。政府不养他，不让他做官，不给他发工资。那他怎么办呢？自己养自己。据宋人严有翼的《艺苑雌黄》一书记载，柳永在开封时，一有空就去妓馆，把开封的妓馆都走遍了。去那里干什么呢？填词呀！品评歌妓呀！那些歌女们都知道柳永是著名词人，而且懂音乐，能作曲，她们只要能得到柳永的品评，马上就可以增值，所谓"声价十倍"。你看他在文艺界的地位有多高啊！他把歌女捧红了之后，歌女们又怎么对待他呢？"多以金物资给之"，就是许多歌女都用金钱、用物资来资助他。这就是感恩，就是回报嘛。

歌女赚的钱肯定比词人、比作曲家多嘛，历来都是这样。20世纪80年代，有一首很有名的歌，叫《十五的月亮》，你们知道吗？可惜你们都是90后，要是80后，就都知道这首歌了。这首歌在当时，真的是红遍大江南北。那时候，唱这首歌的歌星，一出场就是五六万元啊，可是为这首歌谱曲的作者拿了多少稿费呢？十六元！十六元人民币。所以当时流行一句话："《十五的月亮》十六元。"

比较而言，柳永反倒幸运一点。他得到了歌女们的资助。有的书上说，柳永死了之后，没有钱安葬，还是那些歌女们筹钱把他安葬的。有人说这只是一个传说。那么我要问：为什么会有这样一个传说呢？这个传说总得有一点依据吧？依据是什么呢？就是柳永活着的时候，曾经得到过歌女们的资助。活着尚且能够得到歌女们的资助，死后无钱下葬，歌女们凑钱安葬他，这有什么说不通的呢？

还有的书上说，柳永死后，每到清明节这一天，歌女们就去给他扫墓。她们带着花，带着食品，去柳永的坟上祭奠他。久而久之，这个活动就成了一个民俗了，叫作"吊柳会"。也有人认为这是一个传说，可是这个传说，也是有依据的。就是柳永生前，受到了歌女们由衷地爱戴。

总之，柳永最初出入歌舞场所，主要是受了时代风气和城市音乐文化环境的影响，后来出入歌舞场所，就是统治者逼迫、排斥的结果了。统治者30余年不录取他为进士，他没有出路，就只有做一个专业的词人，走上一条与歌妓、乐工合作的创作道路。这是一条独立自主的道路，一条自食其力的道路，一条与下层民众相融合的道路。这条道路既成全了柳永在词史上的地位，也推动了宋词的发展和繁荣。因此这条道路是值得肯定的。

因此我认为，柳永被误解，是由一系列的原因造成的。他的不幸遭遇是很值得同情的。事实上，他并不是一个风流浪子。他对歌女是很尊重的，很同情的，他甚至还主张歌女解放，呼吁歌女跳出火坑呢。他是一个具有同情心和正义感的词人，一个具有人道主义精神的词人。

四、柳永的代表作《雨霖铃》

柳永是大家公认的慢词鼻祖。我们知道，词有两种形式，一种是小令，例如大家熟悉的白居易的《忆江南》，就是小令，它的篇幅是很短的。在柳永之前，唐宋人的词绝大多数都是小令。小令的篇幅很短，它所承载的内容就很有限。到了柳永的时候，他就大量创作慢词。慢词的篇幅就比较长，像大家在中学里学过的《雨霖铃》，就是慢词，还有苏轼的《念奴娇·赤壁怀古》，也是慢词。慢词的篇幅要长得多，因此它所承载的内容也要丰富得多，而柳永则是第一个大量写作慢词的人。我们现在所能见到的柳永的词有213首，其中慢词就有127首，占了他的作品总数的58.9%，位居唐五代北宋词人之首。柳永不仅大量写作慢词，他还创制了许多慢曲。篇幅加长了的这种慢词应该怎么写呢？他还为此建立了许多法则，例如铺叙、用领词，上片写景、下片抒情，或者上片写现实、下片写过去，条理非常清晰，结构非常完整，等等。所以他就被称为慢词鼻祖。

后来的词人写慢词，无一不受他的影响，直到今天都是这样。

接下来，我就要讲一讲柳永的慢词《雨霖铃》，这是他的代表作。虽然这首词大家在中学里学过，但我今天还是要跟大家讲一讲。大家可以比较一下，看看我跟中学老师讲的有什么不同。在正式讲这首词之前，我希望大家把它读一遍。《雨霖铃》，开始！

雨霖铃

寒蝉凄切。对长亭晚，骤雨初歇。都门帐饮无绪，留恋处、兰舟催发。执手相看泪眼，竟无语凝噎。念去去、千里烟波，暮霭沉沉楚天阔。　　多情自古伤离别。更那堪、冷落清秋节。今宵酒醒何处，杨柳岸、晓风残月。此去经年，应是良辰好景虚设。便纵有千种风情，更与何人说。

我们先看"雨霖铃"这三个字。"雨霖铃"，就是这首词的词牌。词和诗不一样的地方，首先在于诗是没有诗牌的，但词是一定有词牌的，没有词牌那就不叫词。词牌规定了一首词有多少句，每一句有多少字，甚至有的字是什么声调，是平声，还是上、去、入声，都是规定好了的。你看《念奴娇》就跟《雨霖铃》不一样，不同的词调规定了不同的词律。如果我们要识别一个作品是诗还是词，首先就要看它有没有词牌。

这首词写了什么呢？就是写离别。那么，他是怎样写离别的呢？

起拍三句："寒蝉凄切，对长亭晚，骤雨初歇。"这三句写什么呢？写离别的时间、离别的地点和离别的气氛。你看"寒蝉"这个意象，就告诉我们离别的时间是在秋天，只有深秋的蝉才叫寒蝉，而且寒蝉叫得很凄切，渲染了一种伤感的气氛。"长亭"是什么呢？就是驿亭，或叫驿站，建在官道旁边，供来往官员食宿的地方，也是邮差们喂马、换马的地方，所谓"十里一长亭，五里一短亭"。"对长亭晚"是说他们在傍晚，在"长亭"这里离别。"骤雨初歇"，是说刚刚下过一阵雨，而且那雨来得很急，消失得也很快，所以叫"骤雨"。"骤雨初歇"是指雨刚刚停下来。这几句表明了什么呢？第一，表明离别的时间是在秋天，而且是秋天的一个傍晚，刚刚下过一场"骤雨"；第二，表明离别的地点是在长亭；第三，在这个特殊的时间和地点，"寒蝉"叫得很"凄切"。三句话，把离别之前的时间、地点、气氛都写到了。

接着写临别之时的情景。"都门帐饮无绪，留恋处、兰舟催发。"这几句是什么意思呢？"都门"就是首都的城门，宋代的开封有12个城门，这是其中的一个。"帐饮"是什么意思呢？"帐"，就是在城外临时搭的帐篷。古人送别比我们今天要讲究些，往往先要出城，然后在临时搭的帐篷里面给将要远行的人摆酒饯行，这就叫"帐饮"。送别柳永的这位女子，有没有为他搭个帐篷来摆酒饯行，这很难说。所谓"帐饮"，可能是习惯性的说法。但是有一点可以判断，这个摆酒饯行的地方，应该是在出"都门"之后的第一个"长亭"，也就是离"都门"很近的那一个。所谓"无绪"，就是没有心绪，没有心情。因为要离别了，所以喝酒都没有心情。"兰舟"，按字面上的意思，就是用木兰树做的船，它是很美好的。但事实上，词人所乘的，不一定就是用木兰树做的船，作者只是要把这只船写得美一点而已，词的语言是很美的。两个人正在那里留恋，徘徊，正在依依不舍的时候，船上的船工在催他们了："开船啦！"这就写出了主观和客观的矛盾。就像今天一对青年男女正在难舍难分的时候，公汽上的司机说："得了，要开车了，不要在那里磨磨叽叽了。"这是临别之前的情景，还不是正式的离别。

下面写正式的离别。"执手相看泪眼，竟无语凝噎。""执手"，就是握手言别，真的要走了。真正要走了，心里有许多话要说，但是因为很伤感，双方都只是流泪，一句话也说不出来。"相看泪眼"，双方都动了感情。"竟无语凝噎"，这个细节值得注意。本来有很多话要说的，现在反而说不出来了，哽咽了，不知道从哪里说起。这个细节很真实，不像今天的那些电视连续剧，一对恋人要离别的时候，说了好长时间的话。话多了反而矫情。

揭拍："念去去、千里烟波，暮霭沉沉楚天阔。""念"的意思，就是猜想，猜想离别之后，自己要走很长的路。"去去"，就是行行不已，要走很长的路。走什么样的路呢？水路，"千里烟波"嘛。到哪里去呢？到

"楚天",就是到南方,也许是到今天的江苏镇江、南京一带,这里被称为"吴头楚尾",是"楚天"的一部分。辛弃疾的《摸鱼儿》:"楚天千里清秋",写在江苏南京。也许是到今天的湖北、湖南一带,这里是"楚天"的主要范围。"暮霭沉沉",在时间上照应"对长亭晚",想象一路上的天色,也衬托自己沉重的心情。

请大家注意这个"念"字。这个"念"字就是领词,是柳永的一个创造。领字一般也就是领起下文的两三句,或者三四句,但是这个领字却领得很长,按照作品的意思,可以说一直领到全词结束。也就是说,从"念去去"开始,直到结尾,全是想象、猜测之词。领字一般是去声,声情比较激越。这个"念"字就是如此,表明作者的心情很激越,很不平静。表明离别对他来讲,是一件很难的事,所谓"相见时难别亦难"。

过片:"多情自古伤离别,更那堪、冷落清秋节。"这也是他所"念"的内容。多情的人,自古以来都为离别而伤感;更何况,又是在如此冷落萧瑟的秋天,这就更加令人伤感了。秋天本来就是令人伤感的,落木萧萧,百草凋零,一年好景即将过去,生命又老去一岁,所以古人多有悲秋之感。而对于一个像柳永这样的屡试不第、功名事业蹉跎的人来讲,则尤其为之伤感。而正是在这样一个悲秋的时节,偏偏还要和自己心爱的人离别,而且去程遥遥,前途未卜,真是叫人难以承受了。

我们知道,古人是很看重离别的,跟今天的人不一样。因为古代的交通不方便,信息不畅通,所以他们把离别看得很重。比方说,一个人出门了,谁知道路上有没有车匪路霸?有没有自然灾害?有没有毒蛇猛兽出现?会不会生病?吃得好不好?睡得好不好?等等,都不知道。双方都很担心。不像今天,交通发达,信息畅通,一上路都可以不停地发短信,发微信,传视频,语音对话,双方的情况随时能够掌握。如果我们不了解古代的交通和通信情况,我们就没法理解古人为什么把离别看得这么重,我们就很难理解这首词,我们也没法理解"多情自古伤离别"这句词的分量。

"多情自古伤离别"这一句,由自己一人的离别,想到天下人的离别。由一时的离别,想到自古以来的离别。这就具有某种普遍意义。名作之所以是名作，就在于具有某种普遍性，不是停留在一人一事上。大家知道《西厢记》这个作品吗？《西厢记》写张生、崔莺莺这一对年轻人的恋爱，其中有这样一句："愿天下有情人都成了眷属。"也就是说，不只是愿自己这一对有情人成了眷属，更愿天下有情人都成了眷属。这就是普遍性，就是普世价值。就像孟子说的："老吾老，以及人之老；幼吾幼，以及人之幼。"由自己的不幸想到天下人的不幸，由自己的幸福想到天下人的幸福，这就是普遍性，就是普世价值。因为具有普遍性，因为具有普世价值，所以才能赢得广泛的共鸣，才能超越时空，成为名作，成为经典。如果仅仅说自己的悲欢离合，总是想到自己，想不到他人，想不到天下之苦乐，那就是小家子气，那就不可能赢得广泛的共鸣，不可能成为名作，更不可能成为经典。所以名作之所以成为名作，首先在它的思想境界。如果思想境界不高，艺术上再精湛也不行。

下面再接着想，接着"念"："今宵酒醒何处？杨柳岸、晓风残月。"这两句又回到自身了。就像写散文，放一放，放一放再收回来。能放能收，娴熟自如。由天下人的离别，又想到自己，想到什么呢？想到今天晚上酒醒之后，会是什么样的情景？应该是"杨柳岸、晓风残月"，应该是在一条河流的岸边上，有杨柳，杨柳上面挂着一轮残月，那就是说，应该是下半夜了，天快要亮了，所以有"晓风"嘛。也就是说，那个时候就没有朋友了，没有自己熟悉的环境了，是一个陌生的环境，景物很凄清，人很孤单，很寂寞。

接着想。由今天晚上想到从今往后："此去经年，应是良辰好景虚设。"什么是"经年"呢？就是一年又一年，包括今年，也包括以后的若干年。人们常说：人生四大快乐：良辰，美景，赏心，乐事。但是和你离别以后，一年又一年，即便有良辰美景，也形同虚设。为什么形同虚设呢？因为不能和自己最爱的人在一起，即便是有良辰美景，也无心去欣赏，所以就形同虚设。

结拍两句，继续往下想。由一种良辰好景，想到千种良辰好景："便纵有千种风情，更与何人说？"即便有千种风情，我还能跟谁去分享呢？有许多讲唐宋词的书，把这里的"风情"解释为爱情。意思是说，便纵有千种爱情，我又与谁去分享呢？这样解释，显然是不通的。为什么不通呢？大家可以想一想，如果你和你所爱的人离别，你会跟他或她说，从此以后，即便有千种爱情，我还能与谁分享嘛？有这样说话的吗？这显然不合常理嘛，首先你就背叛了爱情。你因为爱情与一个女人难舍难分，可是你又说从此以后"便纵有千种爱情，更与何人说"，那你还是个什么人啊？所以我们理解唐宋诗词，一定要符合基本的生活常识，要符合人情，要合情合理。那么，"风情"二字在这里是指什么呢？就是指"良辰好景"嘛。"风情"这个词，意思很宽泛。常常有人这样说某个人："此人不解风情。""风情"二字，可以指爱情，也可以指比较宽泛的浪漫的事。但我们要联系具体的语境来理解它，不能把它理解得过于简单。

好，关于这个作品的内容，我已经讲完了。下面我们就要看看它在艺术方面有哪些突出的特点。根据我的理解，至少有三点：

一是结构严谨。我们说过，慢词的篇幅比小令要长得多，但是加长了篇幅的慢词，绝不能是一个一盘散沙的东西，它要讲究结构。这首词的结构就很严谨。它的主题是写离别，那么在结构上，它就由一个"别"字来贯穿始终。起拍三句，写离别的时间、地点、气氛。第二拍，写临别之前的"帐饮"。第三拍，正式写"执手"离别。第四拍，也就是歇拍，想象离别之后的"千里烟波"。过拍，写天下人的离别。第六拍，由天下人的离别回到自身，想象"今宵酒醒"后的情景。第七拍，想象"此去经年"的情景。结拍，由一种风情想象"千种风情"。从头至尾，都在写离别，由离别之前，到临别之时，到正式离别，到想象离别之后。全由一个"别"字贯穿，一点也不散乱，很严谨。

第二个特点，就是虚实对应。从开头到"竟无语凝噎"，是实写；从"念去去"，一直到结尾，全是虚写，全是想象离别后的情景，全是想象之词。也许这个时候，船工还没正式开船呢，只是在催他们而已。他用大量的篇幅想象离别之后的情景，他把离别之后的情景想象得那样孤单落寞，就是为了起一个反衬的作用，表明此刻的离别是很难过的。如果他把离别后的情景想象成很美好的样子，那就表明此刻的离别对他来讲是一件很轻松的事情，对不对？这就是以虚写实，以虚衬实。这样写，就丰富了词的内容。如果没有虚写，只有实写，那么作品的内容就会很单薄。

第三，就是善于写景。"念去去、千里烟波，暮霭沉沉楚天阔。"这是写傍晚时候的景致，写江上的景致，很浩瀚，很壮阔，但也很迷茫，很沉郁。"今宵酒醒何处？杨柳岸、晓风残月。"这是写拂晓的景致，写岸上的景致，很有画面感，像一幅写意画，但通过这个画面，我们感到的是什么？是凄清，也是落寞。不同的时间，不同的空间，景致不同，画面不同，但是感情呢，则层层深入，由迷茫而落寞。

最后，我要讲一讲这样的作品，对于今天的我们有没有意义。我认为是有意义的。我们知道，在今天这个时代，交通方便，通信便捷，离别对人们来讲，已经不是一件很严重的事情了，所以人们的离别之情，也不像过去那样浓厚、那样沉重了。人们的感情已经很淡化了。感情淡化的结果是什么呢？就是大家都觉得生活很乏味。生活已经由一杯醇厚的酒变成了一杯淡薄的水，缺乏令人回味的东西。于是很多人就喜欢回忆过去，回忆小时候的生活。过去的、小时候的生活之所以值得回味，并不是因为那个时候的物质生活有多么丰富，而是因为那个时候的感情比今天要真挚，要醇厚。这说明什么呢？说明人类还是有感情的动物，如果没有那种真挚而醇厚的感情，人类就会变成一种很浅薄的动物了。而我们之所以要回忆过去、回忆小时候的生活，就是为了满足我们的这种情感需要。因此在今天，我们重读柳永的《雨霖铃》这样的作品，就可以重温我们中华民族曾经有过的那种真挚而醇厚的感情，让我们的感情的品质来一个提升。所以，不要认为古代的文学作品跟我们没有关系，其实古人所面临的问题，我们今天不也照样面对吗？古人对感情是那样的重视、珍惜，这就值得我们学习。

（原载《博学精思录》，华南理工大学出版社2016年版）

第一辑 南宋词人新探

南 - 宋 - 词 - 人 - 新 - 探

李清照成才原因面面观

在成千上万的天才女性遭到扼杀的古代，李清照之所以能够脱颖而出，成为中国文学史上最有成就的女词人，与宋代最高统治者对歌词的提倡，与她曾经拥有的良好的家庭文化环境，与她中年以后所经历的磨难，以及她本人的进取精神和叛逆意识，都有重要的关系。

李清照是北宋末南宋初的著名词人，也是中国文学史上最富于独创性的天才的女作家。李清照卓越的文学成就早为世所钦仰，尤其受到天下知识女性的倾心膜拜。值得我们注意的是，在那个扼杀了千千万万个天才女性的专制社会里，李清照何以能够脱颖而出，并且卓然成家？李清照成才的主要原因是什么？弄清这个问题，不仅可以了解古代少数女性文学天才成长的某些规律，对于我们今天的文学人才的培养也不无裨益。

一、"上之所尚在是也"
——李清照成才的时代原因

李清照是在专制大石的缝隙里长出的一棵灵芝。就一般情况而言，以男性为中心的专制社会不可能为女性天才的成长提供相应的土壤，但是，某个历史时期所形成的特定的文化背景，却在客观上为个别女性文学天才的成长提供了机会。李清照所处的宋代就是这样。在政治方面，它比唐代要专制；在意识形态方面，它力图建立一套以理学为中心的新的思想体系。这样，在唐代尚且能够做皇帝、做钦差大臣的女性，在宋代就全然没有了政治上的出头之日。但是偏偏在专制的宋代，出现了李清照这样的天才的女作家，其成就远在唐代的薛涛和鱼玄机之上，这个现象就耐人寻味了。

　　事物常常走向它的反面。宋代最高统治者旨在专制，但是为了达到专制的目的，又必须对那些曾经鞍前马后的大臣施以笼络。史家常讲的"杯酒释兵权"就透露了许多消息。在政治上剥夺大臣的权力，在生活上则给予尽可能多的甜头。既然皇帝亲口许诺，大臣们可以"多积歌儿舞女以终天年"，于是每个权贵之家都是丝竹之声不绝于耳。轻歌曼舞，灯红酒绿。武将附庸风雅，文臣更加飘飘然。朝野上下，享乐之风弥漫。是否可以这样讲，诗起源于劳动，起源于劳动号子的"杭育杭育"，词则起源于享乐，起源于茶余酒后的轻歌曼舞？本来，城市经济的繁荣，市民阶层的兴起，胡夷里巷之曲的盛行，已为词的兴盛准备了前提，而统治阶级的耽于声乐，则为这种兴盛的到来开放了绿灯。文学的繁荣，尤其是中国文学的繁荣，往往有赖于统治者的认可与提倡。《大宋宣和遗事》载有这样一个故事：

> 宣和间，上元张灯，许士女纵观，各赐酒一杯。一女窃所饮金杯，卫士见之，押至御前。女诵《鹧鸪天》词云："月满蓬壶灿烂灯，与郎携手至端门。贪观鹤阵笙歌举，不觉鸳鸯失却群。
> 天渐晓，感皇恩。传宣赐酒饮杯巡。归家惟恐翁姑责，窃取金杯作照凭。"道君大喜，遂以杯赐之，令卫士送归。"[1]

　　请注意，这个窃杯女子是一个以金杯为稀罕之物因而忍不住顺手牵羊的普通妇女，她之所以能够得到皇帝的恩赐，不在于她善于狡黠地为自己开脱罪责，而在于她能够以词这种形式在皇帝面前一逞才情。词是当时

---

[1]引自徐釚《词苑丛谈》卷七，上海古籍出版社1981年版，第152页。详见《新刊大宋宣和遗事》，中国古典文学出版社1954年版，第74—75页。

最时髦的一种文学形式。徽宗皇帝的一喜一赐，表明了统治者的态度或倾向：普通妇女同样可以填词，词填得好，同样可以得到皇帝的奖励。这个时候，李清照至少是35岁了。从这个意义上讲，她可谓适逢其时。清人周铭指出：

> 词虽发源于隋唐，而体格详明，声调修整，至宋始备。一时学士大夫，不独以为摹写性灵之资，而且以为润色廊庙之具。以至闺阁之中，其谐音谐律，如抗如坠，彬彬大雅。如此，由上之所尚在是也（重点符号为引者所加，下同）[1]。

有宋一代，无论帝王将相，还是才子佳人，作曲填词，都属于合法的艺术活动，这就让那些才华卓特、而囿于礼教的束缚不能一展所学的大家闺秀和小家碧玉，有了一个才情的突破口。

综观李清照的全部诗文词，可知这个人具有经邦济世的头脑。那些妥协投降、偏安一隅的平庸君臣，那些生不能做人杰、死不能为鬼雄的须眉浊物，她是压根儿看不上眼的。但是专制社会规定了她只能蛰居于闺阁之内，礼教的大石沉重地盖住了她。只是这块大石并非钢铸铁浇，上流社会的享乐及其对词的提倡，使得这块大石裂开了一道小小的缝隙。李清照这棵词苑灵芝，就在这道缝隙里悄悄地萌芽和生长。

二、"夫妇擅朋友之胜"
——李清照成才的家庭原因

李清照是一个文学艺术方面的全才，她在诗、词、散文、骈文、绘画诸方面都有突出的成就，并且工于金石鉴赏。这些才能的获得，首先得益于她从小就受到良好的、非一般人所能企及的家庭教育。

她的家庭一直充满着浓郁的艺术气氛。她的父亲李格非是神宗熙宁

---

[1]周铭《林下词选·凡例》，褚斌杰等《李清照资料汇编》，中华书局1984年版，第90页。

九年（1076）的进士，哲宗时官至礼部员外郎，提点东京刑狱。藏书极富，又是当时著名的散文家，以文章受知于大文豪苏轼，脍炙人口的《洛阳名园记》就是他的传世之作。刘克庄说："李格非……诗文四十五卷，文高雅条鬯有义味，在晁（补之）秦（观）之上……与苏门诸人尤厚"[1]。《宋史》本传称其"苦心工于词章，陵轹直前，无难易可否，笔力不少滞。尝言：'文不可以苟作，诚不著焉，则不能工'"[2]。可见这个人不仅才华超群，而且创作态度非常诚实。李清照的母亲也有着深厚的艺术修养，她是状元王拱辰的孙女，出生名门，读书很多，"亦善文"（《宋史·李格非传》）。出生在这样一个父母皆善文章的书香门第，李清照从小即受到比较系统、比较扎实的家庭教育和艺术训练，"幼有才藻"，自是情理之中的事。

良好的家庭教育，对于人才兴趣的培养关系极大。尤其是家庭教育的实施者在某个专业方面的深厚造诣，对于人才的兴趣培养具有指向性的意义。人才的成功与否，首先在于对自己事业的兴趣如何。日本著名教育家木村久一指出："天才人物指的就是有毅力的人、勤奋的人、入迷的人和忘我的人。但是，千万不要忘记，毅力、勤奋、入迷和忘我的出发点实际上在于兴趣。有了强烈的兴趣，自然会入迷，入了迷自然会勤奋，有毅力，最终达到忘我。因此，我特别想说的是，天才就是强烈的兴趣和顽强的入迷。"[3]家庭的文化艺术环境对人才的影响表现为两个方面：一是兴趣的培养。长辈热衷于文化艺术事业，孩子便在有形无形之中受到耳濡目染。二是能力的训练。包括艺术观察、艺术思维与艺术技巧方面的训练。李清照的"幼有才藻"，"诗文尤有称于时"（《宋史·李格非传》），正是这两种影响的综合效应。

人才的成功在竞争中实现。李清照一直处于闺阁之内，不曾参加过任何诗社或其他艺术团体，也很少同别人唱和应对。她似乎缺少一个相应的竞争环境。不过，幸运得很，命运给她安排了一个出色的丈夫。她18岁时

---

[1]刘克庄《后村先生大全·诗话》卷一七九，褚斌杰等《李清照资料汇编》，中华书局1984年版，第20页。
[2]《宋史》卷四四四《李格非传》，中华书局1985年版，第13123页。
[3]木村久一《早期教育和天才》，河北人民出版社1998年版。

嫁给太学生赵明诚。赵明诚的父亲赵挺之亦曾举进士，徽宗时官至尚书右仆射（宰相）。赵明诚也受过良好的教育，"读书赡博，藏书万卷"[1]，是北宋著名的金石学家，有《金石录》三十卷传世。朱熹称其"文笔最高，《金石录》煞做得好"[2]。他们夫妇之间感情诚笃，兴趣相投。洪迈云："东武赵明诚德甫……其妻易安李居士，平生与之同志。"[3]明代学者江之淮更叹道："自古夫妇擅朋友之胜，从来未有如李易安与赵德甫者，佳人才子，千古绝唱。"[4]他们一道收集金石书画，互相切磋品鉴，甚至经常展开竞赛，这就唤醒了双方的潜能，激发了双方的灵感。有这样几段记载，读来令人解颐，也发人深省。赵明诚《白居易书〈楞严经〉跋》载：

夏首后相经过，遂出乐天所书《楞严经》相示。因上马疾驱归，与细君共赏，时已二鼓下矣。酒渴甚，烹小龙团，相对展玩，狂喜不支。两见烛跋，犹不欲寐，便下笔为之记。[5]

李清照在《金石录后序》中的有关记载，正好与赵明诚所言互证。如：德甫在太学，"每朔望谒告出，质衣取半千钱入相国寺，市碑文果实归，相对展玩咀嚼，自谓葛天氏之民也"。后屏居乡里十年，"每获一书，即同共是正校勘，整集签题。得书画、彝鼎，亦摩玩舒卷，指摘疵病，夜尽一烛为率"。"每饭罢，坐归来堂，烹茶，指堆积书史，言某事在某书、某卷，第几页、第几行，以中否角胜负，为饮茶先后，中即举杯大笑，至茶倾覆怀中，反不得饮而起。甘心老是乡矣，故虽处忧患困穷而志不屈。"[6]

而最富于竞争意味的则是他们之间的诗词唱和。周辉《清波杂志》载："顷见易安族人，言明诚在建康日，易安每值天大雪，即顶笠披蓑，

---

[1] 翟耆年《籀史》卷上，褚斌杰等《李清照资料汇编》，第25页。
[2] 朱熹《朱子语类》卷一三〇，褚斌杰等《李清照资料汇编》，第12页。
[3] 洪迈《容斋随笔》卷五，褚斌杰等《李清照资料汇编》，第9页。
[4] 引自《古今女史》卷一，褚斌杰等《李清照资料汇编》，第56页。
[5] 赵明诚《白居易书〈楞严经〉跋》，褚斌杰等《李清照资料汇编》，第2页。
[6] 李清照《金石录后序》，黄墨谷《重辑李清照集》，齐鲁书社1981年版，第132—133页。

循城远览以寻诗,得句必邀其夫赓和,明诚每苦之也。"[1]论诗才,明诚确实要逊色一些,但是并不肯甘拜下风。伊世珍《琅嬛记》载:

> 易安以《重阳·醉花阴》词函致明诚,明诚叹赏,自愧弗逮,务欲胜之。一切谢客,忘食忘寝者三日夜,得五十阕,杂易安作,以示友人陆德夫。德夫玩之再三,曰:'只三句绝佳'。明诚诘之。曰:'莫道不销魂,帘卷西风,人比黄花瘦'。正易安作也。"[2]

由这几段记载我们可以概括出这样几个结论或者观点。第一,李清照虽处闺阁之内,谈不上有什么社交活动,谈不上有什么社会性的竞争环境,但是,她的丈夫实在是一个大致上与她势均力敌的竞争对手。这对于充分发挥李清照的创造潜力,关系极大。第二,人才的成功离不开竞争。这种竞争既可以在社会成员(同学、同事、同行、师徒)之间展开,也可以在家庭成员(兄弟、父子、夫妇)之间展开。第三,竞争包括良性竞争与恶性竞争。良性竞争是以积极的方式(学习、模仿、师其所长而避其所短等等)力争赶上并超越对方,恶性竞争则是以消极的方式(中伤、打击、设置障碍、剽窃霸占其成果等等)竭力把对方踩下去。良性竞争不仅可以获得事业的成功,而且于身心健康大有裨益。李清照、赵明诚夫妇之间的竞争就是一种堪称楷模的良性竞争。中国妇女的绝大多数其所以在事业上难以有成,一半的原因即在于夫妇之间大抵处于一种恶性竞争状态。丈夫在社会成就与社会声誉方面,不容许妻子超过自己。

人才的成长与成功离不开一定的物质条件。物质条件包括两个方面:一为维持生命所必需的物质条件,一为创造成果所必需的物质条件。李清照始为大家闺秀,后来又为宰相之媳,郡守之妻,前半生一直富有。中国大多数妇女的劳苦困窘,她的前半生是没有经历过的。如果她一年到头忙于耕织,忙于浆洗缝补、烧火煮饭,为生计问题而夙兴夜寐,则再杰出的

---

[1]周辉《清波杂志》卷八,褚斌杰等《李清照资料汇编》,第11页。
[2]伊世珍《琅嬛记》卷中,褚斌杰等《李清照资料汇编》,第28页。

天才也被一连串的琐碎和辛苦扼杀了。至于供她作研究与创作之参考的金石书画之丰富,则更非一般知识分子所能奢望。据她自己在《金石录后序》中介绍,"建炎丁未春三月",夫妇俩"奔太夫人丧南来",因携带不便,在"去书之重大印本者""画之多幅者""古器之无款识者"及"书之监本者""画之平常者"和"器之重大者"之后,还有"书十五车"。同年十二月,金人陷青州,他们存在"青州故第"的"书册什物",一次被焚烧的就有"十余间"屋子之多。而早先,当"丞相(挺之)居政府,亲戚或在馆阁"之时,她所"尽力传写"过的"亡诗、逸史,鲁壁、汲冢所未见之书",那就更是不计其数了。赵明诚、李清照夫妇收藏之富、之精,在文物古董圈内是最为知名的。

三、"忧患得失,何其多也"
——李清照后半生的不幸遭遇

李清照的前半生是幸运的。衣食无忧的物质生活与丰富多彩的精神生活,为她的成长和成功提供了一个顺境。在这个极为难得的顺境里,她和她的丈夫一起,完成了一部学术价值极高的金石学专著——《金石录》,她自己则写下了中国文学批评史上第一篇词学专论——《论词》,创作了不少清新谐美的诗词佳作。但是,命运并没有太多地眷顾她,最终还是厚其才而啬其遇。她的后半生非常悲惨。宋钦宗靖康元年(1126),金兵南下,二帝被俘,中原沦陷,北宋灭亡。南渡后的第三年,即宋高宗建炎三年(1129),赵明诚病逝于建康(今南京)。李清照从此"飘流遂与流人伍",开始了她那艰难而孤独的后半生。先是从池阳奔建康,后来又奔台州。又"之嵊","走黄岩",奔"章安"。又"之温","之越"。建炎四年(1130)十二月"之衢"。绍兴元年(1131)春三月"复赴越"。绍兴二年(1132)"赴杭"[1]。国破,夫死,家亡,文物丧失,只身漂泊,种种不幸一起扣在她的头上。如果李清照早年没有那样的幸运,那么,当灾难一

---

[1]李清照《金石录后序》,黄墨谷《重辑李清照集》,第135—136页。

个一个地接踵而至的时候，她就不会有如此剧烈的悲痛，因为无所得便无所失。然而命运是极为残酷地捉弄了她，把她从幸福的高地扔向苦难的深谷。早先的"赌书泼茶"变为晚年的"物是人非事事休，欲语泪先流"；早先的"顶笠披蓑，循城远览以寻诗"变为晚年的"寻寻觅觅，冷冷清清，凄凄惨惨戚戚"。她成了一个形影相吊的寡妇。

李清照的成才体现了"诗穷而后工"这个文学艺术的普遍规律。欧阳修说过："予闻世谓诗人少达而多穷，夫岂然哉！盖世所传诗者，多出于古穷人之辞也。……盖愈穷则愈工。然则非诗之能穷人，殆穷者而后工也。"[1]生活残酷地折磨了作为贵妇的李清照，同时也成全了作为词人的李清照。李清照的最后成功，与她晚年的不幸关系极大。换句话说，早年的顺境，只能培养出一个有学问的、有一定写作能力的李清照，而不可能培养出一个可歌可泣的、光照千古的李清照。一个人的成长与成功，如果没有相应的物质生活条件和文化教育环境，只能把先天带来的那么一点点聪明用在日常生计上头，而不可能对高层次的创造活动产生兴趣。另一方面，一个人如果不经过生活的磨炼，则很难深刻地认识人生与世界，很难有坚强不屈的意志力，从而有所发明，有所创造。从兴趣的培养来讲，顺境显得十分重要。从意志的锤炼来讲，逆境似乎不可或缺。这应该是人才成功的一条基本规律，不管你在主观上是否乐意接受。不幸是一所最好的大学。裴多菲曾经这样告诫匈牙利诗人B·S的夫人："听说你使你的丈夫很幸福，我希望不至于此。因为他是苦恼的夜莺，而今沉没在幸福里了。苛待他罢，使他因此常常唱出甜美的歌来。"[2]不幸的作家，思想总要深刻得多。写苦难便是真正的苦难，写幸福则使人认识到幸福的真正价值即在于战胜苦难。从某种意义上讲，文学创作是一种心理补偿。歌德说："女诗人之所以成了诗人，有些是由于在爱情上不如意，于是想在精神方面找到弥补。"[3]而李清照后来所失去的，又何止爱情一端？

对于这种得与失的辩证法，李清照本人是十分清楚的。她在《金石录

---

[1]欧阳修《梅圣俞诗集序》，《欧阳文忠公文集》卷四二，《四部丛刊》本。
[2]引自《人才学文集》，江苏科学技术出版社1981年版。
[3]爱克曼《歌德谈话录》，人民文学出版社2000年版，朱光潜译。

后序》的结尾写道：

> 呜呼！余自少陆机作赋之二年，至过蘧瑗知非之两岁，三十四年之间，忧患得失，何其多也！然有有必有无，有聚必有散，乃理之常。人亡弓，人得之，又胡足道！

国破家亡之后的李清照只有把精神寄托于词的创作。所谓"生际乱离，去国怀土，天涯迟暮，感慨无聊，既随事以行文，亦因文以见志"[1]。诚然，早期的李清照写过不少歌词，但是，应当指出，这些歌词，包括比较出色的《醉花阴》和《凤凰台上忆吹箫》，虽然感情真挚，语言清新，但毕竟限于相思怨别一类。只有国破家亡之后的创作，才真正称得上震撼人心，具备较高层次的社会人生意义与低回掩饰的悲剧美。

四、"进取"与"叛逆"
——李清照的个性心理品质

以上的分析还只是局限在人才成长与成功的外在因素方面。实际上，人才的成长与成功同时也受到多种内在因素的制约和影响。内在因素的核心是人才的个性心理品质。李清照的个性心理品质属于进取型与叛逆型。

人才学上有一个重要概念，即"创造性来潮"。人才由于饱学多年，血气方刚，既了解前人的成就，又容易发现前人的不足，于是在心理上产生一种激情和冲动，一种创造的欲望，同时又具备完成创造的能力，这种精神现象就是"创造性来潮"[2]。"创造性来潮"的前兆是创新意识的萌发，没有创新意识的人，不会有"创造性来潮"。李清照的"创造性来潮"最早似出现在政和年间，时年30岁左右，其重要标志之一就是《论

---

[1]李汉章《题李易安〈打马图〉并跋》，褚斌杰等《李清照资料汇编》，中华书局1984年版，第80页。
[2]雷祯孝《人才学概论》，《人才学文集》，江苏科学技术出版社1981年版，第25—26页。

词》的写作。[1]《论词》是中国文学批评史上第一篇系统的词学论文，该文对词的历史与现状作了较全面的总结，对她之前的诸多名家的创作失误提出了尖锐的批评，首创词"别是一家"说，呼吁尊重词本身的特点和规律。辞锋锐利，议论不少借。面对前代和当代的大批名公巨子，略无摧眉俯首之态，充分地体现了她的叛逆型、进取型的个性心理品质。

姑且不论这些意见是否全都公允，首先令人震惊的是作为批评者的勇气。冯延巳、李煜、柳永、张先、晏殊、欧阳修、苏轼、王安石、曾巩、黄庭坚、秦观诸人，既是她的前辈，又是世所公认的大家或名家。这样略无顾忌地批评他们的创作，在李清照之前还没有一人。陈师道虽然批评过柳永的"骫骸从俗"和苏轼的"不谐音律"，但那口气要温和得多。所以这篇《论词》问世后，曾经遭到胡仔等人的强烈指责："易安历评诸公歌词，皆摘其短，无一免者。……其意盖自谓能擅其长，以乐府名家者。"[2]清人裴畅更谓"易安自恃其才，藐视一切，语本不足存。第以一妇人能开此大口，其妄不待言，其狂亦不可及也"[3]。其实，正如孔子所言："狂者进取，狷者有所不为也。"[4]李清照确实有"以乐府名家"的意思，然而这正是一种"进取型道德"，正是一个创造性人才最可宝贵的基本素质。1979年诺贝尔物理学奖获得者温伯格说得好："科学家很重要的一个因素是'进攻性'，不是人与人关系中的'进攻性'，而是对自然的'进攻性'。不要安于接受书本上给你的答案，要去尝试下一步，尝试发现有什么与书本不同的东西。"[5]李清照对歌词创作的历史与现状不满意，对当时流行的词学观点不以为然，主张并强调词"别是一家"，要求协乐，要求典重，要求醇雅，要求浑融，实际上就是一种创新意识的萌发，就是"创造性来潮"的表现。这种"创造性来潮"是以对前贤的批评，以对流行的词学观念的纠偏为表征的。就人才的成长而言，重要的不在于他（她）的批评和怀疑是否都有充足的科学根据，而在于他（她）是否具备这种批评

---

[1]参见胡仔《苕溪渔隐丛话》前集卷六十及夏承焘《评李清照的〈词论〉》，后者载《光明日报》1959年5月24日。
[2]胡仔《苕溪渔隐丛话》后集卷三三，褚斌杰等《李清照资料汇编》，第6页。
[3]冯金伯《词苑萃编》卷二，褚斌杰等《李清照资料汇编》，第88页。
[4]《论语·子路》，杨伯峻《论语译注》，中华书局1980年版，第141页。
[5]转引自《科技导报》1981年创刊号。

和怀疑的个性心理品质。要知道,"创造性来潮"一次都不出现的大有人在,其根本原因就在于这些人从来就没有过怀疑的意识和叛逆的精神。在他们看来,一切存在都是合理的,一切既行观点都是牢不可破的,他们的使命只在承认,只在接受,只在重复。

何况李清照的意见并非狂妄无识。她认为江南李氏君臣的"哀以思",认为柳永的"词语尘下",认为苏轼等人的"不协音律",认为晏几道的"苦无铺叙",认为黄庭坚的"多疵病"等等,都有充分的事实根据。李氏君臣生当末世,或俯仰身世而所怀万端,或眷念故国而情不能已,所作歌词正表现了一种无可奈何的悲伤感。柳永所遵循的是一条与歌妓乐工合作的创作道路,从题材到语言到表情方式,都比较充分地体现了新兴市民的审美情趣,其"词语尘下"是客观事实。至于对阳春白雪和下里巴人这两种不同的美学风格作何评价,那就因人而异、因时代而异了。苏轼的部分作品确实"不谐音律",这在苏轼本人,非不能,是不为也,不愿斤斤于音律以害辞害意。但是"不谐音律"的作品唱起来不够美听,李清照如实地指出这一点并不为错。晏几道的作品全是小令,无慢词,自然无铺叙。黄庭坚的疵病更是显而易见,一则以游戏为词,创作态度不够严肃,二则以诗的瘦劲之笔作词,损害了歌词应有的妩媚。

批评前人的目的不在于否定前人,而在于提高自己。李清照的作品虽然也不是尽善尽美,但是却有效地避免了上述词人的毛病。故清代学者俞正燮指出:"易安讥弹前辈,既中其病,而词日益工。"[1]

李清照在文学上的创新意识与其对现实秩序的叛逆情绪互为因果。请看著名的《渔家傲》一词:

  天接云涛连晓雾,星河欲转千帆舞。仿佛梦魂归帝所。闻天语,殷勤问我归何处。 我报路长嗟日暮,学诗谩有惊人句。九万里风鹏正举。风休住,篷舟吹取三山去。

---

[1] 俞正燮《癸巳类稿》,褚斌杰等《李清照资料汇编》,第108—109页。

"语不惊人死不休",诗人杜甫为着这一艺术目标孜孜不倦地追求了一辈子,可是李清照却对此付之一笑。诗句惊人又有什么用?能改变一个闺阁词人的命运,使之走出家庭,走向社会,一试锋芒吗?词人对人间天上的最高主宰发了一通牢骚,但是并不对它抱有任何奢望。既然人间以扼杀女性为能事,天上也不可能开明多少。她于是幻想效大鹏远举,飞向三山。这首词的不凡之处,就在于以记梦的形式,把自己的抱负和块垒一齐倾泻出来,不仅批判了人间对女词人的不公正待遇,也蔑视了天上的最高权威,表现了豪放不羁的叛逆精神。这种叛逆精神在她早期的创作中,表现为对礼教的不敬与对爱情的直率大胆的抒发;在晚期的创作中,则表现为对南宋王朝一大批投降主义者的轻视与批判。如《夏日绝句》:"生当作人杰,死亦为鬼雄。至今思项羽,不肯过江东",又如"南渡衣冠少王导,北来消息欠刘琨",等等。敢于批判,敢于嘲讽,敢于蔑视须眉浊物,这种叛逆精神影响到文学性格,就是富于进取,勇于创新,不满足前人已经取得的成绩,不随时论说短长,而是另辟蹊径,自成一家。

　　总之,无论是统治阶级对于歌词艺术的提倡,还是良好的家庭艺术环境的熏陶,以及后半生的国破家亡之苦的折磨,都只是为李清照的成长和成功提供了可能,而怀疑、叛逆、创新的个性心理品质则使得这种可能成为事实。但是如果没有时代、家庭和个人际遇提供的条件,这种可贵的个性心理品质也会被一系列的琐碎和平淡所消融。主客观条件互为依存,互相作用,终于成全了一个可歌可泣的光照千古的李清照!

（原载《李清照研究论文集》,齐鲁书社1991年版）

稼轩词的审美特征

辛弃疾的审美情趣是很健全的。他的《稼轩词》既有劲健之美和悲壮之美，又有妩媚之美和疏淡之美。这四种美既各呈个性，又达到了有机的统一，它们都以劲健之美为其精神内核。

辛弃疾是继苏轼之后，审美情趣更为健全、更为独特的一位大词人。在他的《稼轩词》里，既有"骏马秋风冀北"的气概，又有"杏花春雨江南"的情韵；既有阳刚美，又有阴柔美。阳刚美主要表现为劲健和悲壮，阴柔美则主要表现为妩媚和疏淡。阳刚美和阴柔美是有机统一的，其中又以阳刚美为基本元素。以下试分别论述之。

一、劲健之美

劲健的美，是辛稼轩孜孜以求的一种崇高美的境界。"万壑千崖归健笔，扫尽平山风月。雪里疏梅，霜头寒菊，迥与余花别。"（《念奴娇·赠夏成玉》），这几句词，可以视为他这种审美追求的最好表白。同其他词人一样，他也常常以松、竹、梅作为抒情对象，然而他所着意礼赞的，则是它们那不屈不挠、傲雪斗霜、雄奇劲健的禀赋和节操：

断崖修竹,竹里藏冰玉。

——《清平乐·检校山园,书所见》

深雪里,一枝开,春事梅先觉。

——《蓦山溪·赵昌父赋一丘一壑……》

闻道千章松桂,剩有四时柯叶,风雪岁寒余。

——《水调歌头·唤起子陆子》

他常常用这类形象来比拟和称许那些有节操、有才干、有抱负的人士:

松枝虽瘦,偏耐雪寒霜晓。

——《感皇恩·寿范倅》

秀骨青松不老,新词玉佩相磨。

——《西江月·为范南伯寿》

看公风骨,似一长松,磊落多生奇节。

——《念奴娇·赵晋臣敷文十月望日生》[1]

显然,松、竹、梅是他的知己。词人于中寄寓了自己的人生理想、进取精神和处世态度:

桃李漫山过眼空,也曾恼损杜陵翁。若将玉骨冰姿比,李蔡为人在下中。

——《鹧鸪天·用前韵赋梅》

孤竹君穷犹抱节,赤松子嫩已生须。

——《浣溪沙·种松竹未成》

---

[1] 按:张炎《词源》指出:作寿词,"松、椿、龟、鹤有所不免"。可见这种祝颂已成俗套。但于稼轩之寿词则不宜作如是观。稼轩词中存寿词34首,而以松竹许人者不过四首而已。以上举三首为例,足见稼轩并非谀佞之作。第一首之范倅即第二首之范南伯。刘宰《故公安范大夫行述》:"公治官犹家,抚民若子,人思之至今,……女弟归稼轩先生辛公弃疾。辛与公皆中州之豪,相得甚。……公赋诗自见,亦曰:'伊人固可笑,历落复崎钦。略无资生策,而有忧世心'"。

湖海早知身汗漫，谁伴？只甘松竹共凄凉。
——《定风波·用药名招婺源马荀仲游雨岩》

同样，他笔下的其他自然景物，也大都体现出一种激昂壮伟、飞腾奋厉的审美特征，充满着一种青春的律动和蓬勃的生命力。例如他写山，往往喜欢用奔马的踔厉奋发的雄姿来比拟山的气势和神韵：

青山欲共高人语，联翩万马来无数。
——《菩萨蛮·金陵赏心亭为叶丞相赋》
叠嶂西驰，万马回旋，众山欲东。
——《沁园春·灵山齐庵赋》

他写水，往往要突出那种冲破重峦叠峰的倔强精神和豪迈气势：

清泉奔快，不管青山碍。
——《清平乐·题上卢桥》
青山遮不住，毕竟东流去。
——《菩萨蛮·书江西造口壁》

以上这些形象，或为劲健的松竹，或为峭拔的高山，或为奔突的江水，作为自然美的类型，都属于壮美的范畴。它们以其豪迈的气势，强大的力量，迅疾的速度，以及突破形式的体积和刚健的雄姿，给人以风发凌厉、龙腾虎跃的动荡感、崇高感，在人们的心里激起对祖国山河的炽烈的爱，以及昂扬奋发的斗志和改造社会的豪情。它们不朽的审美价值也正在这里。

山性即我性，山情即我情。这种崇高感的获得，有赖于辛稼轩本身就是一位"以气节自负，以功业自许"[1]的爱国志士和民族英雄。他在自然

---

[1] 范开《稼轩词序》，邓广铭《稼轩词编年笺注》，上海古籍出版社2007年版，第620页。

景物身上倾注了自己的壮志雄心和用世热情。因此，在他的眼里和笔下，即便是一块小小的石壁，也有着势欲摩空的非凡气概：

> 莫笑吾家苍壁小，棱层势欲摩空。相知惟有主人翁。有心雄泰华，无意巧玲珑。
>
> ——《临江仙·莫笑吾家苍壁小》

正因为"无意巧玲珑"，他才"能于剪红刻翠之外，屹然别立一宗"（《四库全书提要·稼轩词提要》），而绝少萧瑟、纤弱之景的描绘与柔靡软媚之情的低诉。正因为"有心雄泰华"，他才"率多抚时感事之作、磊落英多，绝不作妮子态"。[1]他说过："老子平生，笑尽人间、儿女怨恩"（《沁园春·戊申岁》）。他的志向在于"西北洗胡沙"（《水调歌头·寿赵漕介庵》），在于"了却君王天下事，赢得生前身后名"（《破阵子·为陈同甫赋壮词以寄之》）。他惯于以英雄自许，也乐于以英雄许人。他笔下的主人公，就大都是些英气勃勃、胆略超群的豪壮之士：

> 想剑指三秦，君王得意，一战东归。
>
> ——《木兰花慢·汉中开汉业》

> 袖里珍奇光五色，他年要补天西北。
>
> ——《满江红·建康史帅致道席上》

这些形象，无不凝结着词人收复中原、拯救黎庶的热血和梦想。

二、悲壮之美

然而，正如"补天西北"的宏愿只能待"他年"去实现一样，现实政治环境是很险恶的。辛稼轩奔走呼号了一生，却备受打击，屡遭罢斥，英

---

[1]毛晋《跋六十家词本稼轩词》，邓广铭《稼轩词编年笺注》，上海古籍出版社2007年版，第626页。

雄失路，报国无门。这就使得这种劲健的美学特征，大都呈现一种悲剧的色彩。不过，值得注意的是，这种悲剧色彩，并不是悲伤、悲戚，更不是悲惨，而是悲壮，是以劲健为底色的悲，始终充满着一种抗争性和不屈精神。我们读稼轩词，发现这种悲壮的色彩、悲壮的情调、悲壮的形象几乎比比皆是。例如：

堪恨处，人道是，属镂怨愤终千古。

——《摸鱼儿·观潮上叶丞相》

落魄封侯事，岁晚田园。

——《八声甘州·故将军饮罢夜归来》

将军百战身名裂，向河梁，回头万里，故人长绝。

——《贺新郎·绿树鸣鹈鴂》

总之，他笔下的廉颇、伍子胥、李广、李陵等叱咤风云的壮士，很少不是以悲剧告终的。这是作者对几千年来的专制、腐败统治的有力鞭挞和控诉，也是对民族英雄的和着血泪的悲歌，其悲剧美学意义是不当低估的。同时，"独坐悲君亦自悲"（元稹《遣悲怀》），他写悲剧英雄，实际上也是在为自己悲剧的一生作传。他写了美的崇高和毁灭：

醉里挑灯看剑，梦回吹角连营。八百里分麾下炙，五十弦翻塞外声。沙场秋点兵。

马作的卢飞快，弓如霹雳弦惊。了却君王天下事，赢得生前身后名。可怜白发生。

——《破阵子·为陈同甫赋壮词以寄之》

雄壮的阵容，激烈的战斗，火热的向往，前九句写得有声有色，浑灏劲健，一气流注。"如霆，如电，如长风之出谷，如崇山峻崖，如决大川，如奔骐骥"。[1]真有振颓起懦、不可一世之慨。而结句却陡地反收，戛然而止，由雄壮变悲壮。年华虚掷，壮志烟云，心情何等沉痛愤激！这就是理想的落空，就是崇高的毁灭，就是"大风卷水，林木为摧"[2]的悲的境界。

难得的是，作者并没有被这种悲的情绪所吞噬。在"萧萧落叶、漏雨苍苔"的凄凉环境里，仍然有着"壮士拂剑"[3]的伟观：

绕床饥鼠。蝙蝠翻灯舞。屋上松风吹急雨。破纸窗间自语。平生塞北江南。归来华发苍颜。布被秋宵梦觉，眼前万里江山。

——《清平乐·独宿博山王氏庵》

饥鼠、蝙蝠、松风、破纸、急雨，一系列灰暗萧瑟的物象形成一种凄凉孤独的氛围。"平生塞北江南"，经历何等奇伟；"归来华发苍颜"，晚景又何等落寞！可是就在这末路英雄的悲愤里，仍然激荡着拯救颓局的热血。"秋宵梦觉"，本当令人愁绝，然而由于他胸中装的是收复中原的民族大业，所以眼前展现的仍是辽阔无垠的"万里江山"。这种昂扬奋发的激情，使全词的情绪飞跃到一个很高的境界，陡地变悲伤为悲壮。毋庸置疑，这种悲的审美特性仍是一种崇高的美。尽管正义的事业遭到毁灭，但给予我们的不是低沉和压抑，更不是悲悯和绝望，而是一种震撼，一种历史的反思。这才是真正的美学意义上的悲剧。

三、妩媚之美

稼轩词的妩媚之美，则集中体现在为数不少的婉约作品中。因此，准确地赏析这类婉约词，是了解这种妩媚之美并进而理解其审美风格多样化的关键。笔者认为，问题不在于一般性地指出辛稼轩这位豪放的大词人也

---

[1]姚鼐《复鲁洁非书》，郭绍虞主编《中国历代文论选》第3册，上海古籍出版社1980年版，第510页。
[2]司空图《诗品·悲慨》，郭绍虞《诗品集解》，人民文学出版社1963年版，第35页。
[3]司空图《诗品·悲慨》，郭绍虞《诗品集解》，人民文学出版社1963年版，第35页。

有不少婉约之作，也追求一种妩媚的美，而在于，稼轩的婉约词体现出一种什么样的个性，民族英雄、磊落壮士的妩媚和一般剪红刻翠者的妩媚有什么不同。先请看一首这方面的代表作《青玉案·元夕》：

> 东风夜放花千树。更吹落、星如雨。宝马雕车香满路。凤箫声动，玉壶光转，一夜鱼龙舞。　　蛾儿雪柳黄金缕。笑语盈盈暗香去。众里寻他千百度。蓦然回首，那人却在，灯火阑珊处。

这首词的突出特点在于以乐景写哀，用市俗的热闹和狂欢来衬托词人内心的孤高和执着。全词用工笔图写了元宵之夜的欢乐场面，形象多么华美，气氛多么热烈而氤氲！可是主人公对这一切却十分淡漠，十分厌倦，他千百度来回寻找、倾心追慕的，是一位不随波逐流、自甘清冷的形象。难怪梁启超要称其"自怜幽独，伤心人别有怀抱"[1]了。

笔者认为，梁启超的这一评语，正可用来概括辛稼轩婉约词的表情方式和精神内核。"自怜幽独"是它的表情方式，具体表现为题材上的伤春感暮、怀人念远，情调上的细腻柔婉、诚挚缠绵，语言上的秾纤妩媚、清丽典雅，章法上的跌宕委曲、低回往复，意象上的凄迷要眇、若即若离等等，这同一般婉约词人大同小异；而"别有怀抱"，则是它的精神内核，为一般婉约词人所欠缺。它显然继承了楚骚"为芳草以怨王孙，借美人以喻君子"的优秀传统。因为辛稼轩是不屑于剪红刻翠、无病呻吟的词人，他曾经鲜明地表白过自己的创作主张："今古恨，几千般，只应离合是悲欢？江头未是风波恶，别有人间行路难。"（《鹧鸪天·送人》）强调反映现实的矛盾和斗争，呼吁抗金和恢复国土，拯救中原同胞，谴责卖国投降，挞伐世俗的腐败和堕落。只是在艺术表现上比较婉约、比较含蓄蕴藉罢了。

综观稼轩的婉约词，"伤春"之作尤多。《祝英台近·宝钗分》《摸鱼儿·更能消几番风雨》这样的千古绝唱自不用说，他如《念奴娇·书东流

---

[1]梁令娴《艺衡馆词选》，吴熊和主编《唐宋词汇评》第3册，浙江教育出版社2004年版，第2405页。

村壁》《满江红·暮春》《汉宫春·立春日》《满庭芳·和洪丞相景伯韵》《粉蝶儿·和晋臣赋落花》《蝶恋花·戊申元日立春》等等，又何尝不是婉约妩媚，缠绵悱恻？重要的是，这种伤春词的落花风雨的意象，大都暗示了南宋被金兵胁迫的危急和作者频遭打击、壮志难酬、青春难再的悲伤。《蝶恋花·元日立春》写词人因惜花而恨春。由于春天的短促，花开得迟，又凋谢得早，这已经含有一层悲感。加之风雨无常，即便正当花期，也不免飘零殆尽，这就更其悲伤了。"长把新春恨"，则表明此种不幸际遇，殆非一时，因为"往日不堪重记省"已明确透露个中消息。陈廷焯《白雨斋词话》指出："'今岁花期消息定，只愁风雨无凭准。'盖言荣辱不定，迁谪无常。言外有多少哀怨，多少疑惧。"[1]而从这首词的表现形式看，却显得十分妩媚，语言清丽，情致凄婉。

　　辛稼轩的婉约词，不仅表现了深沉的家国之感和个人的失落，更难得的是大都体现出一种"楼高欲下还重倚"式的悲剧精神，不屈服，不颓丧，不放弃对理想的追求，这就在相当程度上突破了儒家"达则兼济天下，穷则独善其身"的传统信条，前边所举《清平乐·独宿博山王氏庵》即是一例。至于《鹧鸪天·代人赋》中的痴情、执着，则更为少见。它仅仅表达了"伤离意绪"吗？不是的。稼轩自己就说过："不是离愁难整顿，被他引惹其他恨。"（《蝶恋花·送祐之弟》）这就告诉了我们他的婉约词的全部秘密了。

　　我们没有必要，也不应该像冬烘学究强作解人，硬给他的每一首婉约词都派上一个具体的美刺对象，但是，为了认识这类作品的思想内涵和美学特征，考察词人所处的时代背景和生世遭遇，还是必要的。由于金人的不断入侵，南宋统治集团又习于苟安，一再地打击迫害爱国志士，使国家长期处于内忧外患之中。辛稼轩在当时的处境则更为难堪。其《九议》披露："朝廷恢远略，求西北之士谋西北之事；西北之士固未用事也，东南之士必有悻然不乐者矣。"[2]作为南下之人的稼轩，其苦衷自然可知。又其《论盗贼札子》说："臣孤危一身久矣，……年来不为众人所容，恐

---

[1]陈廷焯《白雨斋词话》，人民文学出版社1959年版，第23页。
[2]辛弃疾《九议》其九，徐汉明《辛弃疾全集校注》，华中科技大学出版社2012年版，第818页。

言未脱口，而祸至于踵。"[1]艰难的处境，使他终于明白了"刚者不坚牢，柔底难摧挫"（《卜算子》）的道理，因此他便挫刚为柔，所谓"假闺房儿女之言，通之于《离骚》、变雅之义，此尤不得志于时者所宜寄情焉耳"[2]。

这就是稼轩婉约词及其妩媚之美所赖以产生的主客观方面的原因。对于这种独特的美的境界，他自己曾经作过不自觉的形象的描述。如《沁园春·一水西来》："我见青山多妩媚，料青山见我应如是。情与貌，略相似。"又《贺新郎·甚矣吾衰矣》："青山意气峥嵘，似为我归来妩媚生。"在这里，妩媚之貌与峥嵘之骨相提并论，并且由于词人主观情感的作用，这种优美与壮美的因素得到水乳交融。这种美学特征反映在他的婉约词创作里，就是妩媚而不失于软媚，柔中有刚，刚柔并济。这就是稼轩婉约词的个性所在——柔中有骨的妩媚之美。

四、疏淡之美

难怪清人沈谦要感叹"才人伎俩，真不可测"了，劲健、悲壮、妩媚如是的辛稼轩，在许多时候，又倾心于一种疏淡的美。

> 玉人好把新妆样，淡画眉儿浅注唇。
> ——《鹧鸪天·和张子志提举》
> 菱花照面须频记，曾道偏宜浅画眉。
> ——《鹧鸪天·一夜清霜变鬓丝》

这里的"淡"和"浅"，实际上就是一种疏淡的美。其表现特征是清新朴素，淡雅和谐，自然天成："疏疏淡淡，问阿谁，堪比天真颜色？笑杀东君虚占断，多少朱朱白白。雪里温柔，水边明秀，不借春工力。骨清

---

[1] 辛弃疾《淳熙己亥论盗贼札子》，徐汉明《辛弃疾全集校注》，华中科技大学出版社2012年版，第824页。
[2] 朱彝尊《陈纬云红盐词序》，郭绍虞主编《中国历代文论选》第3册，上海古籍出版社1980年版，第391页。

香嫩，迥然天与奇绝。"（《念奴娇·题梅》）这就是他所着意追求的疏淡美的境界。

这种疏淡之美，绝非淡乎寡味。辛稼轩在此基础上，更追求一种"真"，一种"味"，一种"神"：

千载后，百篇存，更无一字不清真。
——《鹧鸪天·晚岁躬耕不怨贫》

淡中有味清中贵，飞絮残红避。
——《虞美人·赋荼蘼》

书万卷，笔如神。
——《鹧鸪天·发底青青无限春》

剩向空山餐秀色，为渠著句清新。
——《临江仙·探梅》

在疏淡的基础上，进而追求"真""味"和"神"，既是中国传统的审美理想，也是辛稼轩同时代人的审美倾向。例如南宋诗论家张戒就强调"其情真，其味长，其气胜"，"大抵句中若无意味，譬之山无烟云，春无草树，岂复可观？"[1]辛稼轩这类疏淡的作品，比较成功地体现了这种时代的审美风尚，同时也表现出鲜明的个性特征。这类篇什，以"博山道中"诸作最为典型。如《清平乐·博山道中即事》：

柳边飞鞚，露湿征衣重。宿鹭窥沙孤影动，应有鱼虾入梦。
一川明月疏星，浣纱人影娉婷。笑背行人归去，门前稚子啼声。

这首词，既不壮怀激烈，也不婉约缠绵，更非沉郁悲凉，而是清新朴素，自然冲淡，通俗明快。然而癯而实腴，淡而有味，字里行间，洋溢着

---

[1]张戒《岁寒堂诗话》，郭绍虞主编《中国历代文论选》第2册，上海古籍出版社1980年版，第372页。

对宁静优美的乡村生活的挚爱。他用写意的手法，勾勒出了词人的行色，宿鹭的美梦，星月的疏朗，浣纱女的倩影与羞涩，小孩子的啼叫，既准确传神，又充满生活的芬芳。流动而不板滞，清空而不质实。它的语言是自然天成的，不藻饰，不雕琢，更不用典，就像一阵阵夏夜田野的风，给我们一种清新的美的陶醉。这种体现着优美特色的作品还有《鹧鸪天·博山寺作》《丑奴儿·书博山道中壁》《江神子·博山道中书王氏壁》《丑奴儿近·博山道中效李易安体》等等。

"博山道中"诸什，为淳熙十四年（1187）词人家居上饶时作。辛稼轩于淳熙八年（1181）十二月二日落职之后，在上饶一住就是11个年头，直到绍熙三年（1192）春才被召，赴福建提点刑狱任。了解这个写作背景，对于我们体会稼轩词的疏淡之美是十分重要的。为什么一位慷慨悲歌的民族英雄，忽而这样倾心于一种疏淡之美呢？这种疏淡之美同他的劲健悲壮之美有什么联系呢？

辛稼轩的审美情趣的形成在很大程度上是与他的生平遭遇和思想意识有关联的。一方面，备受排挤和中伤的辛稼轩一旦离开喧嚣而龌龊的官场，摆脱名缰利锁的羁縻，来到淳朴宁静的乡村，投向大自然的怀抱时，他的"词人之心"便会大放异彩。他会以一种淡泊的心态来观照和体验这淳朴宁静的一切，和青山、绿水、白云、花鸟虫鱼以及农夫渔父等等进行亲切的心灵的会晤。这淳朴宁静的一切，抚慰了他受伤的心灵，也捧给他自然美和生活美的一瓣心香！于是，通过词人的兴发感动，他便用最自然、最朴素的艺术手段把它们再现出来，这样，就有了辛词的疏淡美。另一方面，辛稼轩虽是儒家信徒，但是，如前所说，"达则兼济天下，穷则独善其身"的信条并不能规范他的全部思想和行为。他即使投闲置散，也没有忘却统一恢复的大业，没有成为"万事不关心"的隐士，而是闲而不适、身闲心不闲的用世者。辛稼轩这一类的自我表白特别多，我们只要看看他规劝自己的弟弟和晚辈们振作精神、以国事为怀的一些言语，就可看出他闲居时的真性情。如《鹊桥仙·和范先之送祐之弟归浮梁》："莫贪风月卧江湖，道日近、长安路远。"又《满江红·和杨民瞻送祐之弟还待浮梁》："黄卷莫教诗酒污，玉阶不信仙凡隔。"

这就启发我们不要把他的这种疏淡的作品,同一般隐逸之士的类似篇什作等量齐观。关于这一点,陈廷焯是颇有见地的。他说:辛稼轩的"红莲相倚浑如醉,白鸟无言定自愁""不知筋力衰多少,但觉新来懒上楼""城中桃李愁风雨,春在溪头荠菜花"之类,"信笔写去,格调自苍劲,意味自深厚,不必剑拔弩张,洞穿已过七札,斯为绝技。"[1]

这种"信笔写去","洞穿已过七札"的独特的审美效果,正好表明稼轩词的疏淡之美是以劲健为其精神内核的。旷达之中仍然潜流着抗争的血液。优美中有壮美,壮美中含优美,以壮美为基本元素,劲健、悲壮、妩媚、疏淡四种美的风格,在稼轩那里既各呈个性,又达到了有机的统一。这就是稼轩词的审美特征。

(原刊《湖北大学学报》1985年第2期)

---

[1]陈廷焯《白雨斋词话》,人民文学出版社1959年版,第22页。

"济南二安"研究的现状与期待

改革开放十多年来的"济南二安"研究，成绩无疑是主要的。无论是在研究视野、研究方法和研究成果方面，都大大地超过了过去的30年。但是也有两个问题值得注意：一是过于拔高，二是大题小做。"济南二安"研究既需要满腔热情，更需要求实精神；既需要开阔的视野，也需要具体的实证研究。

南北宋之际，中国词坛上活跃着一女一男两位著名的词人，一为李清照（1084—约1155），号易安，济南章丘人；一为辛弃疾（1140—1207），字幼安，济南历城人。世称"济南二安"。这使得山东人尤为感到骄傲。清代山东济南新城籍著名诗人王士禛即以十分自豪的口吻说："张南湖论词派有二：一曰婉约，一曰豪放。仆谓婉约以易安为宗，豪放惟幼安称首，皆吾济南人，难乎为继矣。"（《花草蒙拾》）

半个世纪以来，山东籍的学者在"济南二安"研究方面做了很多卓有成效的工作。邓广铭的《稼轩词编年笺注》《辛稼轩诗文钞存》《辛稼轩年谱》，王延梯的《漱玉集注》《辛弃疾评传》，孙崇恩主编的《李清照研究论文集》，刘乃昌的《辛弃疾论丛》等等，大都颇见功力，为学界所称道。十一届三中全会以来，大陆学术界召开过五次李清照、辛弃疾学术讨论会，其中有四次即是由山东学者发起主办，并且在山东境内（济南、青州、莱州）召开的。

由于有山东籍学者的表率作用，中国大陆的"济南二安"研究在整个宋词研究领域显得相当活跃。尤其是十一届三中全会以来，"济南二安"研究有了许多新的进展与突破。新中国成立以后的前30年间，辛弃疾研究主要集中在爱国思想和豪放词这样两个层面上，虽然做了一些有益的工作，但毕竟视野窄了一些，方法单调了一些。十一届三中全会以后，词学界力图打破早先的那种从时代背景到思想情感到艺术特征再到历史影响的简单陈旧的研究模式，开始多侧面、多层次、多视角地剖析辛弃疾其人其作。无论是基础研究，还是理论探讨，都超过了前此30年。

在基础研究方面，关于辛弃疾从隆兴二年（1164）江阴签判任满去职到乾道四年（1168）通判建康府这一段时间的仕宦行踪问题，在过去一直都是一个空白。近年来辛更儒根据新出现的《铅山辛氏宗谱》中的《宋兵部侍郎赐紫金鱼袋稼轩历仕始末》，提出江阴签判任满后就任广德军通判一说，很快即为学术界所普遍认可。又譬如有关辛弃疾与韩侂胄、朱熹、陆游、陈亮、周孚、范邦彦、范如山、史正志、赵汝愚等人的交游问题，也都有了比较扎实而具体的考证结论。

在理论探讨方面，则逐步矫正了前30年长期存在着的重思想而轻艺术的学术偏差，不再仅仅局限于对一部分爱国词的思想内容的探讨，而是转向对辛词整个的艺术成就、艺术风格和艺术魅力的探寻。承认他的主体风格为豪放，同时也强调其艺术风格的多样性；肯定他的"以文为词"丰富了词的表现力，同时也指出这种变革导致了词体的蜕变，使词日益向非词的方向退化。关于他的大量使用典故问题，也不再停留在简单的肯定或否定上面，而是具体地探讨用典的来源，典故运用在具体文本或语境中的作用，辛弃疾喜欢用典的原因以及用典的审美效果等等。此外，像刘扬忠的《辛弃疾词心探微》等新著，还就辛弃疾的文学主张和审美理想，辛弃疾与屈原、庄子、陶渊明、苏轼等人的师承关系和异同，以及辛弃疾的文化心理结构等问题，作了新的富于启发意义的研究。

同辛弃疾研究相比，李清照研究显得更为活跃，俨然成了词学领域的"热门"。这其中又以下面三个问题的争论最为热烈。一是李清照的再嫁问题。这个问题在前30年即有争论，近十多年来，这种争论更加激烈。肯定其再嫁者大多援引宋人胡仔、王灼、晁公武、洪适、赵彦卫、李心传、陈振孙七家的有关记载；否定其再嫁者，则认为上述七家记载均不足据，《上内翰綦公崇礼启》不合情理、不合逻辑处甚多，而最可信的资料乃是李清照本人的《金石录后序》。这篇自传体的后序作于绍兴四年（1134），署名"易安室"。黄墨谷认为，"'室'是已嫁妇人的称谓，'易安室'，就是赵明诚之室易安"。如果李清照曾于绍兴二年（1132）再嫁张汝舟，她就不能以"易安室"的名义写这篇《金石录后序》。（黄墨谷《重辑李清照集》）二是关于李清照词的思想情感问题。多数人认为李清照的前期词作，描写了少女少妇的日常生活与爱情悲欢，反映了对礼教的不满以及对生活的热爱。后期词作，则抒发了个人可悲可叹的身世之感，寄寓了深沉的故国之思，表现了比较明显的爱国主义精神。少数人则认为对李清照词的思想情感的评价不能过于溢美，尤其不能通过贬低同时代的其他词人来烘托和突出她的意义。三是关于李清照《论词》的评价问题。李清照"别是一家"的理论主张是否符合词的发展实际？李清照的理论主张和创作实践是否相一致？李清照对于唐五代北宋诸多名家的批评是否正确？关于这几个问题，估计今后还会有争论。

综观这十多年来的"济南二安"研究，成绩无疑是主要的。无论是在研究视野、研究方法和研究成果方面，都大大地超过了过去的30年。但是也有两个问题值得注意。一是过于拔高。辛弃疾是一位力主抗金收复失地的爱国词人，但同时也是一个有缺点的人。例如其《金菊对芙蓉·重阳》就有过这样的表白："叹少年胸襟，忒煞英雄。……除非腰佩黄金印，座中拥、红粉娇容。"这就体现了其人生价值观的庸俗一面。又如李清照词中的爱国主义思想情感和同时代的许多词人相比，其实并不是很明显、很强烈的。爱国主义是中国文学的一个优良传统，文学史上真正卖国求荣的作家是极为少见的。把爱国主义作为二安词的主旋律或主色调，把共性的东西说成是个性，其结果是既忽视了共性，也淹没了个性。第二个问题是大题小做。大陆上的古代文学研究，经常是大题小做，常常在爱国主义、现实主义、豪放派、婉约派这些比较空泛的大概念上兜来兜去，而不能做一些具体的实证研究。譬如：李清照的词论为何不曾提及周邦彦？李清照同赵明诚的婚姻爱情关系对其艺术个性的影响如何？辛弃疾的个人情感生活与文学创作的关系如何？辛弃疾的创作败笔、辛弃疾两次被参罢职的真实原因是什么？等等，都是值得我们花一些力气作深入的分析和探讨的。

"济南二安"既是山东籍的词人，同时也是中华本土的作家，是具有世界影响的文学家。"济南二安"研究既需要满腔热情，更需要求实精神；既需要开阔的视野，也需要具体入微的实证研究。唯其为此，"济南二安"研究才能真正走向世界，也才能真正为新时期的词学研究和文学创作提供一些有价值的东西。

（写于1991年）

朱敦儒在岭南的生活与创作

朱敦儒存词246首,其中写于岭南者大约15首。以其"岭南词"为对象,同时参考相关史料,考证得知朱敦儒在岭南的行踪为:南雄州→广州→康州(德庆府)→泷州(属德庆府)→梧州→藤州→肇庆府。

由于怀着深重的去国离乡之感,他的"岭南词"主要是对中原故土的留恋,对"炎荒"之地的不适。他无意于赞美岭南文化,但是在他的"岭南词"里,还是有意无意地描写了不少岭南风物和民俗,客观上丰富了宋词的题材、意象、语言和风格。

朱敦儒(1081—1159),字希真,洛阳人,南北宋之交的重要词人。《宋史·文苑传》称其"志行高洁,虽为布衣而有朝野之望。……素工诗及乐府,婉丽清畅"[1]。有词集《樵歌》传世。黄升《中兴以来绝妙词选》称其"博物洽闻,东都名士。南渡初,以词章擅名。天资旷远,有神仙风致"[2]。汪莘《方壶存稿》云:"平生所爱者苏轼、朱希真、辛弃疾三人,当谓词家三变。"[3]可见他在宋代词坛的地位是很高的。

朱敦儒存词246首[4],其中写于岭南的词(简称"岭南词"),据笔者

---
[1]脱脱等《宋史·文苑七·朱敦儒传》,中华书局1977年版,第13142页。
[2]黄升《中兴以来绝妙词选》,唐圭璋等校点《唐宋人选唐宋词》,上海古籍出版社2004年版,第700页。
[3]汪莘《方壶存稿》,文渊阁《四库全书》,第1178册。
[4]见唐圭璋编《全宋词》第2册,中华书局1965年版,第832—869页。

考证和统计，大约15首，即《雨中花·岭南作》《鹊桥仙·康州同子权兄弟饮梅花下》《蓦山溪·和人冬至韵》《醉落魄·泊舟津头有感》《南歌子·沈蕙乞词》《浪淘沙·中秋阴雨，同显忠、椿年、谅之坐寺门作》《浪淘沙·康州泊船》《踏莎行·送子权赴藤》《十二时》（连云衰草）《沙塞子》（万里飘零南越）《沙塞子·大悲再作》《采桑子》（一番海角凄凉梦）《忆秦娥·若无置酒朝元亭，师厚同饮作》《卜算子》（山晓鹧鸪啼）和《相见欢》（泷州几番清秋）。

宋代以来，有关朱敦儒的研究一直比较薄弱。20世纪以来，关于朱敦儒的60余篇论文，绝大多数都集中在对其人品的分析、隐逸词的探讨及南渡前后词风的描述上，没有一篇论文对他在岭南的生活与创作进行具体的考察。本文以其"岭南词"为对象，同时参考相关史料，重点考察朱敦儒在岭南的行踪，分析其"岭南词"所体现的心境，同时探讨其独特的地域文化风貌。

一、从"岭南词"考察朱敦儒在岭南的行踪

钦宗靖康元年（1126），北宋覆亡，官民大批南渡。据考察，当时南渡官民所走的路线主要有两条：即江浙线（江南东路和两浙路）和湖南江西线（荆湖南路和江南西路）。南渡的官民中有不少词人，其中大多数词人追随高宗南渡至江南东路和两浙路等经济条件比较好的地区，少数词人南逃至荆湖南路和江南西路，再进入岭南（广南东路和广南西路）。朱敦儒没有追随高宗南逃至江浙，而是以平民百姓的身份南逃至经济相对落后但社会相对安定的岭南。庄绰《鸡肋编》卷中云："自中原遭胡虏之祸，民人死于兵革水火疾饥坠压寒暑力役者，盖已不可胜计，而避地二广者，幸获安居。"[1]两广地处岭南，没有受到战火的影响，人民的生命、财产较为安全，因此吸引了大批官民南迁至此。

据《樵歌》及相关史料提供的线索，朱敦儒于高宗建炎元年

---

[1]庄绰《鸡肋编》，文渊阁《四库全书》本，第1039册。

（1127）洛阳城破之后，走水路，经淮阴、金陵，入鄱阳湖，至彭泽、九江，于建炎二年（1128）初到洪州（今南昌），受洪州知州胡直孺之邀，参与编辑黄庭坚《豫章集》。建炎三年（1129）十月，金兵渡江追击隆裕太后，直奔洪州。十一月，洪州城陷。当月，太后到达虔州（赣州）。朱敦儒也和当时许多南渡官民一样，随隆裕太后到了虔州。但是，朱敦儒没有选择随太后往临安，而是继续南下，翻越大庾岭，到了南雄。《宋史·文苑七·朱敦儒传》亦有"避乱客南雄州"的记载。朱敦儒到达南雄的时间，大约在高宗建炎四年（1130）初。

笔者根据朱敦儒"岭南词"的描述，参考《建炎以来系年要录》等相关史料的记载，考证出朱敦儒进入岭南之后所经由的路线应该是以水路为主。这是因为，在他的"岭南词"中多次出现走水路的痕迹。在岭南境内，有北江和西江两条主要水流。北江是珠江的支流，正源是浈水，发源于江西省信丰县的西溪湾，流经广东的韶关、清远、佛山，在三水汇入珠江；西江也是珠江的支流，发源于云南省沾益县马雄山，流经广东的云浮、肇庆、佛山，也是在三水汇入珠江。朱敦儒沿着北江、西江，一路行走。他的行走路线是：南雄州→广州→康州（德庆府）→泷州（属德庆府）→梧州→藤州→肇庆府。

朱敦儒由南安军翻越大庾岭到达南雄州，再由南雄沿着浈水继续往南。宋仁宗时的韶州曲江人余靖在《韶州新修望京楼记》中说："今天子都大梁，浮江淮而得大庾，故浈水最便。"[1]浈水就是北江上游，而南雄就成为进入岭南的第一站了。

据其"岭南词"的有关线索来看，朱敦儒应该到过广州。其《南歌子·沈蕙乞词》写道：

> 住近沈香浦，门前蕙草春。鸳鸯飞下柘枝新。见弄青梅初著、翠罗裙。　怕唤拈歌扇，嫌催上舞茵。几时微步不生尘。来作维摩方丈、散花人。

---

[1]余靖《韶州新修望京楼记》，《武溪集》卷五，《四库全书》本，第1089册。

沈香浦,即沉香浦,在今广州市西郊的珠江之滨。相传晋时广州刺史吴隐之曾投沉香于其中,因而得名。[1]

朱敦儒到达广州的时间应该是在建炎四年(1130)的春夏之交。

同年夏秋之间,朱敦儒离开广州,往西南行,在三水(北江、西江、绥江交汇处)进入西江,再溯江而上,秋天到达康州。《浪淘沙·康州泊船》云:

> 风约雨横江。秋满篷窗。个中物色尽凄凉。更是行人行未得,独系归艘。　拥被换残香,黄卷堆床。开愁展恨剪思量。伊是浮云侬是梦,休问家乡。

词里明确出现了"康州"这个地名。而"秋满篷窗"四字,则表明词人到达康州的时间就是在建炎四年(1130)的秋天,这也是朱敦儒在岭南过的第一个秋天。

词人在康州时,还写过一首《鹊桥仙·康州同子权兄弟饮梅花下》:

> 竹西散策,花阴围坐,可恨来迟几日。披香不觉玉壶空,破酒面、飞红半湿。　悲歌醉舞,九人而已,总是天涯倦客。东风分泪故园春,问我辈、何时去得。

词题写到了初春的梅花。时间是在到康州之后的第二年,即绍兴元年(1131)的初春。可见词人在康州逗留的时间,至少在三四个月以上。

顺便说一句,这两首词都是朱敦儒初抵粤西的作品,作品中蕴含一种浓重的去国之悲。这种情绪在他的"岭南词"尤其是初期的"岭南词"中特别明显。

其《卜算子》写道:

---

[1] 屈大均《广东新语》卷四:"沉香浦,在南海治南十里。昔无名,自吴隐之投沉香其中,浦遂名。"中华书局1985年版,第141—142页。

山晓鹧鸪啼，云暗泷州路。榕叶阴浓荔子青，百尺桄榔树。尽日不逢人，猛地风吹雨。惨黯蛮溪鬼峒寒，隐隐闻铜鼓。

泷州，即今天的广东省罗定市，古称泷州，宋时划入康州。绍兴元年（1131），康州更名为德庆府，泷州亦属于德庆府。泷州境内有一条泷江，古称南江，是西江的支流，在今广东省郁南县南江口镇汇入西江。榕树是一年四季常绿的树，农历四五月树阴最浓，而荔子就是荔枝，其始挂果也在农历四五月。可见朱敦儒在泷州写作《卜算子》的时间，应该是在绍兴元年（1131）的夏天。这个时候的岭南多雨，常常还伴着狂风，所以词中有"猛地风吹雨"一句，这是很真实的。

泷州，应该是词人在岭南居住时间最长的一个地方。在泷州，词人还写过一首《相见欢》：

泷州几番清秋。许多愁。叹我等闲白了、少年头。　　人间事。如何是。去来休。自是不归归去、有谁留。

由"泷州几番清秋"这一句，可见词人在泷州逗留的时间至少在两年以上。

在泷州，朱敦儒还写过一首《浪淘沙·中秋阴雨，同显忠、椿年、谅之坐寺门作》：

圆月又中秋。南海西头。蛮云瘴雨晚难收。北客相逢弹泪坐，合恨分愁。　　无酒可销忧。但说皇州。天家宫阙酒家楼。今夜只应清汴水，呜咽东流。

邓子勉教授认为，这首词作于广州。笔者认为，还是写在泷州。所谓"圆月又中秋"，就是指朱敦儒在这里又度过了一个秋天。所谓"南海西头"中的南海，并非指广州的南海县，即并非一个行政区划的名称，而是指南中国海（简称南海）。而南海的西头就是粤西，说具体一点，就是泷州。再说宋时的广州已是一个具有相当规模的城市，一个国内数一数二的对外贸易港口，商业繁华，酒肆林立。这样的城市，既不是"蛮云瘴雨"之乡，也不是"无酒可销忧"的乡野之地。

还有一首《沙塞子》也值得我们注意：

万里飘零南越，山引泪，酒添愁。不见凤楼龙阙、又惊秋。
九日江亭闲望，蛮树绕，瘴云浮。肠断红蕉花晚、水西流。

作品写在重阳节的那一天。有关意象、时令和心境，都和《浪淘沙·中秋阴雨，同显忠、椿年、谅之坐寺门作》相类，可能都写在同一个年份的同一个地方。

朱敦儒居留广南东路的康州、泷州期间，还到过广南西路的藤州和梧州。他有一首名为《小尽行》的诗写道："藤州三月作小尽，梧州三月作大尽。"朱敦儒到梧州和藤州的时间是在哪一年呢？下面这一条材料可以提供佐证。周必大《二老堂诗话》载："朱敦儒字希真，……靖康乱离避地，自江西走二广。绍兴二年，诏广西宣谕明橐访求山林不仕贤者，橐荐希真深达治体，有经世之才，静退无竞，安于贱贫，尝三召不起，特补迪功郎，后赐出身。"[1]可见朱敦儒在梧州和藤州的时间，应该是绍兴二年（1132）。藤州和梧州毗邻，地处于西江的上游，可由泷州、康州经水路到达。朱敦儒由泷州、康州至梧州和藤州，在交通上是比较方便的。

朱敦儒离开泷州，去肇庆府的时间，最晚应该是在绍兴二年（1132）的年末。其《蓦山溪·和人冬至韵》写道：

西江东去，总是伤时泪。北陆日初长，对芳尊、多悲少喜。美人去后，花落几春风，杯漫洗。人难醉。愁见飞灰细。　梅边雪外。风味犹相似。迤逦暖乾坤，仗君王、雄风英气。吾曹老

---

[1]周必大《二老堂诗话》，何文焕辑《历代诗话》下册，中华书局1981年版，第662页。

矣，端是有心人、追剑履。辞黄绮。珍重萧生意。

由"冬至"这个时间名词，以及"梅边雪外"这两个自然意象，可以推知这首词的写作时间，应该是在绍兴二年（1132）的冬天。有人讲，"美人"云云，乃暗指徽、钦二帝，而肇庆府是徽宗的发迹地，词人到了肇庆府，想到北去的徽宗，应该是比较自然的。值得注意的是，这首词还体现了某种积极有为的精神，这种精神在朱敦儒应诏出仕前后比较明显，与他初到岭南时的心境截然不同。

这种精神还体现在《沙塞子·大悲再作》一词中：

蛮径寻春春早，千点雪，已飞梅。席地插花传酒、日西催。

莫作楚囚相泣，倾银汉，洗瑶池。看尽人间桃李、拂衣归。

"蛮径寻春"，表明他当时仍在粤西，写作时间当为绍兴三年（1133）春天，地点极有可能是在肇庆府。据《建炎以来系年要录》载："绍兴三年，九月己巳，河南布衣朱敦儒特补右迪功郎，令肇庆府以礼敦遣赴行在。"[1]当时的康州早已升格为德庆府，而《要录》明确记载"令肇庆府以礼敦遣赴行在"，可见朱敦儒应诏离开岭南，应该是在肇庆府，而非德庆府（康州）。

在岭南期间，朝廷曾两次下诏征朱敦儒，可他一直不肯受诏。《宋史》载："其故人劝之曰：'今天子侧席幽士，翼宣中兴，谯定召于蜀，苏庠召于浙，张自牧召于长芦，莫不声流天京，风动郡国，君何为栖茅茹藿，白首岩谷乎！'"[2]于是朱敦儒幡然醒悟，欣然赴京接受任命。至此，朱敦儒在岭南的三年生活正式结束。

---

[1]李心传《建炎以来系年要录》卷六十八，中华书局1988年版。
[2]脱脱等《宋史·文苑传》（卷445），中华书局1977年版。

附表：朱敦儒在岭南的行踪

时间	地点	材料来源
高宗建炎四年（1130）初	南雄州	李心传《建炎以来系年要录》，脱脱等《宋史》
高宗建炎四年（1130）春夏之交	广州	朱敦儒《南歌子·沈蕙乞词》
高宗建炎四年（1130）秋至绍兴二年（1132）	康州泷州	朱敦儒《浪淘沙·康州泊船》、《鹊桥仙·康州同子权兄弟饮梅花下》、《卜算子》（山晓鹧鸪啼）、《相见欢》（泷州几番清秋）、《浪淘沙·中秋阴雨，同显忠、椿年、谅之坐寺门作》、《沙塞子》（万里飘零南越）
高宗绍兴二年（1132）春	梧州藤州	周必大《二老堂诗话》，朱敦儒《小尽行》
高宗绍兴二年（1132）冬	肇庆府	李心传《建炎以来系年要录》，朱敦儒《暮山溪·和人冬至韵》《沙塞子·大悲再作》

二、从"岭南词"看朱敦儒的心境

朱敦儒存词246首，内容和风格丰富多彩，前期的绮丽，中期的沉郁，晚期的疏朗。一般认为中期的词成就最大，这与他"南走炎荒"的生活经历是有密切关系的。

靖康之变，国家民族遭受惨重的灾难。朱敦儒从洛阳一直南逃至岭南，所谓"胡尘卷地，南走炎荒，曳裾强学应刘"（《雨中花·岭南作》）。中原沦陷之痛，个人流离之苦，还有寄人篱下的辛酸，使得他的思想感情发生了很大的变化，词风也一洗以前的绮丽，表现出沉郁顿挫的苍凉之感。

在"岭南词"中，朱敦儒一再通过"扁舟""浮萍""天涯客""北客"等意象来表达自己深重的去国离乡之感。如："我共扁舟，江上两萍叶。"(《醉落魄·泊舟津头有感》)"悲歌醉舞，九人而已，总是天涯倦客。"(《鹊桥仙·康州同子权兄弟饮梅花下》)"北客相逢弹泪坐，合恨分愁。"(《浪淘沙·中秋阴雨，同显忠、椿年、谅之坐寺门作》)"西江碧，江亭夜燕天涯客。天涯客，一杯相属，今夕何夕。"(《忆秦娥·若无置酒朝元亭，师厚同饮作》)与知己好友饮酒，本来应该是令人宽心的事情，可是喝酒的九个人都是"天涯倦客"。他乡遇故知，欣喜之情不言而喻，然而一句"天涯客"，就把这一份欣喜破坏了。

正因为有着深重的去国离家之感，所以在他的"岭南词"中，主要是对中原故土的留恋，对"炎荒"之地的不适。他对岭南是没有什么赞美之辞的。在他的作品中，"蛮"这个略带轻视的字眼是经常出现的。如《雨中花·岭南作》：

故国当年得意，射麇上苑，走马长楸。对葱葱佳气，赤县神州。好景何曾虚过，胜友是处相留。向伊川雪夜，洛浦花朝，占断狂游。　　胡尘卷地，南走炎荒，曳裾强学应刘。空漫说、蟠蟠龙卧，谁取封侯。塞雁年年北去，蛮江日日西流。此生老矣，除非春梦，重到东周。

这首词是很具代表性的。上阕怀念自己在洛阳的美好生活，一副五陵年少的得意与豪迈之态。下阕写靖康之变，美好生活瞬间被毁。流离岭南，寄人篱下，深感不适，亟盼回归故土，但又觉得希望渺茫，于是放声悲叹，满纸沧桑。这首《雨中花》和李清照的名作《永遇乐》一样，都是写对昔日美好生活的追思，对当下流离的不满，对前途的一片茫然。

又如《采桑子》：

一番海角凄凉梦，却到长安。翠帐犀帘。依旧屏斜十二山。
玉人为我调琴瑟，颦黛低鬟。云散香残。风雨蛮溪半夜寒。

生活在偏远的南蛮之地，由于生理、心理上的不适，不觉梦回故都，那华丽的帘幕和屏风，还有玉人的调瑟与温存，再次浮现在眼前。可惜好梦不长，醒来之后还得面对现实。和《雨中花》一样，今昔对比的巨大落差通过日常生活中的情节体现出来，更能让人品味到词人心中的凄凉。

他如《沙塞子》："不见凤楼龙阙、又惊秋""蛮树绕，瘴云浮"；《卜算子》："惨黯蛮溪鬼峒寒，隐隐闻铜鼓"；《浪淘沙》："圆月又中秋，南海西头，蛮云瘴雨晚难收""但说皇州，天家宫阙酒家楼"；《沙塞子·大悲再作》："蛮径寻春春早，千点雪，已飞梅"等等，所流露的都是这样的心情。在朱敦儒看来，故国的宫殿，昔日的酒家，都高贵得如同天上仙境，而岭南的所见所闻，即便是盛开着的鲜花、飘飞着的白云、潺潺流淌着的溪水，甚至是那极富地域风情的铜鼓之声，也丝毫吸引不了他的注意，反倒增添了他的惆怅和伤感。由此可见他在岭南的心境是不够豁达，不够开朗，不够阳光的。

在朱敦儒的15首"岭南词"中，伤春悲秋的作品竟多达10首。词人习惯于借暮春、寒秋之景，来表达自己的悲愁。如《雨中花·岭南作》："塞雁年年北去，蛮江日日西流。此生老矣，除非春梦，重到东周。"《鹊桥仙·康州同子权兄弟饮梅花下》："东风吹泪故园春，问我辈、何时去得。"《醉落魄》："鹧鸪声里蛮花发，我共扁舟，江上两萍叶。东风落酒愁难说，谁叫春梦分胡越。"《沙塞子》："不见凤楼龙阙、又惊秋。九日江亭闲望，蛮树绕，瘴云浮。"《浪淘沙·中秋阴雨，同显忠、椿年、谅之坐寺门作》："圆月又中秋，南海西头，蛮云瘴雨晚难收。"《浪淘沙·康州泊船》："风约雨横江。秋满篷窗。个中物色尽凄凉。"《十二时》："连云衰草，连天晚照，连山红叶。西风正摇落，更前溪呜咽。"《采桑子》："云散香残，风雨蛮溪半夜寒。"《相见欢》："泷州几番清秋。许多愁。"《忆秦娥》："西江碧，江亭夜燕天涯客。"都是他当时心情的真实写照。

朱敦儒在岭南前后逗留了三年，他的内心，似乎从来就没有认可或者接纳过这一片安宁而淳朴的土地。他总是把自己当作一个外乡人，总是念叨着回到老家去。哪怕看到的明明是东去的流水，他也要把它们的流向解读为"西去"。例如"塞雁年年北去，蛮江日日西流"（《雨中花·岭南作》）；"九日江亭闲望，蛮树绕，瘴云浮。肠断红蕉花晚、水西流"（《沙塞子》）。

岭南境内的北江、西江、浈江等河流，都是"大江东去"，朱敦儒为什么偏偏要说它们是"西流"呢？他不是不明白这个事实，例如在《蓦山溪·和人冬至韵》里，他就写有"西江东去，总是伤时泪"。这说明从常识上讲，他是知道"西江""东去"的。而在上述这两首词里，他偏偏要把"东去"的"西江"写成"西流"，这可能就是一种"故意"。由"鸿雁"的"北去"，"蛮江"的"西流"，寄寓了一种在常人看来似乎是难以实现的愿望，即北归。

朱敦儒对故乡的深切思念，对岭南的严重不适甚至排斥，这种心境，在当时的条件下，原是可以理解的。毕竟当时的岭南和中原相比，无论是经济还是文化发展水平，都还比较落后。而朱敦儒又是从洛阳这样一个经济文化最为发达的地方来的，本身又是一个文化素养很高、影响又很大的词人，他这种强烈的反差感、失落感，应该说是很真实的。

不过需要指出的是，他这种心境虽然是真实的，也是值得同情的，但并不值得肯定和赞美。在中国古代，远蹿蛮地的文学家可谓多矣，朱敦儒既不是第一个，也不是最后一个。可是他的表现，他对当地人民和当地文化的态度，和屈原、刘禹锡、苏轼诸人相比，应该说是很有几分逊色的，甚至是很有几分令人失望的。他的心里总是装着一份中原文化优越感，即便是已经成了一个难民，流落到了岭南，他似乎仍然觉得自己在文化上要比当地人优越。这样，他就不能以一种开朗的、开放的心态，去面对、去走近那些虽然身处僻远但心灵淳朴的岭南乡民，也不能去欣赏、去考察那些具有独特风味的岭南地域文化。这样，就使得他有可能取得的文学艺术成就，打了一个大大的折扣。关于这个问题，我们在下文还要讨论。

三、从"岭南词"看岭南的地域风情

宋室南渡以前，岭南籍的词人尚为空白，而苏轼、秦观、黄庭坚等贬居此地的词人也很少用词来传情达意。因此，北宋时期的岭南，可以说是歌词创作的贫乏之地。靖康之变之后，这种状态有了改变。一是崔与之、李昂英等岭南籍词人相继出现,二是朱敦儒、陈与义等北方词人流寓岭南,在此地继续从事词的创作。于是作词之风渐行于岭南。北方词人一方面把中原地区的音乐文化带到岭南,一方面也从岭南地域文化中获得了新的养料,从而使自己的创作在题材、意象、语言、风格各方面,呈现出了新的特点或气象。

岭南地区独特的自然风物深深地吸引了词人们的注意,触发了他们的创作灵感,丰富了他们的创作内容。于是,"荔枝""龙眼""木瓜""桄榔""蕉林""芭蕉""红蕉花""杨桃""木芙蓉""榕树""蛮溪""蛮径""蛮江""铜鼓"等富有岭南特色的景观和物象一一进入词的天地,从而再次丰富或刷新了读者的审美感觉。

当时避难岭南的北方著名词人,除了朱敦儒,还有陈与义。从心态上看,陈与义可以称之为乐观派,而朱敦儒则是一个悲观派。陈与义现存词18首,写于湖湘一带的至少有4首,写于岭南的似未见,但是他的《又和大光》这首诗是写于岭南的:

寂寂孤村竹映沙,槟榔迎客当煎茶。
岭南二月无桃李,夹路松开黄玉花。[1]

此诗是他早春二月从康州沿西江到广州,赓和友人席大光的作品,笔下并没有一丝一毫的对岭南的厌倦或反感,而是充满了对这一地区的独特风物与民俗的喜爱。原来岭南人习惯于用槟榔招待客人,类似于内地的煎(泡)茶待客。二月的岭南,虽然由于气候的温暖湿润,桃李花早已开过,但那黄色的松花,却是内地所未经见的,因而也能让他眼前一亮。

朱敦儒对待岭南文化的心态,虽然不似陈与义那样阳光,那样热情和主动,但也没有视而不见。诚然,他无意于赞美岭南文化,但是在他的"岭南词"里,还是有意无意地描写了不少岭南风物和民俗,客观上丰富了宋词的题材、意象、语言和风格。如《卜算子》:

---

[1]黄雨《历代名人入粤诗选》,广东人民出版社1980年版,第212页。

山晓鹧鸪啼，云暗泷州路。榕叶阴浓荔子青，百尺桄榔树。

尽日不逢人，猛地风吹雨。惨黯蛮溪鬼峒寒，隐隐闻铜鼓。

这里就出现了"泷州""蛮溪""鬼峒""榕叶""荔子""桄榔""铜鼓"等一系列极富岭南特色的地名和风物。虽然词人只是平实地叙述，并未流露欣赏之情，但是仍然客观地为我们展示了一幅色彩斑斓的岭南文化图景。

《卜算子》这首词里出现的"铜鼓"，是古代岭南、西南一带少数民族广泛使用的一种乐器，铜制鼓形，造型精美，在婚庆、祭祀以及其他一些重要的节日，用以助兴。五代孙光宪《菩萨蛮》写道："铜鼓与蛮歌，南人祈赛多。"除了当作乐器使用，也可用来打更报时、召集民众、报衙、传递信息等。宋周去非《岭南代答》载："铜鼓大者阔七尺，小者三尺，所在神祠佛寺皆有之，州县用以为更点。"[1]从考古学的有关资料看来，今天岭南地区出土的铜鼓主要集中在北江以西地区，北江以东地区则迄今没有发现。[2]北江以西的肇庆一带是出土铜鼓较多的地区，这一带自东汉以来，一直都是百越族后裔俚、僮、瑶等少数民族的活动区域。据朱敦儒的这首《卜算子》，我们得知，至南宋初期，泷州一带仍有相当数量的铜鼓，也就是说，这里还有大量的少数民族。从"榕叶荫浓荔子青"这一句，可知这首词的写作时间应该是在农历四五月间，这时候的荔枝还没有成熟，而榕树的叶子却已经很浓密了。这个时间不是春社，在当地也没有什么传统节日，朱敦儒在泷州的地界上隐隐约约听到的铜鼓，极有可能是作为打更报时用的铜鼓。

另外，"鬼峒"这一名词也极富岭南地域和民族特色。峒，宋代以后羁縻州所辖之行政单位。大者称州，小者称县，更小者称峒。峒（垌、洞）字通常表示自然地理实体或区域，例如山间谷地、盆地或群山环抱的小河流域，后来演化为某个具有血缘关系的氏族居住之地，含义有所

---

[1] 周去非著，杨武泉校注《岭南代答校注》，中华书局1999年版，第254页。
[2] 蒋廷瑜《铜鼓——南国奇葩》，天津科学技术出版社2001年版，第212页。

扩大，例如隋唐时粤西冼夫人"世为南越首领，跨据山洞，部落十万余家"。峒（峝、洞）也成为历史上古越人留居地之常见地名，主要分布在北江以西，粤东已很少见。由此可见，铜鼓的分布和峒（峝、洞）的关系密切，都是集中出现在北江以西。就在朱敦儒写过的泷州，至今还有很多地方的地名叫峒（峝、洞），如"山峒""禾秆峒"等。

"桄榔"，常绿高大乔木，羽状复叶，线形，果实倒圆锥形。喜阳，不耐寒，高达几十米，多分布于热带。从桄榔树可生长的高度来看，朱敦儒《卜算子》写到"百尺桄榔树"，可以说是相当准确的。也正是这百尺高的桄榔树，遮蔽了天日，更让朱敦儒的心情惆怅不已。

又如《沙塞子》：

万里飘零南越，山引泪，酒添愁。不见凤楼龙阙、又惊秋。
九日江亭闲望，蛮树绕，瘴云浮。肠断红蕉花晚、水西流。

周去非《岭南代答》云："红蕉花，叶瘦类芦箬，中心抽条，条端发花。叶数层，日拆一两叶。色正红，如榴花、荔子，其端各有一点鲜绿，尤可爱。花心有须，苍黑色。春夏开，至岁寒犹芳。"[1]从红蕉的花期来看，《沙塞子》确是写于重阳节。登江亭眺望，没有在中原习见的菊花，却有鲜艳刺目的红蕉花，这又增加了作者的思乡之苦。

结　语

古人云："诗穷而后工。"朱敦儒亲身经历靖康之变，南走炎荒，滞留岭南长达三年之久。这一段特殊的生活经历，使其词的题材、内容、情感、语言、意象和风格等等，都发生了显著的变化。

朱敦儒南渡前、南渡期间和南渡后的词风是迥然不同的，南渡前的词表现了他作为风流才子的生活情趣，有一种不羁、洒脱和狂傲之态。南渡

---

[1]周去非著，杨武泉校注《岭南代答校注》，中华书局1999年版，第327页。

期间的词伤时忧国，表现了沉郁顿挫的风格。南渡后的思想渐趋消极，词风也渐趋恬淡。由此可见，南渡期间的作品，在他的全部作品中，是非常重要的部分。这个时期的词，少了几分未经世事的轻狂，多了几分饱经沧桑的沉重。

岭南的生活经历，也影响了朱敦儒此后的人生选择。他一改青年时代的狂放和洒脱，最终做了朝廷的官，这样一个重大转变，不能说与岭南的这一段经历没有关系。从本质上来讲，朱敦儒并非一个真正的旷达之人。他在岭南的生活与创作就足以说明这一点，而不必等到赴临安之后再来证实。

（本文与门下研究生谭绍娜合作完成，原刊《词学》第28辑，华东师范大学出版社2012年版）

《钗头凤》与陆游休妻之谜
——词学演讲录之二

陆游的《钗头凤》这首流传千古的名作,是词人为其前妻唐婉而作的。陆游与唐婉的爱情悲剧,成为这首词的写作背景,也成为这首词的重要的传播媒介。

一、陆游其人

陆游(1125—1210),字务观(guàn),号放翁,越州山阴人,也就是今天的浙江绍兴人。关于他的名和字,过去有这样一个传说。说是陆游的母亲在生他之前,梦见了北宋著名词人秦观(字少游)。他母亲把这个梦告诉了他父亲。他父亲觉得很神奇,因此就把秦观的字作为他的名,把秦观的名作为他的字。(见叶绍翁《四朝闻见录》卷乙)

这个传说包含了什么意思呢?

第一,是说陆游的母亲,是秦观的一个"粉丝"。秦观是北宋著名词人,他的作品成就很高,影响很大,传诵很广,在他生前和身后,都有许许多多的"粉丝",而陆游的母亲,就是其中的一个。

第二,是说秦观是陆游的前身,陆游是秦观投胎转世,陆游生来就是要做词人的。

有趣的是,多年以后,果真就有一位姓陈的主簿,拿了一幅自己珍藏的秦少游画像，请陆游题诗一首。陆游的诗是这样写的：

> 晚生常恨不从公，
> 忽拜英姿绘画中。
> 妄欲步趋端有意，
> 我名公字正相同。
> ——陆游《题陈伯予主簿所藏秦少游像》

由于有那么一个梦，又加上有这么一首诗，于是这个传说就被一些人当成一个真实的故事，传播了800多年。

其实，陆游的这首诗，不过是一时兴到之作。至于他母亲的那个梦，更是无从考证。当然，也有另一种解释，就是先有陆游的这首诗，然后才有人根据这首诗编造了那个梦。

那么，陆游的名和字，究竟有没有什么来历呢？自然是有的。

第一，陆游有四兄弟，他是老三。老大叫陆淞，老二叫陆浚，老三叫陆游，老四叫陆溭。四兄弟的名字，都带一个水字旁。陆游之所以叫陆游，在他父亲那里，是有通盘考虑的。

第二，古人的名和字，两者之间是有关联的，不是随便取的。陆游的名和字，来源于《列子》这本书：

> 务外游，不知务内观。外游者求备于物，内观者取足于身。取足于身，游之至也；求备于物，游之不至也。
> ——《列子·仲尼第四》

陆游的名和字，来源如此，不是来源于那个传说中的梦。

传说中的那个梦，说明陆游的母亲是秦观的一个"粉丝"，是秦观的一个崇拜者，这是不大可能的。如果陆游的母亲真的是秦观的"粉丝"，真的是秦观的崇拜者，那至少说明，她是一个感情丰富的人，一个富有同情心的人，一个具有几分浪漫色彩的人，一个懂得什么是爱情的人，至少是能够理解自己亲生儿子的爱情的人。如果是这样，那么陆游的婚姻悲剧也许就不会发生了；《钗头凤》这首词，也许就不会出现了。关于这个问题，我们稍后再讲。

说到陆游本人，相信大家对他并不陌生。他是南宋最著名的诗人，也是整个唐宋时期最著名的诗人之一。

陆游是唐宋时期写诗最多的人。他从12岁开始学习写诗，一直写到85岁，写到他生命的最后一刻。他流传到今天的诗，多达9300多首，接近《全唐诗》的五分之一。

陆游的诗不仅数量多，质量也很高。像大家熟悉的"山重水复疑无路，柳暗花明又一村"（《游山西村》），"小楼一夜听春雨，深巷明朝卖杏花"（《临安春雨初霁》）等等，就是他诗中的名句。

陆游的临终遗言，也是一首诗：

> 死去元知万事空，
> 但悲不见九州同。
> 王师北定中原日，
> 家祭无忘告乃翁。
>
> ——《示儿》

陆游一直到死都在写诗，一直到死都不忘国事，不忘收复中原、统一祖国的大业。所以陆游不仅是一位大诗人，而且是一位以统一祖国为己任的大诗人。

陆游的诗，鼓舞了一代又一代的中国人。800多年来，每当国难临头的时候，许许多多的仁人志士，就是拿陆游的这些诗来激励自己，唤醒同胞，振奋民族精神。

陆游在51岁以后自号"放翁"，好像很旷达。其实在情感方面，他是很执着的。他一生对三件事情最为执着：一是收复中原，一是写作，一是对前妻唐婉的爱情。他的《钗头凤》这首词，就是为唐婉而作的。

那么，他和唐婉之间，究竟发生了什么事情呢？

二、陆游休妻

宋元之际的著名词人、诗人和学者周密，在他的《齐东野语》一书里，有这样一条记载，名为"放翁钟情前室"：

> 陆务观初娶唐氏，闳之女也，于其母夫人为姑侄。伉俪相得，而弗获于其姑。既出，而未忍绝之，则为别馆，时时往焉。姑知而掩之，虽先知挈去，然事不得隐，竟绝之，亦人伦之变也。
>
> ——周密《齐东野语》卷一

这个唐氏，就是唐婉，据说是陆游母亲的娘家侄女。她于绍兴十四年（1144）嫁给陆游，那个时候的陆游虚岁20，她应该不到20岁。

唐婉很漂亮，又有文才，陆游非常爱她，她也非常爱陆游，所谓"伉俪相得"，就是情投意合。但是，陆游的母亲不喜欢这个儿媳。不喜欢到什么程度呢？就是逼迫陆游休妻，把这个儿媳赶出家门。

做母亲的要赶走自己深爱的女人，陆游本人又是什么态度呢？

陆游非常痛苦，但是又不能违抗母亲的旨意。在母亲和妻子之间，在礼教和爱情之间，他和中国古代的其他许多男子一样，迁就了前者而牺牲了后者。

他无可奈何地写了一纸休书，把妻子休了。但是，他又不忍心和妻子彻底分手。怎么办呢？他就在外头找了一处房子，让唐婉住进去，自己则隔三差五地去看她。他以为这样过一段时间，等母亲的气消了，就可以把妻子接回来的。

不料这事还是被他母亲知道了。陆游最终还是拗不过母亲，只得和唐婉彻底分手。

三、两首《钗头凤》

周密《齐东野语》接着讲：

> 唐后改适同郡宗子士程。尝以春日出游，相遇于禹迹寺南之沈氏园。唐以语赵，遣致酒肴，翁怅然久之，为赋《钗头凤》词，题园壁间云……

——周密《齐东野语》卷一

陆游和唐婉在一起生活的时间很短，前后只有两年。他后来按照母亲的意志，娶了王氏夫人。唐婉也改嫁绍兴府城的一个宗室子弟，叫赵士程。这赵士程和陆游，还有一点亲戚关系，赵士程是陆游姨妈的侄子，不过似乎没有什么来往。

多年之后的一个春天，他去绍兴府城禹迹寺南的一处很有名的私家园林——沈园游览。正是在这个沈园里，他和唐婉不期而遇。

当时唐婉正陪同她的后夫赵士程在游沈园。见到陆游之后，她没有回避，而是直接向赵士程讲了。赵士程是一个通情达理的人，和陆游又有那么一点儿亲戚关系，出于对陆游的尊重，也出于对唐婉的尊重，他就叫唐婉准备一些酒菜，款待陆游，他自己却回避了。

陆游见到分别多年的唐婉，真是悔恨交加，惆怅不已。于是就在沈园的墙壁上，写下了这首流传了800多年的经典作品《钗头凤》：

> 红酥手。黄滕酒。满城春色宫墙柳。东风恶。欢情薄。一怀愁绪，几年离索。错错错。
> 春如旧。人空瘦。泪痕红浥鲛绡透。桃花落。闲池阁。山盟虽在，锦书难托。莫莫莫。

"红酥手"，就是红润而细嫩的手。"黄滕酒"，就是用黄纸封口的酒，也叫黄封酒，这是一种由官府酿造的酒。那是一个美丽的春天，他们来到一处园林。唐婉用自己红润而细嫩的双手，为他斟下黄封酒。

有人讲："第一句'红酥手'，写女子的手如何细腻白嫩，意在以手写人。这种艳笔，不可能指封建时代的陆游用于一向爱慕敬重的妻子身上，古人写夫妻伉俪之情，未闻用这种笔墨的。"（吴熊和《陆游〈钗头凤〉本事质疑》）。我认为这种说法未必符合事实。例如杜甫的名作《月夜》"香雾云鬟湿，清辉玉臂寒"这两句，不就是写给他"一向爱慕敬重的妻子"的吗？杜甫可以用"玉臂"来描写妻子的臂，陆游为什么就不可以用"红酥手"来描写妻子的手？

关于"宫墙"二字的解释，学术界也有不同意见。有人讲，绍兴曾是古代越国的都城，南宋高宗时又曾一度以此为行都，故有"宫墙"之称。但是也有人讲，古代越国的王宫早已不存在，而宋高宗当年虽"曾以越州为临时驻跸之地，升越州为绍兴府，也称不上什么行都、行宫。说越州有宋时旧宫，是找不出根据的"（参见吴熊和《陆游〈钗头凤〉本事质疑》）。我认为，这首词的发端三句是回忆，也就是回忆他们当年的一次游园经历，这个园林可能不在绍兴，可能在临安（杭州）。临安是南宋的首都，又毗邻绍兴，陆游携爱妻游览临安，在临安的某一座邻近"宫墙"的园林里饮酒，这种可能性还是很大的。

"东风恶"这三个字值得注意。我们知道，东风具有两面性。一方面，它能使万物复苏，让大地充满生机；另一方面，它又能使百花凋零，让大地一片狼藉。"东风恶"，在这里比喻一种势力，一种破坏了他们的爱情和婚姻的势力。这种势力，其实就是来自他的母亲。他的母亲也像东风一样具有两面性。一方面，母亲生养了他，这是她"善"的一面；另一方面，母亲又亲手扼杀了他的爱情，毁灭了他的婚姻，这是她"恶"的一面。陆游为尊者讳，不便于那么直白地讲母亲的过错，只好用"东风恶"来比喻。这个比喻是恰当的。

因为"东风恶"，所以"欢情薄"。"欢情"就是夫妻之间的那种欢乐幸福的感情。"欢情薄"，就是说这种欢乐和幸福的感情未能长久。"一怀愁绪"，就是满怀的愁绪。"离索"，就是离群索居，就是离别。"几年离索"，就是已经分离几年了。陆游写这首词时27岁，他和唐婉分手，已经有五年了。

"错错错"是陆游的怨恨之词,也是他的悔恨之词。怨恨的是母亲,悔恨的是自己。母亲固然是错了,可是自己不敢违抗母亲的旨意,伤害了自己深爱的女人,更是错上加错,大错特错,所以一连用了三个"错"。

这首词的上片都是写过去,一直到过片的"春如旧,人空瘦"这两句,才回到现实。春天还是从前的那个春天,但是人已经不是从前的那个人了。唐婉已经成了别人的妻子。也许赵士程是很爱唐婉的,但唐婉是不是也像爱陆游一样地爱赵士程呢?显然不是。唐婉过得并不幸福,并不开心。要不然,怎么会"人空瘦"呢?

唐婉旧情难忘。见到陆游,更是伤心不已。"泪痕红浥鲛绡透。""鲛绡",原指衣服,这里指手帕。据《述异记》等书记载,传说南海中有一种鲛人,头像人,尾像鱼,也就是人们所说的美人鱼。有一条美人鱼曾经游到岸上来,借住在一户人家。每天织绡,就是织那种"入水不濡"的衣服,然后拿到街上去卖。有一天,美人鱼要离开了。临行之前,她向那一家的主人要一个盘子,"泣而出珠",就是对着那个盘子哭泣,但是流下来的不是眼泪,而是一颗又一颗的珍珠,一直到珍珠装了满满一盘才离去。美人鱼其实是用珍珠来回报那一家的主人。这就是"鲛人泣珠"的故事。

"鲛人泣珠"的故事是一个凄美的故事。陆游在这里把唐婉用的手帕比作"鲛绡",实际上也饱含了一种凄美的感觉。唐婉流了许多的泪,把脸上的胭脂都打湿了,把手帕都湿透了。"浥",就是打湿。胭脂是红的,所以叫"泪痕红浥"。

"桃花落",是说春天又要过去了。桃花飘零,比喻女人不幸的命运。"闲池阁",是写沈园里的池塘,还有亭台楼阁,都是那样的冷清。这两句是写景,也是写心情。心情不好,觉得周围的环境都是那样冷清,没有生气。

"山盟虽在,锦书难托。""山盟",就是爱人之间的海誓山盟。"锦书",就是夫妻之间的情书。这是一个典故。五胡十六国的时候,在前秦这个国家,有一个叫苻坚的人,本是秦州刺史,后来被流放到西部沙漠之地。他的妻子苏惠非常思念他,日思夜想而不得见其面,于是就写诗,然后把这些诗都织在锦上，这就是回文诗。所谓回文诗，就是上下、左右、顺着、倒着都可以读成句的诗。这种回文诗，读起来都非常伤感。后来人们就把夫妻之间的情书称为"锦书"。陆游这两句词的意思是说：我们之间的海誓山盟虽然还在，但是我们已经没有书信往来的自由了。因为唐婉已经再嫁，自己也已经再娶了。"莫莫莫"三个字，就是罢了罢了，无可奈何的意思。

通过这首词，我们可以深切地感受到陆游和唐婉之间的这种真挚的感情，感受到唐婉的悲伤，感受到陆游的悔恨，同时也可以感受到家长的专横霸道，不近人情，感受到礼教的可恶。因此，这首词是有很高的认识价值的。

从艺术上来看，这首词有两个突出特点：

一是多用对比。例如用昔日的"红酥手"对比今日的"人空瘦"，用昔日的"满城春色"对比今日的"桃花落"，又用"东风恶"对比"欢情薄"。这种对比手法的运用，使得"物是人非"的感觉非常强烈，人物的爱憎非常分明。

二是多用短语。全词只有两个长句，其他的都是短语。短语多，音乐的节奏就显得很急促，人物的感情就显得很激越，这样就能更好地表达词人内心的那种痛苦和悔恨。

据说唐婉读了这首《钗头凤》之后，自己也和了一首：

世情薄。人情恶。雨送黄昏花易落。晓风干。泪痕残。欲笺心事，独语斜阑。难难难。

人成各。今非昨。病魂常似秋千索。角声寒。夜阑珊。怕人寻问，咽泪装欢。瞒瞒瞒。

"阑"，就是栏杆。"斜阑"就是斜靠着栏杆。在风雨飘摇、百花凋零的黄昏，她总是要流泪，脸上总是有泪痕。她想把自己内心的痛苦写出来，总是难以下笔。常常是一个人斜靠着栏杆，在那里自言自语。

"秋千索"，就是秋千架上的绳索。"病魂常似秋千索"，是说自己总是病病歪歪的，就像秋千架上的飘飘荡荡的绳索。"夜阑珊"，就是夜色将近。晚上总是失眠，天都快要亮了，还是睡不着。因为睡不着，所以能够清清楚楚地听到城楼上传来的号角声。

白天流泪，晚上失眠，这种状况是很容易被人发现的。怎么办呢？她就咽下眼泪，强颜欢笑。瞒着自己的丈夫，瞒着自己的丫头，瞒着自己的公婆，瞒着身边所有的人。

通过这首词，我们可以感受到唐婉内心的痛苦和压抑，可以感受到再婚之后的唐婉并不幸福。这倒不一定是赵士程对她不好，而是因为她自己总是不能忘记早年的那一段婚姻，不能忘记那一段刻骨铭心的爱情，不能忘记陆游。

总之，这一次和陆游的不期而遇，对唐婉的刺激实在是太大了。据说唐婉写过这首《钗头凤》之后，没过多久就含恨去世了。

曾经有人提出疑问，说这首《钗头凤》真的是唐婉写的吗？有没有附会的成分？在这里，我要作一点说明。关于陆游的这一段爱情悲剧，最早来源于南宋人的三部笔记，即陈鹄的《耆旧续闻》、刘克庄的《诗话续集》和周密的《齐东野语》。刘克庄的《诗话续集》和周密的《齐东野语》都没有提及唐婉这首《钗头凤》。只有陈鹄的《耆旧续闻》提到了：

> 公感其意，为赋此词。其妇见而和之，有"世情薄，人情恶"之句。惜不得其全阕。

也就是说，陈鹄当年在沈园的"壁间"所看到的唐婉《钗头凤》，实际上只有这两句，其他的词句都看不到了。但是到了明代，在卓人月编的《古今词统》这本书里，这首《钗头凤》又成了一首完整的词。因此有人推测，这首词可能是后人补齐的，唐婉的原作未必都是这样。还有人认为，署名唐婉的这首《钗头凤》根本就是好事者为之。

我认为，这首署名唐婉的《钗头凤》，虽然在著作权方面存在争议，但是它的问世，它的广为传播，至少说明了陆游的婚姻悲剧，得到了人们的广泛同情；更说明了陆游的那首《钗头凤》，曾经传播得很广，并且得到了人们的强烈共鸣。

总之,署名唐婉的《钗头凤》,是陆游的《钗头凤》在传播过程中的一个衍生品。而前者的传播,又进一步推动了后者的传播。

四、陆游休妻之谜

两首《钗头凤》,一段生死情。800多年来,陆游和唐婉的婚姻悲剧,感动了无数的读者。这一出悲剧,主要是由陆游的母亲一手造成的。值得注意的是,陆游的母亲为什么一定要拆散这一对恩爱夫妻呢?既然唐婉是她的亲侄女,为什么她就不能担待一些、宽容一些呢?

在回答第一个问题之前,我想先回答第二个问题。这就是:陆游的前妻唐婉,究竟是不是她母亲的亲侄女?或者说,这两个女人,究竟是不是姑侄关系?

陈鹄的《耆旧续闻》和刘克庄的《诗话续集》在讲到这个问题时,并没有讲过她们两人是姑侄关系,只有周密的《齐东野语》这样讲过。这个说法难免让人产生怀疑,因为毕竟是嫡亲姑侄啊,做姑姑的赶走了亲侄女唐婉,这不等于是和自己的亲兄弟完全翻脸了吗?不等于是得罪了所有的娘家人吗?这个代价是不是太大了?

据现代学者考证,南宋时的绍兴府城里,有两家姓唐的,都是名门望族。一是北宋名臣唐介家族。唐介有六个孙子,他们的名字都有一个"心"字底,如唐懋、唐愿、唐恕、唐意、唐愚、唐憑等,陆游的母亲就是唐介的孙女。一是北宋名臣唐翊家族。唐翊有三个儿子,他们的名字都有一个"门"字框,即长子唐闳,次子唐阅,三子唐阆。唐婉就是唐闳的女儿。陆游舅舅的名字都有一个"心"字底,没有一个是"门"字框的。(参见于北山《陆游年谱》,及杨钟贤、张燕瑾《陆游〈钗头凤〉鉴赏附记》)由此可见,陆游的母亲唐氏和陆游的前妻唐氏,虽然都姓唐,但并非姑侄关系。事实上,周密也说唐婉是"闳之女也",但是他错把"闳之女"当作陆游母亲的侄女了。

下面回答第一个问题,也就是陆游的母亲为什么一定要拆散这一对恩爱夫妻？

关于这个问题，由于陆游本人不便明说，我们也不得而知。但是，我们知道，古人休妻是有条件的，这就是所谓的"七出"：

> 无子，一也；淫佚，二也；不事姑舅，三也；口舌，四也；盗窃，五也；妒忌，六也；恶疾，七也。
> ——《十三经注疏·仪礼注疏·丧服》

用现在的话来讲就是：第一，不孕无子；第二，红杏出墙；第三，不孝公婆；第四，多嘴多舌；第五，偷盗行窃；第六，妒忌无量；第七，身患恶疾。

我们不妨对照这七条，做一个分析和判断，看看唐婉究竟犯了哪一条？

第一，不孕无子。陆游娶唐婉的时候是20岁左右，和唐婉离婚的时候是22岁左右。也就是说，他们在一起生活的时间，前后只有两年。谁都知道，怀孕生子是需要一定的时间来完成的，一个女人结婚两年没有怀孕生子，不等于第三年、第四年不能怀孕生子。以这一条理由来休弃唐婉，肯定是站不住脚的。南宋人梁克家在《三山志》中说："知宗正司（赵士程后来的官名）子女各一，查无妾室，恐琬出无疑。"这说明唐婉是能生子的。

第二，红杏出墙。这一条有没有可能，要看唐婉和陆游之间的感情如何。我们知道，唐婉和陆游的感情是非常好的，所谓"伉俪相得""琴瑟甚和"，就是说夫妻之间相处得非常好，情投意合，鱼水情深。她死后50多年，陆游已经84岁了，还在写诗怀念她。可见她对陆游是非常热爱，也非常专一的。如果她是一个红杏出墙的人，陆游会怀念她几十年，一直怀念到死吗？可见"红杏出墙"这一条，也是站不住脚的。

第三，不孝公婆。一个媳妇能不能孝敬公婆，主要取决于两个因素。一是她爱不爱自己的丈夫，二是她有没有教养。唐婉深爱自己的丈夫，她怎么会不孝敬丈夫的父母呢？至于她有没有教养，我们不妨来考察一下她的娘家是个什么样的家庭。

唐婉的祖父叫唐翊，北宋进士。他在宋徽宗宣和年间做过鸿胪少卿，六品官，相当于今天外交部礼宾司的一个司长。据绍兴地方文献记载，唐翊有三个儿子：长子唐闳，次子唐阅，三子唐阐，都是进士出身的朝廷命官。

唐翊的长子唐闳，也就是唐婉的父亲，在北宋时做过郑州通判，在南宋时曾任江南东路转运判官，协助转运使管理这一路的财政、税收、军用物资储备、审计、监察、组织、人事、农业等，权力不小，地位也不低，仅次于转运副使。

唐婉的祖父、父亲和两个叔父，都是进士出身的朝廷命官。唐家属于通常所讲的官宦人家和书香门第。出生在这样一个既有地位又有文化的家庭里，唐婉是有条件接受好的教育的。她能填词，就说明了这一点。那么，在孝敬公婆这一方面，她难道就没有受到应有的教育吗？她难道连这一点教养都没有吗？可见"不孝公婆"这一条也是很难成立的。

第四，多嘴多舌。一个女人是不是一个多嘴多舌、搬弄是非的人，也取决于她的教养。刚才说过，唐婉的祖父、父亲，还有两个叔叔，都是当朝进士。进士是中国古代最有文化教养的那一部分人，他们的人生信念，就是修身、齐家、治国、平天下。"治国"的前提是"齐家"，即管理好自己的家庭，包括教育好自己的子女。如果连自己的子女都教育不好，还齐个什么家，治个什么国呀！所以我们不难判断，唐婉在娘家，应该受过良好的教育；因而在婆家，不会是一个多嘴多舌、搬弄是非的女人。再说陆游何许人也？那可是一个修养非常好的诗人和学者，他刻骨铭心地爱了一辈子的女人，怎么可能是一个多嘴多舌、搬弄是非的人呢？可见这一条也是站不住的。

第五，偷盗行窃。偷盗行窃有一个前提，那就是穷，手上缺钱，想得到的物质享受得不到，使得他（她）不顾廉耻。上边讲过，唐婉的父亲是一个管财税、管物资的官员，宋代文官的待遇又很优厚，比历朝历代都优厚，他缺钱吗？肯定不缺。唐婉的公公陆宰呢，北宋末年做过转运副使，南渡以后虽然所担任的多是一些闲职，但是级别并没有降。他缺钱吗？肯定不缺。再说唐婉的丈夫陆游本人，早在12岁的时候，就"荫补登仕郎"（《宋史·陆游传》），也就是说，因为祖父、父亲的关系，陆游还没有成年就当官了。虽然官不大，但怎么说也不会缺钱吧？肯定不缺。父亲不缺钱，公公不缺钱，丈夫也不缺钱，唐婉怎么可能缺钱呢？唐婉既不缺钱，怎么可能会去偷盗行窃吗？可见这一条也是站不住的。

第六，妒忌无量。妒忌要有对象。在古代，作为一个官太太，她所妒忌的对象，往往就是丈夫的别的女人。也就是说，在一个大家庭里，妒忌往往是妻妾之间发生的事情。唐婉是陆游的结发妻子，在陆家生活的那两年，他的丈夫是没有纳妾的。她的丈夫既无大妻，又无小妾，她有谁可以妒忌呢？可以说，一个都没有。可见这一条也是不能成立的。

第七，身患恶疾。什么是恶疾？恶疾就是不治之症。汉代学者何休把恶疾列为七种，即喑、聋、盲、秃、跛、伛、疠，也就是俗话说的哑巴、聋子、瞎子、秃子、跛子、驼子、麻风病人。这未免太宽泛了。这七者中，真正的恶疾，只有麻风病。这种病，传染性强，患者浑身溃烂，毛发凋零，手指变形，在古代为不治之症。得了这种病，既不能参与祭祀，也影响生育和日常生活，所以在古代属于被休弃的条件。可是我们看看唐婉，她是这种人吗？陆游写给唐婉的《钗头凤》那首词，第一句就是"红酥手"。什么是"红酥手"，就是白里透红的手，就是红润而细嫩的手，这分明是一双健康人的手嘛。唐婉不仅手好看，身材也很好看。陆游75岁怀念唐婉的那一首诗写道："伤心桥下春波绿，曾是惊鸿照影来。"（《沈园》）什么是"惊鸿"？"惊鸿"这两个字，原是曹植用来形容那位洛水女神的，所谓"翩若惊鸿，宛若游龙"（《洛神赋》），是说那位洛水女神的身材特别苗条，动作特别矫健而轻盈，就像惊飞的天鹅。陆游用这两个字来形容唐婉，可见唐婉的身材非常苗条，也非常健美。唐婉哪里有什么恶疾？哪里有什么不治之症？可见这一条也是不能成立的。

由此看来，在男人休妻的七个条件中，唐婉一个都够不上。也就是说，唐婉并不在所谓的"七出"之列。

既是这样，唐婉的最终被休弃，究竟是出于什么原因呢？比陆游的年代稍晚的南宋另一位大诗人刘克庄，提出了这样一个看法。他说：

放翁少时，二亲教督甚严。初婚某氏，伉俪相得。二亲恐其惰于学也，数谴妇，放翁不敢逆尊者意，与妇诀。某氏改适某官，与陆氏有中外。一日，通家于沈园，坐间目成而已。翁得年甚高，晚有二绝云："断肠城头画角哀……""梦断香消四十年……"旧读此诗，不解其意，后见曾温伯言其详。温伯名黯，茶山孙，受学于放翁。

——《后村先生大全集》卷一百七十八《诗话续集》

意思是说，陆游年轻的时候，他的父母对他的管教和监督是很严厉的，希望他能专心学业，今后考一个进士回来，甚至是一个状元回来。但是陆游呢，因为新婚燕尔，儿女情长，朝朝暮暮都跟这个美丽多情的妻子泡在一起。他的父母担心这样下去，会耽误陆游的学业，进而耽误他的前程。怎么办呢？就多次逼迫陆游休妻，陆游不敢违背父母的意愿，只有与妻离异。刘克庄甚至说，陆游休妻这件事，他是从陆游的弟子曾黯那里听来的。也就是说，这件事是真实可信的。

我个人认为，刘克庄的这个说法也不是没有一点依据。因为就在陆游和唐婉结婚的前一年，也就是在他19岁的那一年，他确实参加过一次考试，但是没有考上。陆游自己也承认这一次考得很糟糕，所谓"二十游名场，最号才智下"（见《读王摩诘诗爱其散发晚未归……》）。"二十"，在这里是指虚岁。既然有过一次名落孙山的经历，所以他的父母对他的管教和监督就更为严厉了。这一点，今天的中国人并不难理解。

问题是，唐婉这个晚辈，可能没有长辈那么功利。她可能把爱情看得更重一些，可能更重视陆游的感受。只要陆游去找她，她可能就没有拒绝过。用传统的观点来看，她可能没有尽到规劝丈夫的责任。这就让她的公婆很生气，尤其是她的婆婆，简直就是怒火中烧。也许正是在这种愤怒情绪的支配之下，他们犯了一个不可原谅的错误：逼迫儿子休妻。

也许这个理由还不能完全令人信服。难道为了儿子的学业和功名，就一定要赶走儿媳吗？难道就没有别的法子了吗？

我认为，为了儿子的学业和功名而赶走儿媳，这可能只是理由之一，还有一个理由，就是做婆婆的不喜欢这个儿媳。我们且看下面这两条记载：

放翁先室琴瑟甚和，然不当母夫人意，因出之。

——陈鹄《耆旧续闻》卷十

陆务观初娶唐氏，闳之女也，……伉俪相得，而弗获于其姑。

——周密《齐东野语》卷一

所谓"不当母夫人意"，所谓"弗获于其姑"，就是不讨婆婆的喜欢。这个不喜欢，不是那种因为一时一事所引起的不喜欢，而是一种情结，一种心理上的反感和排斥。

据《山阴陆氏族谱》记载，陆游的母亲，由于丈夫陆宰被封为会稽县开国子，她也被封为鲁国夫人。无论这个荣誉是在她生前得到的还是死后得到的，我们都可以判断，她是一个有权势的老太太。作为一个有权势的老太太，不喜欢一个年轻的媳妇，从心里反感、排斥这个年轻的媳妇，这个年轻媳妇的一颦一笑，一举一动，都让她心里受不了。于是她就利用自己作为一个家长的权力，以陆游的学业和前程为借口，把这个年轻媳妇赶走。这个说法是不是可以成立呢？

从心理学的角度来讲，应该是可以成立的。

古代的婆婆，有时候，甚至不需要任何别的理由，仅仅是因为自己不喜欢，就可以利用自己作为家长的权力，把一个年轻的媳妇赶走。汉代乐府民歌中有一个作品，叫《孔雀东南飞》，作品中的那个年轻媳妇刘兰芝，不就是因为不讨婆婆的喜欢而被赶走的嘛。从她丈夫焦仲聊的角度来看，从广大读者的角度来看，刘兰芝有什么错？可以说，一点错也没有！同样不符合"七出"中的任何一条。

一个做婆婆的，因为在心里不喜欢儿媳，就找一个什么理由把她赶走，这种例子在中国古代并不少见。而唐婉，不过是做了一个南宋版的刘兰芝而已。

五、终生之憾

和《孔雀东南飞》里的焦仲卿、刘兰芝不一样的是，陆游、唐婉没有选择自杀，没有选择解脱，而是选择了终生的思念、痛苦和悔恨。

唐婉大约在30岁左右就去世了。她把无尽的思念、痛苦和悔恨留给了陆游。后来的陆游，又写了多首怀念唐婉的诗。可以说，一直到死，他都没有从这种思念、痛苦和悔恨中解脱出来。

陆游后来住在鉴湖的三山。晚年的时候，每次进城，他都要登上禹迹寺，眺望当年和唐婉相会的那个沈园。

陆游直到84岁，都在写诗怀念唐婉。据统计，从59岁到84岁，他写下的怀念唐婉的诗，至少有10首之多。

可以说，越到晚年越思念，越到晚年越痛苦，越到晚年越悔恨。这说明陆游后来的婚姻并不幸福。

陆游对自己的母亲是怀有怨恨的。出于为尊者讳，他不便于明说母亲的过错，但是我们注意到，在他怀念唐婉的那些诗中，经常出现一种水鸟的名字，这就是"姑恶"。

这种水鸟的声音非常悲哀，似乎有着无尽的委屈和冤枉。它的声音，似乎就是"姑恶"这两个字的谐音。

什么叫"姑恶"？"姑"就是婆婆，"姑恶"就是婆婆恶。这与他在《钗头凤》里写的"东风恶"，其实就是一个意思。说白了，就是指做母亲的对媳妇的态度太恶劣。而唐婉的被休，在他看来，主要就是由他母亲一手造成的。

在陆游晚年写的这些怀念唐婉的诗中，写得最好、影响最大的，是他75岁那年写的两首七言绝句，名叫《沈园》：

其一

梦断香消四十年，沈园柳老不吹绵。
此身行作稽山土，犹吊遗踪一泫然。

其二

城上斜阳画角哀，沈园非复旧池台。
伤心桥下春波绿，曾是惊鸿照影来。

"梦断香消四十年"，是说唐婉已经去世40年了，连沈园里的柳树都已经很老了，老得见不到柳絮飘落了。事实上，40年是举其成数，他写这两首诗的时候，离唐婉去世，应该是40多年了。而自己呢，也很快就要离开人世，很快就要成为会稽山下的一堆黄土了，可是自己对唐婉的思念，居然还如此的强烈。看到他们当年曾经游历过的地方，总是忍不住要伤心流泪。

"城上斜阳画角哀"，是写当时的环境，很落寞，很凄凉，而沈园也不是当年的沈园了。据记载，此园已经三易其主。这个"桥"，原名罗汉桥，后来因为有了陆游的这首诗，就改名为"春波桥"。桥下的绿水，曾经照见过唐婉美丽的身影。陆游把自己的前妻比作"惊鸿"，这就说明唐婉原是一个体态轻盈、身材健美的女人。为了这个"惊鸿"一般美丽的前妻，陆游思念了一辈子，痛苦了一辈子，悔恨了一辈子。

真正的爱情，是不会因为时间的流逝而褪色的。陆游对唐婉的爱情，他为唐婉所作的这些诗词，成了中国文学史上一段永不磨灭的记忆。今天我们回顾陆游的这一段爱情，重读他的这些诗词，不仅能够深切地感受到他和唐婉之间的这份真挚的、至死不渝的爱情，感受到礼教和专制家长对青年一代的摧残与剥夺，还能感受到800多年来，人们对他们的不幸遭遇的理解和同情，感受到古往今来的中国人，在情感问题上，其心灵永远是相通的。

总之，陆游的《钗头凤》这首词，是与他的悲剧故事一同传播的。这首词的传播有多远，这个故事的传播就有多远。反之亦然。这是文学艺术传播中的一个典型现象。

（2011年1月）

第三辑

词史与词学史新探

词 – 史 – 与 – 词 – 学 – 史 – 新 – 探

历代流行歌曲的文学演变

流行歌曲并非现代才有。一代有一代之流行歌曲。周之国风，汉之乐府，南北朝之民歌，唐之声诗，宋之词，元之散曲，明清之时调小曲，均为当时之流行歌曲。

从西周到清代的流行歌曲可分为十大类，其社会情绪和个人情绪虽很丰富，但是总体来讲是遗传多于变异，继承多于创新。20世纪以后尤其80年代以后的流行歌曲，不仅在社会情绪和个人情绪方面有了全新的内容，而且在情绪的表现方式上，也有了全新的特点。

一、"流行歌曲"释义

一般认为，流行歌曲即时代歌曲或通俗歌曲，是现代流行音乐的主要载体之一。"如果从来源说起，现代意义上的流行音乐主要有这样两个：一个是美洲大陆的移民，主要是欧洲移民，或者说是白人带来的音乐；一个是西非的黑人带来的非洲音乐。"流行音乐"有着一系列创作方法、演唱方法、音乐形态和传播形态上的限定，虽然这些限定始终不是很严格，但对听众来说似乎是心照不宣"[1]。从这个意义上讲，中国之有流行歌曲，那还是20世纪二三十年代黎锦晖、黎锦光兄弟出现之后的事情。"黎

---

[1]金兆钧《光天化日下的流行——亲历中国流行音乐》，人民音乐出版社2002年版，第13页。

锦晖为中国流行歌曲打下了一个不错的基础，这就是题材上的平民化和音乐上的民间化。"黎锦晖之后，一批作曲家相继加入流行歌曲的创作行列。"黎锦光是其中最重要的一个作曲家，他的大量作品至今仍然具有很强的生命力，如清新明快、湖南民歌风的《采槟榔》《香格里拉》《夜来香》。"[1]

流行歌曲在概念上的界定始终不是很严格，但有两点是大家公认的，这就是题材上的平民化和音乐上的民间化，所以人们又称它为通俗歌曲。从这个意义上讲，我认为，流行歌曲可以说是古已有之，源远流长，尽管没有"流行歌曲"这个概念。就像中国古代没有"美学"这个概念，但是早在先秦时期，中国就有了美学思想和美学论述一样。

流行歌曲的时代性是很强的，所以又叫时代歌曲。"流行音乐常常因为它与生活的密切关系而成为某一种特定的时代文化符号，特定的歌词则成为时代流行语。"[2]就像我们通常所说的"一代有一代之文学"一样，一代也有一代之流行歌曲。时代不同，流行歌曲的音乐形态和文学形态也就有所不同。有遗传，也有变异；有继承，也有创新。

本文只讨论流行歌曲的文学演变，即歌词的演变。

二、一代有一代之流行歌曲

远古时期的流行歌曲，由于文献记载的缺乏，难以获得一个真实的印象。这里只考察周代以后的流行歌曲。

西周、春秋和战国时期的流行歌曲，主要保存在《诗经》和《楚辞》当中。《诗经》原称"诗三百"，乃是一部"歌诗"的结集，它的每一篇都是可以歌唱的。《左传·襄公二十九年》曾载吴公子季札观乐，乐工为他歌十五国风、大小雅和颂诗；《史记·孔子世家》说"三百五篇，孔子皆弦歌之"；《墨子·公孟篇》也说过"诵诗三百，弦诗三百，歌诗三百，舞诗三百"这样的话。《诗经》的风、雅、颂，原是一种音乐的分类。"风

---

[1]金兆钧《光天化日下的流行——亲历中国流行音乐》，第25页。
[2]金兆钧《光天化日下的流行——亲历中国流行音乐》，第26页。

土之音曰风，朝廷之音曰雅，宗庙之音曰颂。"[1]颂是歌功颂德的郊庙之曲，只在很小的范围内演唱，风格上显得典重，迟缓，沉闷，缺乏艺术感染力，显然不属于流行歌曲。雅虽然是贵族文人的创作，但是"有着民间的歌曲为基础。它们的结构形式，大体与民歌相同，是出于民歌的体系"[2]。其内容也比较丰富，有时代感，应该属于流行歌曲。而风，则是当时15个国家和地区的民歌，它们的流行范围，相当于今天黄河流域的陕西、山西、河南和山东四省，以及长江流域的湖北省北部和四川省东部。无论从曲式上看，还是从题材、语言和风格上看，它们都属于流行歌曲，是中国流行歌曲之祖。

《楚辞》的直接渊源是楚地民歌。黄伯思《翼骚序》云："屈宋诸骚，皆书楚语，作楚声，纪楚地，名楚物，故可谓之楚辞。"[3]也就是说，《楚辞》是以具有楚国地方特色的乐调、语言和名物而创作的作品。在屈原现存的23篇作品中，《九歌》（11篇）原是民间祭祀时应用的一套乐歌，经过屈原的加工整理而成。杨荫浏先生认为："他（屈原）的《天问》、《九章》（9篇）、《招魂》、《离骚》等，在形式上，都是符合于音乐要求的歌曲。""他的诗歌，继承和发扬了楚国的民间歌曲传统，是诗，也是歌。"[4]我认为，在屈原的上述作品中，《九歌》属于流行歌曲，而《天问》《九章》《招魂》和《离骚》属于个人色彩较重的抒情之作，不在流行歌曲之列。至于宋玉的作品，如《九辩》《风赋》《高唐赋》《神女赋》《登徒子好色赋》和《对楚王问》，基本上都属于"不歌而诵"的"徒诗"，不在我们讨论的范围。

两汉时期的流行歌曲，主要保存在宋人郭茂倩所编《乐府诗集》的"相和歌辞""鼓吹歌辞"和"杂歌谣辞"当中。《汉书·礼乐志》载："至武帝定郊祀之礼，……乃立乐府，采诗夜诵，有赵、代、秦、楚之讴。以李延年为协律都尉，多举司马相如等数十人造为诗赋，略论律吕，

---

[1]郑樵《昆虫草木略·序》，《通志》卷75，中华书局1987年版，第865页。
[2]杨荫浏《中国古代音乐史稿》上册，人民音乐出版社1981年版，第57页。
[3]黄伯思《校订楚辞序》，引自陈振孙《直斋书录解题》卷十五，上海古籍出版社1987年版，第436页。
[4]杨荫浏《中国古代音乐史稿》上册，人民音乐出版社1981年版，第56页。

以合八音之调，作十九章之歌。以正月上辛用事甘泉圜丘，使童男女七十人俱歌，昏祠至明。"[1]乐府除了广泛搜集各地的民歌之外，还组织文人创作朝廷所用的歌诗。这种由乐府所搜集所组织的民歌与文人歌诗，被后人命名为"乐府诗"。乐府诗的数量是相当可观的。仅《汉书·艺文志》所著录的就有"歌诗二十八家，三百一十四篇"。"其属于民间乐府者，盖亦将三百篇。"[2]名目所及，则有吴、楚、汝南、燕、代、雁门、云中、陇西、邯郸、河间、齐、郑、淮南、河东、雒阳、河南、南郡等地区，"其地域几及当日中国之全部，盖皆出于民间者也"[3]。这里面的流行歌曲是很多的。总的来看，西汉乐府诗多民间歌曲，东汉乐府诗多文人歌曲。民间歌曲都是流行歌曲，文人歌曲中也有不少属于流行歌曲之列。至于《安世房中歌》十七章、《郊祀歌》十九章和《铙歌》十八曲中的少数作品，"以其内容皆属贵族之事，且非天子不得擅用"[4]，自不在流行歌曲之列。

　　三国、两晋、南北朝时期的流行歌曲，包括民歌和文人创作歌曲两部分。"在第五、第六世纪以前，民间音乐在北方，统称为《相和歌》；在此之后，民间音乐，无论在北方或南方，都统称为《清商乐》。后来的《清商乐》，和以前的《相和歌》一样，它包含着民歌，但也包含着从民歌基础上发展起来的更高的艺术作品。"[5]文人创作歌曲以三曹父子、建安七子等魏晋文士的拟乐府为代表。曹魏时，官方设有专门的音乐机构——清商署，主持搜集整理西汉以来的相和旧曲和创作新曲的工作。王沈《魏书》载曹操"登高必赋，及造新诗，被之管弦，皆成乐章"[6]。他现存的20多首作品，都是可以入乐演唱的拟乐府，有些还是流行歌曲。在他的影响之下，他的两个儿子曹丕、曹植和建安七子等魏晋文士，也创作了不少流行歌曲。

　　民歌部分，以南北朝民歌为代表。南朝民歌主要包括吴歌和西曲两

---

[1]班固《汉书·礼乐志》，浙江古籍出版社2000年版，第414页。
[2]萧涤非《汉魏六朝乐府文学史》，人民文学出版社1984年版，第33页。
[3]萧涤非《汉魏六朝乐府文学史》，第17页。
[4]萧涤非《汉魏六朝乐府文学史》，第6页。
[5]杨荫浏《中国古代音乐史稿》上册，人民音乐出版社1981年版，第145页。
[6]陈寿著、裴松之注《三国志·魏书·武帝纪》，浙江古籍出版社2000年版，第34页。

类，大部分保存在郭茂倩所编《乐府诗集》的"清商曲辞"里，其中吴歌326首，西曲142首。《乐府诗集》卷四十四引《晋书·乐志》云："吴歌杂曲，并出江南。东晋已来，稍有增广。其始皆徒歌，既而被之管弦。盖自永嘉渡江之后，下及梁、陈，咸都建业，吴声歌曲起于此也。"[1]又同书卷四十七引《古今乐录》云："西曲歌出于荆、郢、樊、邓之间，而其声节送和与吴歌亦异。故依其方俗而谓之西曲云。"[2]从地域上讲，吴歌属于长江下游的歌诗，而西曲则属于长江中游的歌诗，故其在声节和歌唱方式方面有些差异。从时间上讲，吴歌以产生于东晋及刘宋时的居多，西曲则以产生于宋、齐、梁、陈时的居多。"清商曲辞"之外，在"杂曲歌辞"和"杂歌谣辞"里也保存了少量的南朝民歌。

北朝民歌现存70首左右，大部分保存在《乐府诗集》"横吹曲辞"的"梁鼓角横吹曲"里，小部分保存在"杂曲歌辞"和"杂歌谣辞"中。《乐府诗集》卷二十一云："横吹曲，其始亦谓之鼓吹，马上奏之，盖军中之乐也。北狄诸国，皆马上作乐，故自汉以来，北狄乐总归鼓吹署。其后分为二部，有箫笳者为鼓吹，用之朝会、道路，亦以给赐。汉武帝时，南越七郡，皆给鼓吹是也。有鼓角者为横吹，用之军中，马上所奏者是也。"[3]北朝民歌大部分是北方少数民族的歌曲，后来被译成汉语，也有少数是北方汉人的歌曲。

唐五代时期的流行歌曲，同样包括民歌和文人创作歌曲两部分。民歌在唐代已不叫民歌，叫"曲子"。曲子"和汉代以来的《相和歌》与《清商乐》有类似之处，它们已不像一般民歌那样，只用于清唱而已。从歌词的形式而言，有齐言的（七言、五言等），也有长短句的"。"唐代的曲子，见于敦煌出现的资料，包含歌词约五百九十首，涉及的曲调约八十曲左右。"[4]唐代的文人创作歌曲，包括三种形式。一是长短句的歌词，二是齐言的声诗，三是少量的乐府和歌行。它们也都是为配合当时的燕乐曲调的演唱而作，但前者是依调填词，后二者则是选诗配乐。声诗是指"结

---

[1]郭茂倩编《乐府诗集》第二册，中华书局1979年版，第639—640页。
[2]郭茂倩编《乐府诗集》第二册，第689页。
[3]郭茂倩编《乐府诗集》第二册，第309页。
[4]杨荫浏《中国古代音乐史稿》上册，人民音乐出版社1981年版，第196页。

合声乐、舞蹈之齐言歌辞——五、六、七言之近体诗,及其少数之变体;在雅歌、雅舞之歌辞以外,在长短句歌辞以外,在大曲歌辞以外,不相混淆"[1]。比较而言,唐五代的流行歌曲,还是以文人创作的五、七言近体为主。《蔡宽夫诗话》云:"大抵唐人歌曲,本不随声为长短句,多是五言或七言诗,歌者取其辞与和声相叠成音耳。"[2]唐代有名的五、七言近体诗人,如李峤、沈佺期、宋之问、杜审言、贺知章、王维、孟浩然、王昌龄、高适、李白、李益、张籍、王建、白居易、元稹、李贺、刘禹锡、张祜、温庭筠、杜牧、薛能等等,同时也是流行歌曲的歌词作家。

宋代的流行歌曲就叫曲子,包括民间曲子和文人创作的曲子。王灼《碧鸡漫志》云:"盖隋以来,今之所谓曲子者渐兴,至唐稍盛。今则繁声淫奏,殆不可数。古歌变为古乐府,古乐府变为今曲子,其本一也。"[3]民间曲子散见于当时的文人笔记和诗文集,数量不多。文人创作的曲子,就是我们通常所说的宋词。据唐圭璋的《全宋词》和孔凡礼的《全宋词补辑》统计,现存的宋词多达21055首,所用的词牌达780个以上,有姓氏可考的词人多达1493人。需要说明的是,正如杨荫浏先生所言:"民间的歌词所以要配合一定的词牌,原是为了需要应用一定的曲调。词人根据曲牌所填的词,虽然也有可以歌唱的,但绝大多数则不是为了歌唱;这愈到后来愈是如此。"[4]宋代的民间曲子,都是流行歌曲;宋代文人创作的曲子则不然,不一定都是流行歌曲,有些根本就没人去唱,更谈不上流行二字了。

元代的流行歌曲也是包括民歌和文人创作歌曲两类。民歌散见于《元史》和元明时期的文人笔记,所见无多。文人创作歌曲,即我们通常所说的元人散曲。散曲又称北乐府、小乐府或新乐府,它是在北方发展起来的一种口语化的雅俗共赏的歌曲。徐渭《南词叙录》云:"今之北曲,盖辽金北鄙杀伐之音,壮伟狠戾,武夫马上之歌,流入中原,遂为民间之

---

[1]任二北《唐声诗》上编,上海古籍出版社1982年版,第46页。
[2]蔡启《蔡宽夫诗话》,郭绍虞《宋诗话辑佚》下册,中华书局1980年版,第397页。
[3]王灼《碧鸡漫志》,唐圭璋《词话丛编》第一册,中华书局1986年版,第74页。
[4]杨荫浏《中国古代音乐史稿》上册,人民音乐出版社1981年版,第291页。

日用。宋词既不可被管弦，世人亦遂尚此，上下风靡。"[1]散曲因其结构不同，又分为两类，一为小令，一为套数。小令一名"叶儿"，又名"元人小词"。小令基本上是由一支曲牌构成的。套数也称"散套"，或称"大令"。套数是用若干个属于同一宫调的曲牌连接在一起的。据隋树森编《全元散曲》一书统计，现存的元人小令约3800多首，套数约470余套，作者约220人。散曲的相当一部分是当时的流行歌曲。据杨荫浏先生统计，元代的散曲，尚有乐谱存到今天的，有161套，共589曲[2]。

明代的流行歌曲，文人创作的不占主要成分，占主要成分的是产生于民间的时调小曲。明代的时调小曲，是中国流行歌曲史上的一绝。卓珂月云："我明诗让唐，词让宋，曲让元，庶几《吴歌》《挂枝儿》《罗江怨》《打枣竿》《银绞丝》之类，为我明一绝耳。"[3]又沈德符云："元人小令行于燕赵，后浸淫日盛。自宣、正至成、弘后，中原又行《锁南枝》《傍妆台》《山坡羊》之属。李崆峒先生初自庆阳徙居汴梁，闻之，以为可继《国风》之后。何大复继至，亦酷爱之。今所传《泥捏人》及《鞋打卦》《熬狄髻》三阕，为三牌名之冠，故不虚也。自兹以后，又有《耍孩儿》《驻云飞》《醉太平》诸曲，然不如三曲之盛。嘉、隆间乃兴《闹五更》《寄生草》《罗江怨》《哭皇天》《干荷叶》《粉红莲》《桐城歌》《银纽丝》之属，自两淮以至江南，渐与词曲相远，不过写淫媟情态，略具抑扬而已。比年以来，又有《打枣竿》《挂枝儿》二曲，其腔调约略相似，则不问南北，不问男女，不问老幼良贱，人人习之，亦人人喜听之，以致刊布成帙，举世传诵，沁人心肺。其谱不知从何而来，真可骇叹。又《山坡羊》者，李、何二公所喜，今南北词俱有此名，但北方唯盛爱《数落山坡羊》。其曲自宣、大、辽东三镇传来。"[4]由此可见时调小曲在当时广为流行的盛况。据郑振铎先生的《中国俗文学史》介绍，明代最早的时调小曲，有成化年间金台鲁氏刊行的《四季五更驻云飞》《题西厢记咏十二月

---

[1]徐渭《南词叙录》，见《中国古典戏曲论著集成》第三集，中国戏剧出版社1959年版。
[2]杨荫浏《中国古代音乐史稿》上册，人民音乐出版社1981年版，第631页。
[3]引自关德栋《明清民歌时调集》"序"，上海古籍出版社1987年版，第6页。
[4]沈德符《顾曲杂言·时尚小令》，引自郭绍虞主编《中国历代文论选》第三册，上海古籍出版社，第234页。

赛驻云飞》《太平时赛赛驻云飞》《新编寡妇烈女诗曲》等四种。此外，在正德刊本的《盛世新声》里，在嘉靖刊本的《词林摘艳》《雍熙乐府》里，在陈所闻的《南宫词记》里，以及在万历刊本的《玉谷调簧》和《词林一枝》里，也收有部分的时调小曲。最有名的是天启、崇祯年间由冯梦龙收集的《童痴一弄·挂枝儿》（收曲词435首）和《童痴二弄·山歌》（收曲词383首），这是两个时调小曲的专集，可以说代表了明代流行歌曲的最高成就。

明代的文人创作歌曲就是散曲。明代的散曲不再像元代的散曲那样清新自然，通俗活泼，本色当行，而是注重词藻，注重音律，在文人化的道路上走得比较远了。据凌景埏、谢伯阳编《全明散曲》统计，明代有姓氏可考的散曲作家多达400多人，存小令10500多首，散套2054套。这些散曲究竟有多少属于流行歌曲，还是一个未知数。

清代的散曲多数不再可歌。郑振铎先生指出："清代的散曲也和明代的一样，已成了文人的作品，不复是民间的东西了。明代的南北曲，尚是和'南宋的词'相同的东西，虽已达老年，而还能生存，还能被歌唱，还能流行于民间；但清代的散曲却像'明代的词'了。除了少数的例外，大多数的南北曲都已不能被之弦歌，都已不能流行于民间。"[1]清代的流行歌曲，主要是民间的时调小曲。清代究竟有多少时调小曲，到现在还是一个谜。刘复、李家瑞先生编的《中国俗曲总目稿》收俗曲凡6044种，都是单刊的小册子。郑振铎先生讲，他"曾收集各地单刊歌曲近12000余种，也仅仅只是一斑。诚然是浩如烟海，终身难窥其涯岸"[2]。和明代的民歌搜集者如冯梦龙等人相比，"清代的民歌搜集者、编订者却甚为忠实，其来源也甚为可靠"[3]。最著名的有颜自德编集的《霓裳续谱》（刊于乾隆六十年，收曲词600余首）和华广生编集的《白雪遗音》（刊于道光八年，收曲词846首）。

20世纪的100年中，究竟产生了多少流行歌曲，就更是一个谜了。因

---

[1] 郑振铎《中国俗文学史》下册，上海书店1984年版，第407页。
[2] 郑振铎《中国俗文学史》下册，上海书店1984年版，第408页。
[3] 郑振铎《中国俗文学史》下册，上海书店1984年版，第408页。

为迄今为止，还没有人来做这种普查的工作。2002年7月，中国国际广播出版社出版了一本《歌声中的20世纪——百年中国歌曲精选》，收录了20世纪100年间"在广大群众中比较有影响的歌曲"共300首。这个选本，据称是"动用了中央人民广播电台和中央电视台三台拥有的极为丰富的音乐资料库，集中十数位富有音乐素养和研究成果的资深音乐编辑，在音乐界的专家、学者的热情支持下，历一年余，从百年来传唱的大量歌曲中反复筛选，精编而成"[1]。不过在我看来，这个选本也还有一些遗憾。一是民歌太少，不到20首，且都经过文人的改造，有些改造还未必高明；二是大家耳熟能详的香港和台湾地区的许多好的流行歌曲没有收进来。不过尽管如此，在没有更好的选本可资参考的情况下，通过它，我们还是可以大致窥见20世纪100年中，中国流行歌曲的基本面貌。此外，还有湖南人民出版社在1983年出版的《中国歌词选》，选录从1919至1966年这半个世纪的歌曲231首，其中也有不少流行歌曲，可供参考。[2]

三、社会情绪与个人情绪的交响曲

歌曲是用来抒情的。这个情，是情感，还是情绪？一般情况下，人们都把它当作情感来理解，我却愿意把它当作情绪来理解。英国艺术史家哈卜雷德这样讲过："艺术至少有这样两种作风：一种是智慧的幻象，它的目的是绝对的美；还有一种是情绪的表现，它的目的是同情之感的传达。"[3]在这里，他所使用的是"情绪"这个概念。情感和情绪，虽有联系，但也有区别。"情感仅是情绪概念中的一部分内涵。情绪是主体对周围现实及对自我本身的感受、感应与体验的总和，包括理性支配下的情感、情趣和超理性的意志、冲动；而情感是在感觉层次上的心理刺激的反映，不过是常见的情绪类型而已。若在名词上情感与情绪混用，势必犯以

---

[1]孙家正《〈歌声中的20世纪——百年中国歌曲精选〉序》，刘习良主编《歌声中的20世纪——百年中国歌曲精选》，中国国际广播出版社2002年版。
[2]刘楚材编《中国歌词选》，湖南人民出版社1983年版。
[3]哈卜雷德《今日之艺术》，施蛰存译，商务印书馆，第67页。

情感之偏概情绪之全的错误。"[1]

歌曲是人类情绪的表现。作为歌曲的基本要素之一的歌词，也是如此。人类的情绪分为两种，一是社会感应情绪，一是个人体验情绪。我们探讨中国历代流行歌曲的文学演变，实际上就是从情绪的表现内容和表现特征上探讨歌词的演变。

西周、春秋和战国时期的流行歌曲所表现的社会情绪是相当丰富的。以"诗三百"中的"十五国风"和"大小雅"为例。有因朝廷腐败、政治黑暗、政教缺失、人伦废绝而导致的不满情绪（如大雅中的《民劳》《板》《荡》《桑柔》《瞻卬》，小雅中的《节南山》《正月》《十月之交》《雨无正》《巧言》《巷陌》，陈风中的《株林》），也有因严重的分配不公、劳者不获、获者不劳而引发的愤怒情绪（如魏风中的《伐檀》《硕鼠》，邶风中的《新台》，鄘风中的《墙有茨》《相鼠》，齐风中的《南山》，豳风中的《七月》）；有因国家强大、武功赫赫，王师所指，四夷宾服而激起的豪迈情绪（如大雅中的《江汉》《常武》，小雅中的《出车》《六月》《采芑》），也有因长期的战争和没完没了的徭役，导致家人离散、田园荒芜而带来的忧伤情绪（如小雅中的《采薇》，豳风中的《东山》，唐风中的《鸨羽》，王风中的《君子于役》，卫风中的《伯兮》），等等。

这个时期的流行歌曲，体现了"饥者歌其食，劳者歌其事"的民本意识和写实精神，不但关注带有普遍性的社会的政治、经济、军事和道德问题以及由此而引发的各种社会情绪，同时也关注那些个体的生命，关注他们的日常生活，他们的爱情、婚姻、家庭，他们的喜怒哀乐等种种个人情绪。例如，有因君臣宴饮、鼓瑟吹笙而产生的得意情绪（如小雅中的《鹿鸣》），也有因生计维艰，"仰不足以事父母，俯不足以畜妻子"而产生的愧疚情绪（如邶风中的《凯风》，曹风中的《候人》）；有因夫妻之间的和睦相处而产生的欣慰情绪（如郑风中的《女曰鸡鸣》），也有因丈夫另结新欢、发妻被弃而产生的忧伤情绪（如卫风中《氓》、邶风中的《谷

---

[1]朱寿桐《情绪：创造社的诗学宇宙》，上海文艺出版社1991年版，第11页。

风》）；有因两情相悦、男女幽会而产生的欢乐情绪（如邶风中的《静女》），也有因爱慕一个美女却求之不得而引起的焦虑情绪（如周南中的《关雎》），更有因礼教的束缚，婚姻不得自主而产生的怨恨情绪（如鄘风中的《柏舟》），等等。

需要说明的是，社会情绪和个人情绪之间，是没有一条泾渭分明的界线的。实际的情形是，社会情绪往往是个人情绪的一种积聚，个人情绪则往往是社会情绪的一种折射。区别只在二者的视点不同，或关注的重心不同。正是因为那个时代的流行歌曲既表现了丰富的社会情绪，也表现了丰富的个人情绪，所以才让今天的读者还能够感受到那个时代的社会真相和个人心灵世界的真实图景。

从西周到晚清的3000多年里，由于社会生产力和生产关系，以及在此基础上形成的社会制度和社会意识形态等等没有发生根本性的变革，西周、春秋和战国时期出现的社会问题、社会情绪以及主要由此而形成的个人情绪体验，也就没有发生根本性的变化，这使得从西周到晚清各朝各代的流行歌曲，在精神内核方面是遗传多于变异，继承多于创新。这是问题的一个方面。问题的另一个方面是，社会制度等等虽然没有发生根本性的变革，但是政权却在不断地更迭，生产力在缓慢地发展，生产关系内部的新的要素在潜滋暗长，外来文化在悄悄地进入，人们的生活方式和价值观念在发生细微的变化，这就使得流行歌曲的情绪内涵也在不断地增加一些新质。以下分为十种类型予以评述。

（1）**民间祭祀歌曲**。如战国后期的"九歌"，南朝时的"神弦歌"等。《诗经》里面虽然不乏祭祀歌曲，但那是祭祖宗，祭先王，而且都是"颂"歌，缺乏民间品质，不属于流行歌曲。"九歌"和"神弦歌"所祭者为诸神，如云神、湘水神、司命神、太阳神、河神、山神，还有白石郎等等。如《山鬼》："若有人兮山之阿，被薜荔兮带女萝。既含睇兮又宜笑，子慕予兮善窈窕。"这种热烈而浪漫、绮丽而缠绵的人神相恋情绪，并不仅仅是弥漫在当时的楚国南郢和沅、湘之间，在我国南方的广大地区，至今还有它的流风遗韵。

（2）**革命歌曲**。这种歌曲在秦以后的每个朝代都有，它们通过揭露现政权的腐败、黑暗和残暴，唤起民众的不满、仇恨和革命情绪，进而起来推翻这个政权。如东汉末年黄巾起义时的歌曲："发如韭，剪复生；头如鸡，割复鸣。吏不必可畏，小民从来不可轻！"又如元末农民起义时的歌曲："天高皇帝远，民少相公多。一日三遍打，不反待如何？"这种歌曲往往流行得既快又广，其号召力也相当大。

（3）边塞歌曲。《诗经》里有军旅歌曲，但没有边塞歌曲。真正的边塞歌曲当是出现在盛唐。它是中原文化与西域文化交流的产物。那时许多诗人从军入幕，不仅熟悉了边塞风物，体察了军中苦乐，同时也接触了大量的边塞音乐，从而创作了许多悲壮慷慨的边塞歌曲。这些歌曲流传到内地，又激发了那些没有从军入幕的诗人为边塞曲调作词的兴趣。这些歌曲，既表现了当时的知识分子渴望建功立业的豪迈情绪，也表现了他们对边事的深切忧虑，对普通士兵及其家人的深切同情。如王昌龄的《出塞》："秦时明月汉时关，万里长征人未还。但使龙城飞将在，不教胡马度阴山。"这支歌曲，被后人奉为唐人七绝之冠，也就是唐代最为流行的歌曲之一。

（4）商贾歌曲。这类歌曲是随着商品经济的发展、商人的活跃以及商业都市的繁荣而出现的。南朝民歌中的《吴歌》和《西曲》，明清时调小曲中的《马头调》等，可以作为这方面的代表。它们表现了商人对财富的热情，对都市生活的迷恋，也表现了和商人关系密切的妇女们的种种思念、牵挂与担忧。如《那呵滩》之四："闻欢下扬州，相送江津湾。愿得篙橹折，交郎到头还。"之五："篙折当更觅，橹折当更安。各自是官人，那得到头还。"这是两段对唱。商人和他的情人各自不同的人生期待，通过他们对待这场离别的不同态度，惟妙惟肖地表现了出来。

（5）风尘歌曲。这类歌曲也是都市生活的产物。它们大多诞生在秦楼楚馆一类地方，然后再向社会上流行。这类歌曲的作者有歌妓、乐工，也有文人。它们表现了风尘女子的生活、情感与命运，也表现了与她们有关的其他社会群体的生活侧面。有对爱情的歌唱，也有对色情的摹写。这类歌曲，在南朝民歌、唐宋词和明清时调小曲中最为突出。请看唐代一位不知名的妓女写的一首《望江南》："莫攀我，攀我太心偏。我是曲江临池柳，者人折了那人攀。恩爱一时间。"这种哀怨悲苦的情绪，非风尘女子不能道出。

（6）**都市歌曲**。这类歌曲中既有商贾歌曲和风尘歌曲，也有表现都市中其他社会群体的生活与情绪的歌曲。我这里所指的是后者。例如汉乐府中的《东门行》《妇病行》和《孤儿行》等，是表现城市平民生活的，而《鸡鸣》《相逢行》和《长安有狭斜行》等，则是表现城市富人生活的。还有欧阳修、柳永、周邦彦、李清照、辛弃疾、张炎等宋代词人的部分作品，则是表现都市的繁华景象、节物风光与市民的喜怒哀乐的歌曲。如欧阳修的《生查子》："去年元夜时，花市灯如昼。月到柳梢头，人约黄昏后。　今年元夜时，月与灯依旧。不见去年人，泪满春衫袖。"回忆人约黄昏时的温馨，表达人去楼空后的惆怅，感动了无数的都市男女。

（7）**丧葬歌曲**。《诗经》中的《黄鸟》，《楚辞》中的《国殇》等歌曲，都是表达对死难者的哀悼之情的，但是还没有作为一种专业的丧葬歌曲而广泛地用于丧葬场合。真正的丧葬歌曲，当以汉乐府中的《薤露》《蒿里》为最早。如《薤露》："薤上露，何易晞。露晞明朝更复落，人死一去何时归？"表达了对生命的留恋，对死亡的恐惧，也表达了人生如朝露的悲哀。后世民歌中的哭丧歌，形式更为多样，内容也更为丰富。

（8）**抗敌御侮歌曲**。这类歌曲是民族矛盾和民族冲突的产物，它不同于一般的战争歌曲，因为民族之间的军事冲突不同于国内各诸侯、各军阀、各政权之间的军事冲突。前者更能反映一个民族的价值观念和行为方式，反映一个民族的血性和复仇情绪。这类歌曲不仅有汉族的，也有少数民族的，如《匈奴歌》："失我祁连山，使我六畜不得息。亡我燕支山，使我妇女无颜色。"一般来讲，越是民族矛盾尖锐复杂、民族冲突升级的时候，这类歌曲越是流行。

（9）**少数民族歌曲**。中国的少数民族，个个能歌善舞。除了上述抗敌御侮歌曲，他们还有许多反映自己民族的政治、经济、军事、民俗与族群心理的歌曲。这类歌曲较早出现在北朝民歌里。它们最初在少数民族地区流行，然后被译成汉语，在汉族地区流行，成为中华民族的"同一首歌"。如大家熟悉的北齐时期的鲜卑族歌曲《敕勒歌》就是这样："敕勒川，阴山下。天似穹庐，笼盖四野。天苍苍，野茫茫，风吹草低见牛羊。"同汉族歌曲相比，少数民族歌曲有着别样的题材，别样的精神，别样的风格，尤其值得珍视。

（10）宫词。这类歌曲表现的是后宫佳丽的生活与命运。后宫生活与平民生活虽说属于两个不同的世界，但是由于它的神秘性，反倒激起了平民的好奇心，使得这样的歌曲往往流传得很远。严格地讲，这类歌曲当起于汉代。有后宫佳丽自己的创作，如汉成帝时班婕妤的《怨歌行》；也有社会上文人的创作，如唐人王昌龄的《长信秋词》、元稹的《行宫》、白居易的《长恨歌》、王建的《宫词》等等。请看元稹的《行宫》："寥落古行宫，宫花寂寞红。白头宫女在，闲坐说玄宗。"短短二十字，包含了多少历史的沧桑与人生的感慨！

上述歌曲，大都继承了"十五国风"和"大、小雅"的优良传统，"饥者歌其食，劳者歌其事"，"感于哀乐，缘事而发"，真实地、多方面地、多角度地反映了特定时代的社会情绪和个人情绪，其内容之丰富、感受之细腻、艺术形式之多样化，实在令人惊叹！它们是社会情绪和个人情绪的交响曲。它们的演变轨迹，有的清晰，有的朦胧，但都是可以寻绎的。

四、20世纪中国流行歌曲的新变

之所以要把20世纪的流行歌曲单列一节做专门的讨论，是因为和以往任何一个时代的流行歌曲相比，20世纪的流行歌曲不仅是真正现代意义上的流行歌曲，不仅在社会情绪和个人情绪方面有了全新的内容，而且在情绪的表现方式上，也有了全新的特点。

20世纪在社会生活方面的最大事件，是推翻了几千年的帝王专制制度，实现了民族的独立和人民的解放，走上了社会主义道路。社会的政治、经济和文化生活显得波澜壮阔、丰富多彩，人民的精神世界也发生了深刻而显著的变化。这一切，促成了20世纪流行歌曲的新变。

20世纪前30年的流行歌曲，以沈心工、李叔同等人的"学堂乐歌"

为代表。这个时期的歌曲，题材非常广泛，"有反对封建、鼓吹民主革命、宣传妇女解放的；有号召民族觉醒、要求富国强兵、团结御侮、振兴中华的；有倡言破除迷信、开通民智、提倡科学、兴办实业的；有勉励敬业乐群、敦品力学、惜时爱物的；也有提倡体育锻炼、丰富科学知识、反映学生生活的"[1]。学堂乐歌虽以中国民歌和日本、德国、法国、英国、美国、意大利、西班牙等国歌曲的旧有曲调为主，但多数作品的歌词语言却不陈旧，"质直如话，而又神味隽永"[2]。"等到赵元任出现的时候，中国便有了自己的掌握现代音乐技巧的作曲家，从而结束了按旧有曲调填词的时代。"[3]而黎锦晖、黎锦光兄弟的出现，则标志着现代意义上的流行歌曲的诞生。此后，随着抗日救亡运动的到来，聂耳、冼星海、田汉、塞克、光未然等应运而生。他们的作品，代表了那个特定历史时期流行歌曲创作的最高水平。

这半个世纪的流行歌曲，既有着丰富的社会感应情绪，也有着比较细腻的个人体验情绪。有些歌曲还能从个人情绪体验的角度，反映社会感应情绪，从而把两者有机地结合起来。如刘半农的《叫我如何不想她》，田汉的《梅娘曲》，安娥的《渔光曲》，张寒晖的《松花江上》，等等。

1949—1978这30年的歌曲，以歌颂共产党、歌颂毛泽东、歌颂社会主义、歌颂革命英雄人物的"颂歌"为主。不能说这种社会情绪不是真实的，但是毕竟在题材和语言方面，雷同化、概念化、标语口号式的东西太多，"没有眼泪，没有悲伤"，加之音乐风格上的"高、强、硬、响"占了主流，因此不能称之为流行歌曲。当然，既能体现一定的时代情绪氛围，又有一些个人情绪体验的歌曲也不是完全没有，像海默的《敖包相会》、乔羽的《让我们荡起双桨》、张加毅的《草原之夜》等，还是受到群众喜爱的，而且一直流传至今。

20世纪流行歌曲的复苏和繁荣，是在1978年以后。随着改革开放格局的初步形成，社会文化环境的逐渐宽松，从香港、台湾和欧美传来的现

---

[1]钱仁康《学堂乐歌考源》，上海音乐出版社2001年版，第1页。
[2]钱仁康《学堂乐歌考源》，上海音乐出版社2001年版，第2页。
[3]乔羽《〈中国歌词选〉序言》，刘楚材编《中国歌词选》，第4页。

代流行音乐风靡了祖国大陆。在这样的时代背景之下，歌曲作者们得以重新回归生活，回归人性，回归音乐。这个时候的歌曲和此前30年的歌曲是大不一样的。它们关注时代，关注社会，但是不做政治概念的传声筒，文学语言上不再假、大、空，音乐上也不再一味地高、强、硬、响，而是真正地贴近现实，贴近生活，贴近群众，关注普通人的喜、怒、哀、乐，显得通俗、亲切、细腻、柔美。[1]从这一时期的歌词来看，至少有这样几个特点：

一是题材丰富多样，时代的情绪非常强烈。有些歌曲，分明让人感受到时代的脚步在不断地前进，感受到社会生活的日新月异，所谓"不是我不明白，这世界变化快"。"就像《祝酒歌》代表了1979年，《年轻的朋友来相会》代表了1980年，《我的中国心》代表了1984年，《迟到》代表了1985年，《让世界充满爱》和《一无所有》代表了1986年，《冬天里的一把火》代表了1987年，'西北风'歌潮代表了1988年上半年，《外面的世界》代表了1988年下半年，《跟着感觉走》代表了1989年，《渴望》和《亚洲雄风》代表了1990年，'红太阳'歌潮代表了1991年和1992年，《春天的故事》代表了1993年，并在特定的时刻代表了1997年。"[2]

二是个人的情绪体验更加细腻，更加新颖奇特。以爱情歌曲为例。"我悄悄地蒙上你的眼睛，让你猜猜我是谁？"把抽象的情感情境化了；面对风流浪子，有了这样的怨言："你到底有几个好妹妹，为何每个妹妹都那么憔悴"；如果得意忘形，就说"我被青春撞了一下腰"；如果捉摸不透对方的心思，会说"你的柔情我永远不懂"；明明是一种女性意识张扬的态度，偏要说"拍拍肩膀我就听你的安排"；爱人走了，按说是个伤心事，偏偏要唱得信心十足："这只爱情鸟已经飞走了，我的爱情鸟她还没来到。"[3]

三是社会的情绪和个人的情绪结合得非常好。有些歌曲分明是写时代精神或社会情绪的主旋律式的作品，却能从个人的情绪体验出发，从个人

---

[1]曾大兴《英雄崇拜与美人崇拜》，中国文联出版社1999年版，第1—6页。
[2]金兆钧《光天化日下的流行——亲历中国流行音乐》，人民音乐出版社2002年版，第50页。
[3]金兆钧《光天化日下的流行——亲历中国流行音乐》，人民音乐出版社2002年版，第52页。

的审美角度出发，写得很平民化，很有人情味，因而也很有个性。例如歌唱祖国："今天是你的生日我的中国，清晨我放飞一群白鸽。"歌唱解放军："咱当兵的人，有啥不一样？自从离开家乡，就难见到爹娘。"关心下岗工人："你的所得还那样少吗？你的付出还那么多吗？"写金钱和快乐的关系："我想去桂林呀，我想去桂林。可是有时间的时候我却没有钱。我想去桂林呀，我想去桂林。可是有了钱的时候我却没时间。"写生活的不变："星星还是那颗星星，月亮还是那个月亮，山也还是那座山，梁也还是那道梁。"写生活的变化："骡子下了个小马驹，乌鸡变成了彩凤凰。"歌颂革命英雄人物："嫂子，借你一双小手，手捧一把黑土先把鬼子埋掉。嫂子，借你一对大脚，脚踩一溜儿山道再把我们送好。嫂子，借你一副身板，挡一挡太阳，我们好打胜仗。"鼓励年轻一代有所作为："你是不是像我在太阳下低头，流着汗水默默辛苦地工作？你是不是像我就算受了冷落，也不放弃自己想要的生活？……因为我，不在乎别人怎么说，我从来没有忘记我对自己的承诺，对爱的执着。我知道我的未来不是梦，我认真地过每一分钟。我的未来不是梦，我的心跟着希望在动。"

一支歌曲，无论承载着多么强烈的时代精神或社会情绪，如果不融进独特的个人情绪体验和个人审美体验，那是无论如何也唱不响，传不开的。古往今来的优秀流行歌曲，无不充分地证明了这一点。这是一个基本的艺术规律。1978年以前的30年间，由于"左"的路线占了上风，人的个性心理和个体需求不被重视，所以这样二者有机结合的好歌非常少见。只有在1978年以后，走向成熟的中国既高扬改革开放的时代精神，又开始尊重个人的价值和需求，这样二者有机结合的好歌才会陆续出现。

只有改革开放的时代，才是中国流行歌曲的黄金时代。

（原载章培恒主编《中国文学古今演变论集》，上海古籍出版社2006年版）

唐宋词的体性与流变
——《中国古代词曲经典导读》前言

音乐性、抒情性、通俗性和阴柔美，是唐宋词的四个基本特点，四者中，又以音乐性和通俗性最为重要。随着音乐性和通俗性的逐渐丧失，词也就逐渐衰落了。

唐宋词，最初是为了配合燕乐的演唱而填写的歌词。燕乐是一种"胡乐化的中国音乐"，形成于隋唐之际，繁盛于唐玄宗开元、天宝年间。作为燕乐歌词的唐宋词，就是随着燕乐的兴盛而逐渐形成的。

词最初的名称叫"曲子词"，"曲子"代表音乐部分，"词"代表文学部分，"曲子词"这个名称，可以说最能体现词这种音乐文学的特点。"曲子词"之外，还有"曲子""歌曲""乐府""长短句""诗余"等异名。"曲子""歌曲"这两个名称，突出了词的音乐内涵而忽略了它的文学内涵；"乐府"这个名称，容易使人把作为燕乐歌词的唐宋词与作为清乐歌词的汉魏乐府等同起来；"长短句"这个名称，只注意到词的句式特点而忽略了它的音乐特点；"诗余"这个名称，表明写词只是写诗之后的一件余事，明显地含有轻视词的意味。比较而言，还是"曲子词"这个名称最好。

一、唐宋词的体性

和诗相比，词有它的独特性。这种独特性不仅表现在体制上，例如有词调，多数分片，句式基本上为长短不齐的杂言等等，更表现在体性上。具体说来，大约有如下四点。

一是音乐性。从上古到汉代的"古诗"，原是可以入乐歌唱的，诗和乐曲的配合方式，是"以乐从诗"，即先做好诗，然后根据诗的节拍来制曲。汉代以后，由于诗、乐分途，不是所有的诗都能入乐歌唱，只能采择那些具有乐感的诗来合乐，所以这个时候的诗乐配合方式，是"采诗入乐"。汉代至唐代的"古乐府"，以及唐代的部分"绝句"，就是这样被入乐歌唱的。盛唐以后，随着燕乐的广为流行，更有一种新的诗乐配合方式出现，这就是"倚声填词"，即先制好曲，然后根据乐曲的节拍来填词。唐、五代、北宋时期的词，多数就是这样产生的。（现在我们作一首歌曲，往往是先作词，再谱曲，其性质又和上古至汉代的"以乐从诗"一样了）所以我们读词，一定要注意它和音乐的关系。虽然后来由于"曲谱"失传，词和音乐的关系逐渐分离，词人填词，只是按着"词谱"来填，不是按着"曲谱"来填；而填词的目的，也不再是为了入乐歌唱，词逐渐地由"嘴唱的诗"变成了"眼看的诗"，但是我们通过它的平仄的变化、句读的长短和韵位的疏密等等，还是可以体会到它的音乐的美感。

二是抒情性。中国的诗，尤其是汉族的诗，绝大多数都是抒情诗，真正的叙事诗是非常少的。但是一般的抒情诗所抒发的情感，往往是"社会化的情感"，例如对国事的关心，对民生的重视，对社会现实的批评，对乡土的眷恋，对友谊的赞美，对自然山水的吟咏，对政治前途的期待或焦虑等等，多是被"政教伦理精神"过滤了的情感，多是可以在大雅之堂上公开发表和传播的情感，这种情感的内核与其说是"情"，不如说是"志"，所以古人一再强调"诗言其志"。当然，诗中也有写爱情的，但是这种爱情，也往往是被"政教伦理精神"过滤了的爱情，是可以为大众广泛传颂的爱情。词不一样，它所抒发的是一种"私人化的情感"，这种情感主要就是爱情，这种爱情包括夫妻之情，也包括情人之情。这种情人之情在一夫多妻制的古代，尤其是在浪漫的唐宋时期，是得到社会的宽容的，但是毕竟有违于"政教伦理精神"，因此是不能登大雅之堂的，词之所以在唐宋时期被称为"小道""艳科""诗余""薄技"等等，原因就在这里。有些词，虽然也包含了对国事的关心，对政治前途的期待或焦虑，但是都经过了"私人化"的处理，所谓"借儿女之情，写家国之感"，它们和诗还是不一样的，这就使得词的题材范围比诗要狭窄一些。但是狭窄也有狭窄的好处，毕竟触及了人类灵魂世界的深层，毕竟让我们看到了古人的不带"人格面具"的情感生活，因而还是具有重要的认识价值和审美价值的。诗言志，词言情。王国维《人间词话》讲："词之为体，要眇宜修。能言诗之所不能言，而不能尽言诗之所能言。诗之境阔，词之言长。"就是这个道理。

　　三是通俗性。古代的读书人都会写诗。诗是一个极为重要的交际工具。诗写得好，不仅可以为自己赢得良好的社会声誉，还可以博取功名和前程。例如在"以诗赋取士"的唐代，诗写得好，是可以中进士的。由于诗是用来博功名、博前程的，至少是用来博声誉的，是要传之久远的，所以古人写诗，态度都很认真，很郑重其事，甚至很有几分矜持。其作品本身，也大多符合"政教伦理精神"，都很雅致。真正为文化水平不高的平民百姓写诗的人是很少的，所以"俗""浅俗""通俗"等等，在古代的诗歌批评术语里，都不能算作褒义词。"元轻白俗"这四个字，明显地含有贬义。词不一样，它不仅不能为词人博取功名、前程和声誉，甚至还会坏了词人的功名、前程和声誉。北宋时的杰出词人柳永就是一个很典型的例子。他本是一个官宦人家的子弟，出身很优越，才学也很好，但是由于填词太多，传播太广，没有给上流社会一个好印象，所以蹉跎半生，直到晚年才考取进士。五代时的和凝在年轻的时候，写过很多"曲子词"，"布于汴洛"，后来当了宰相，就赶忙指示专人四处收集回来，付之一炬。"然相国厚重有德，终为艳词玷之。契丹入夷门，号为曲子相公。"（孙光宪《北梦琐言》卷六）"曲子相公"这个绰号，显然是带有贬义的。词人的名声之所以没有诗人的名声那样"清雅"，那样"高贵"，原因不在词人本身，而在词。词最初是为了歌女的演唱而创作的，而歌女，尤其是市井中的歌女,又是为了大众的艺术消费而演唱的。这就决定了它是一种俗文学,一种不登大雅之堂的文学,一种"小道""艳科"或"薄技"。由于是一种不登大雅之堂的文学,所以词人填词就不像诗人写诗那样,没有那么郑重其事,没有那么矜持。正因为不那么郑重其事,不那么矜持,反而容易出好作品,古人讲"夷然不屑,所以尤高",就是这个道理。宋人的词比宋人的诗好,就是这个道理。南宋以后,尤其是姜夔、吴文英这一班人出现以后,词坛上掀起一股"复雅"的潮流,词人们为了提高词的地位,进而提高自己的地位,刻意地把词往诗上面靠,他们像写诗一样地写词,非常郑重其事,非常矜持,雕琢字句,卖弄典故,玩高雅,玩深沉,其结果是,词越来越雅化,越来越文人化,越来越脱离平民大众,词也就因此而衰落了。

　　四是阴柔美。阴柔美是和阳刚美相对而言的。诗中不乏阴柔美的作品,但主要的审美形态还是阳刚美。《诗经》如此,《楚辞》如此,汉魏乐府如此,唐诗也是如此。只有南朝乐府和梁陈宫体算是例外。所以有人讲到唐宋词的源头时,要把它追溯到南朝乐府中的"吴歌""西曲"和梁陈的宫体诗。虽然它们的音乐系统不同,但在审美形态上是有相通之处的。前人讲"词以婉约为宗",讲"词之为体,要眇宜修",就是指它的阴柔美。阴柔美的形成,是由于词的演唱多用女声,唱词的环境多在歌筵舞席;词的作者多是南方人,或是有南方生活体验的人;词的情感多是男女恋情,词的形象多纤细秀美,词的语言多香艳绮丽,词的风格多委婉含蓄,等等。虽然后来出现了风格豪放的词,在审美形态上偏于阳刚,但是,豪放词在数量上既不占优势,在风格类型中也不是主体。而且词人们对于阳刚美的追求仍然是有节制的,主张刚柔相济,所谓"刚健含婀娜""健笔写柔情",等等,真正一味粗豪、一味叫嚣的作品,一直都是不受欢迎的。

二、唐宋词的流变

　　词是随着燕乐的兴起而形成的,从孕育、萌生到词体的初步建立,过程比较复杂，途径也不单一。词除了长短句的歌词，还有齐言的声诗。前者"倚声填词"，后者"采诗入乐"。这入乐的声诗当中，曾有一部分被乐工们杂以"和声""虚声""泛声"等等，以便于歌唱。再后来，这"和声""虚声""泛声"，又被词人们填成实字，最后演变成了长短句的词。

唐宋词的历史，如果从唐玄宗开元（713—742）年间算起，到宋末元初，即张炎的时代（1248—1322前后），大约有600年。这600年间，词走过了一段虽然不很漫长但却很曲折的道路。简要地回顾一下这段历史，对于我们了解词的源流演变，了解词人的艺术追求和词的多样风貌，还是很有必要的。

现存最早的燕乐歌词为敦煌曲子词。这是1900年在敦煌鸣沙山第288石窟（藏经洞）发现的唐五代的歌词抄本，包括编定于后梁末年（922年前后）的我国第一部词的总集《云谣集杂曲子》。敦煌曲子词的被发现，改变了人们关于词的起源的看法，也丰富了人们关于词的题材、体式、语言和风格的认识。过去人们大都认为燕乐歌词起源于中唐，但是据考证，敦煌曲子词中的《感皇恩》（四海清平）、《阿曹婆》（本当只言三载归）等作品，大约作于唐玄宗开元年间，由此可以推断，唐宋燕乐歌词，应该是起源于盛唐。敦煌曲子词大都为民间词，这些作品充分体现了民间文学的精神，一是作者多为无名氏，二是题材广泛，三是体式多样（如字数不定、韵位不拘、平仄通押、兼押方音、常用衬字等），四是语言多质朴自然，五是风格多清新刚健。由此也可以推测，燕乐歌词的发展前景应该是非常广阔的，而它之所以最终走上了一条相对狭窄的道路，原因虽然复杂，但是与它的作者群体由民间无名氏为主转为以文人为主，与文人的词体观念的相对偏狭，是有重要关系的。

从张志和、韦应物、刘禹锡、白居易等中唐文人的燕乐歌词来看，词的题材还是比较丰富的，语言、风格也比较清新自然。文人词还保留了若干民间词的精神，如果在晚唐，能出现一位词体观念比较开放的大手笔，文人词是有可能继承和弘扬民间词的优良传统，走上一条前景广阔的道路的。但是没有。晚唐文人词的代表人物是温庭筠。温庭筠是和李商隐齐名的一位诗人，他的诗，尤其是他的乐府诗，深受"吴歌""西曲"和梁陈宫体的影响，讲究声调和色彩，风格偏于秾丽绵密一路。温庭筠精通音律，长期生活在南方，又经常出入秦楼楚馆一类的歌舞场所，他就循着他作乐府诗的路子来填词，这就使得他的词和他之前的张志和、韦应物、刘禹锡、白居易等人的相比，尤其是和民间词相比，题材要狭窄一些，语言、风格也未免雕琢的痕迹。由于他在唐五代文人中是第一个大量填词的人，文人小令的体制又是在他的手上基本定型的，所以后蜀的赵崇祚在编《花间集》时，就把他排在了第一位。

《花间集》编定于后蜀广政三年（940），收词500首，词人18家。这18家词人中，有16人是五代人，其中西蜀14人，荆南1人，后晋1人，唐人只有温庭筠和皇甫松。皇甫松的年代离五代稍近，温庭筠的年代就比较远了，《花间集》编定时，他已经去世75年了。赵崇祚之所以要把他的词收进来，还要把他的名字排在第一位，除了其词本身的成就，还有一个很重要的原因，就是他们这一代人的词体观，需要在前代词人的作品里得到印证或确认。赵崇祚的朋友欧阳炯在《花间集叙》里，把他们这一代人对词的体性和功能的认识讲得很明白，这就是："镂玉雕琼，拟化工而迥巧；裁花剪叶，夺春艳以争鲜。……则有绮筵公子，绣幌佳人，递叶叶之花笺，文抽丽锦；举纤纤之玉指，拍按香檀。不无清绝之词，用助娇柔之态。"听歌的是"绮筵公子"，唱歌的是"绣幌佳人"，只有"镂玉雕琼""裁花剪叶"一般的文字，才能与歌女的"娇柔之态"相适应。那么在唐代词人中，哪一位的词才最符合这个标准呢？当然是温庭筠了。温庭筠作为"文人词鼻祖"的地位，就是这样被确立的。

《花间集》是最早的，也是规模最大的唐五代文人词的一个总集，它的影响是极为深远的。两宋的词人对《花间集》的态度，就像唐代的诗人对《文选》的态度，那是很虔诚的。如果有人说，某某人的词像《花间》，那意思就是说，他的词"得词体之正"，这是一个很高的评价。这样，词的相对狭窄的发展路子，就通过温庭筠的创作，又通过《花间集》的标榜，正式地确立下来了。

诚然，《花间集》里还有牛峤、鹿虔扆等人的写国家兴亡的深沉之作，有毛文锡写边塞风光与报国情怀的慷慨之作，还有皇甫松、韦庄、欧阳炯、李珣、孙光宪等人的写江南和岭南风物的清新之作，不都是"用助娇柔之态"的"丽锦"文字，体现了以西蜀词人为代表的花间词人在题材和风格上求新求变的一面，这是应该予以肯定的。但是，这样的词无论是从数量上讲，还是从题材、风格类型上讲，都不是花间词的主流，这也是毋庸讳言的。

　　五代时的燕乐歌词创作中心，除了西蜀，还有南唐。南唐词的代表人物是中主李璟、后主李煜和宰相冯延巳。南唐词的成就，从总体上看，是超过了以《花间集》为代表的西蜀词的。王国维《人间词话》讲："词至李后主而眼界始大，感慨遂深，遂变伶工之词而为士大夫之词。"又说："冯正中词虽不失五代风格，而堂庑特大，开北宋一代风气。与中、后二主词皆在《花间》范围之外，宜《花间集》中不登其只字也。"南唐词虽不乏"娱宾而遣兴"之作，但是它那强烈的忧生念乱之感与亡国破家之痛，却是西蜀词里非常少见的。龙榆生不同意王国维的意见，说："《花间集》多西蜀词人，不采二主及正中词，当由道里隔绝，又年岁不相及有以致然，非因流派不同，遂尔遗置也。王说非是。"（龙榆生《唐宋名家词选》）其实《花间集》结集的时候，虽然后主李煜只有四岁，但冯延巳（正中）已有38岁，中主李璟已有25岁，都已染濡词笔，为什么就不能收他们两位的词呢？说到"道里隔绝"一层，其实西蜀和南唐，一在长江头，一在长江尾，再怎么"隔绝"，也不像西蜀和后晋那样，一在南方，一在北方，为什么《花间集》偏偏收了后晋和凝的词，而不收南唐李璟和冯延巳的词呢？王国维的说法未必"非是"，而龙榆生的说法则未必"是"。

　　北宋开国后的前30余年，即太祖、太宗两朝（960—997），是文学艺术的一个酝酿发育时期，这个时期的词坛还比较沉寂，只有一个潘阆，算是有些影响的。他的10首《酒泉子》，分咏杭州的风物之美与游赏之乐，可以说是继承和弘扬了张志和、白居易、皇甫松、韦庄、欧阳炯、李珣、孙光宪等人描写地方风物的优良传统。

　　真宗、仁宗、英宗三朝（998—1067），文学艺术呈现繁荣的局面，词坛上出现了范仲淹、柳永、张先、晏殊、宋祁、欧阳修等一批有重要影响的词人。这个时期的词,既受以西蜀词为代表的"诗客曲子词"的影响,也受以南唐词为代表的"士大夫之词"的影响。例如晏殊和欧阳修的词,就是承南唐词而来。刘熙载讲:"冯延巳词,晏同叔得其俊,欧阳永叔得其深。"(《艺概》)晏同叔(殊)是抚州临川人,欧阳永叔(修)是吉州永丰人,这两个州都属于南唐故地,冯延巳46岁以后,在抚州做过三年节度使,晏、欧二人得冯氏之流风余韵,原是有地缘优势的。不过晏、欧的词在总体上并没有超过南唐词的成就,尤其是在体制方面,基本上没有超出南唐词的范围。

有人讲,范仲淹、欧阳修等人对词的题材领域是有所拓展的。例如范仲淹的《渔家傲》描写边塞风光与将士们的报国情怀,欧阳修的《采桑子》10首歌咏颍州西湖的美景,《渔家傲》鼓子词两套各12首分咏四季风物。其实这两类题材的作品在唐五代词里已经有了,不能算是新的开拓。

这个时期,真正对词的题材、体制、语言和风格有重大拓展的是柳永。柳永是宋代第一个大量创制慢曲、写作慢词的人。在他现存的213首词中,慢词就有87调125首,占其词作总数的59%。而与他同时代的张先、晏殊和欧阳修就很少作慢词。张先存词164首,慢词仅有17首;晏殊存词136首,慢词仅有3首;欧阳修存词241首,慢词仅有13首,分别只占他们全部词作的10%、2%和5%。(详见曾大兴《柳永和他的词》)他们在词的体制方面,基本上没有超出唐五代小令的范围。

小令的体制短小,一首词多则五六十字,少则二三十字,容量有限。而慢词的篇幅则较大,一首词少则八九十字,多则一二百字。柳永最长的慢词《戚氏》长达212字。慢词体制篇幅的扩大,相应地扩充了词的容量,提高了词的表现力。柳永大量创作慢词,从根本上打破了唐五代以来小令词的一统天下,使慢词与小令得以平分秋色,共同发展。他的这个贡献,在词的发展史上具有里程碑的意义。

柳永不仅创制了大量的慢曲,填写了大量的慢词,而且在词的结构、铺叙、写景、抒情、选调、用韵、用领字、用虚字等许多方面,做了许多尝试,积累了丰富的经验。他不仅写作大量的都市风情词、羁旅行役词和歌妓词,还写怀古词、咏物词、游仙词、应制词和祝寿词,从而空前地拓展了词的题材领域；不仅娴熟地使用了大量的市民口语，还创造性地化用前人诗赋，从而极大地丰富了词的语言。他对承平年代的热情讴歌，对市民社会的真实描写，对市民意识的着意张扬，对失意文人内心世界的细致披露，曾经感动了无数的听众和读者，从而为词这种新兴的音乐文学赢得了广泛的群众基础和社会声誉。北宋人讲"凡有井水饮处，即能歌柳词"（叶梦得《避暑录话》），他的影响在广大受众方面，可以说是无人可及。

但是，由于个人的政治地位不高，为人处世又真率无顾忌，审美趣味又偏于大众化，使得他在生前身后，都是一个饱受争议的人物，不被正统的文人社会所接纳。他之后的著名词人，从苏轼、秦观到周邦彦，从李清照、辛弃疾到吴文英，可以说是无不受其沾溉，但他们只是学他作慢词，说得更具体一点，只是学他的"铺叙"一法，而不肯接受他的大众化的语言和风格，不肯接受他的市民意识。至于在理论上，能给他一个公正的、肯定性的评价的人则更少。终宋之世，人们对他的评价，大都停留在"雅俗"这个层面上。李清照、胡寅、王灼、黄升、张炎、沈义父等人斥他"俗"，苏轼说他除了"俗"，还有"雅"的一面，还有"唐人高处"，看似为他辩护，其实还是在肯定他的"雅"而否定他的"俗"。宋代的词人和词评家们不能公正地评价柳永和他的词，不能全面地总结和学习柳永的成功经验，这是受了"花间词"以来的传统的词学观念的束缚，而忽略了唐代民间词的优良传统（其实柳词的市民意识与大众化风格，是最接近以《云谣集杂曲子》为代表的唐代民间词的）。这对柳永个人来讲，当然是一种不幸；但是更不幸的，还是词的命运。

神宗、哲宗、徽宗三朝（1068—1125），文学艺术继续保持繁荣的局面，词坛上出现了晏几道、苏轼、黄庭坚、秦观、贺铸、周邦彦等一批有重要影响的词人。晏几道是晏殊的儿子，他的词风和乃父的词风不一样，他虽然讲过"试续南部诸贤（即冯延巳、李璟、李煜诸人）余绪，作五、七字语，期以自娱"（《乐府补亡自序》）这样的话，但是就其题材、体制、语言和风格来讲，仍然偏于"花间"一路。

苏轼是一个天才的文学艺术家，他在诗、文、词、书法方面，都取得了第一流的成就。他对柳词是非常熟悉的，他的某些作品也曾受柳词的影响，但是总的来讲，他的词和柳词还是不一样的。他在《与鲜于子骏书》中说："近却颇作小词，虽无柳七郎风味，亦自是一家。"他的"自是一家"，就是"以诗为词"。所谓"以诗为词"，就是把词当作诗来写，包括以诗的题材入词，以诗的语言入词，以诗的意境和风格入词，以诗的表现手法来作词。他的诗原是很有几分豪放的，他以诗为词，自然就把豪放的风格带进了词里。

以诗为词的影响是双重的。一方面，是突破了诗尊词卑的传统观念，打破了词为"艳科""小道"的传统格局，使词与诗一样，有了比较自由地表现历史与现实、社会与人生的功能；是摆脱了音乐的束缚，不再考虑应歌的需要，使词由音乐的附庸变为一种可以独立地抒情言志的诗体。另一方面，则是由于忽略了词的音乐性和通俗性，在一定程度上消解了词的个性和特点。所以他的这些"以诗为词"的作品问世之后，在词坛上引发了很大的争议。他的门人陈师道讲："退之以文为诗，子瞻以诗为词，如教坊雷大使之舞，虽极天下之工，要非本色。"（《后山诗话》）所谓"非本色"，就是他的那些以诗为词的作品，背离了温庭筠以来的文人词的传统，把词写得不大像词了。

需要说明的是，苏轼的以诗为词，仍然是有限度的。胡寅讲："眉山苏氏，一洗绮罗香泽之态，摆脱绸缪宛转之度，使人登高望远，举首高歌，而逸怀浩气，超然乎尘垢之外，于是《花间》为皂隶，而柳氏为舆台矣。"（《酒边词序》）这话是有些言过其实的。第一，苏轼并没有"一洗绮罗香泽之态"，也没有"摆脱绸缪宛转之度"。在他的词集里，偏于传统的婉约风格的作品仍然占了多数。即如拙编《中国古代词曲经典导读》所选录的《贺新郎》（乳燕飞华屋）和《水龙吟》（似花还似非花）这两首词，就没有洗掉"绮罗香泽之态"，而且"绸缪宛转"得实在可以。第二，苏轼那些"使人登高望远，举首高歌，而逸怀浩气，超然乎尘垢之外"的豪放词，在他的词集里并不多，在其风格类型中也不是主流，只是比较引人注目而已。第三，苏轼的豪放词问世之后，《花间》既没有"为皂隶"，柳氏也没有"为舆台"。在北宋后期词坛，学《花间》的仍然大有人在，学柳永的也不在少数。例如贺铸，虽然写过《六州歌头》（少年侠气）这样的豪放词，但是就其主要的方面来看，也还是学《花间》的。他自称"吾笔端驱使李商隐、温庭筠，常奔命不暇"（叶梦得《贺铸传》），就是一个很好的证明。又如秦观，他在词的题材、体制、铺叙手法方面，就深受柳永的影响，只是在语言和风格方面，比柳词要含蓄委婉一些而已。

周邦彦是北宋后期的一位大词人。他的题材没有超出柳永的范围，所创制的曲调也没有柳永多（只有50余调），他的铺叙手法也是从柳永而来。他和柳永不一样的地方，一在写景状物比较工细，二在语言比较雅致，三在章法结构比较曲折。与柳永的通俗明快的词风相比，他那"富艳精工"而又颇有几分"沉郁顿挫"的词风，最能适合一部分文人的胃口，所以自南宋中叶以后，他的词就被吴文英一班人奉为圭臬，其影响一直延续到清代中叶以后的"常州派"。

南宋的词，就其创作倾向和主体风格来看，大体上可以分为两派：一派可以辛弃疾为代表，简称"辛派"，代表人物有早于辛弃疾的张元干、岳飞、陆游、张孝祥，与他同时代的陈亮、刘过，以及晚于他的刘克庄、文天祥、刘辰翁等。这一派词人在政治上以抗金、抗元、收复国土为己任，词的题材也以这些内容为主。他们继承了苏轼"以诗为词"的传统，甚至发展到"以文为词"，更加不受音律的束缚，词风粗犷悲壮，慷慨激昂，所以被称为"豪放派"。需要说明的是，豪放只是他们的主体风格，只是比较醒目而已。除了豪放，他们也有其他的风格，不可一概而论。

一派可以姜夔为代表，简称"姜派"。代表人物有姜夔、史达祖、吴文英、周密、王沂孙、张炎等。这一派词人的生活视野比较狭窄，作品的题材也比较单一，风云气少，儿女情多。有时候，他们也在作品中寄托一点国家兴亡之感，但也只是哀怨，缺乏震撼人心的力量。他们继承了周邦彦的传统，严守音律，讲究炼字、炼句，词风典雅而含蓄，又好作咏物词，好用典故，文人化的色彩非常浓厚。需要说明的是，姜夔、张炎和吴文英的词风还不全一样。姜、张比较"清空"，吴则比较"质实"。他们对清代的"浙西派"和"常州派"，各有深远的影响。

"辛派"和"姜派"各有弊端。"辛派"忽视词的音乐性,"姜派"忽视词的通俗性,他们从不同的角度消解了词的基本特点。所以词在南宋,就开始衰落了。

除了"辛派"和"姜派",南宋还有两位词人非常值得注意。一个是南北宋之际的李清照,一个是宋元之际的蒋捷。

李清照是一位特立独行的杰出的女词人,她对词,有自己独到的理解,那就是:"别是一家"。词就是词,有自己的特质,不能和诗混为一谈。她对苏轼的那些以诗为词的作品是大不以为然的,指其"皆句读不葺之诗尔,又往往不协音律"(《论词》)。她自己的词,"皆以寻常言语度入音律"(张端义《贵耳集》),"皆用浅俗之语,发清新之思"(彭孙遹《金粟词话》),可以说是最能体现词的音乐性、抒情性、通俗性和阴柔美,最能体现词的特质。她南渡之后的词,如《渔家傲》(天接云涛连晓雾)、《永遇乐》(落日熔金)等等,在题材和风格方面是有所拓展、有所变化的,这表明词的特质,尤其是它的音乐性和通俗性,与题材、风格的多样化并不矛盾,不是说,要扩大词的题材领域,要追求风格的多样化,就一定要以牺牲它的音乐性和通俗性为代价。

蒋捷也是一位特立独行的词人。他的词,既有豪放词的清奇流畅,又有婉约词的含蓄蕴藉,但他既不属于"辛派",也不属于"姜派"。他没有"辛派"末流的粗放率露之失,也没有"姜派"末流的雕琢晦涩之病。他走的是一条中间路线。他的《虞美人》(少年听雨歌楼上)和《一剪梅》(一片春愁待酒浇)等等,也可以说是"皆用浅俗之语,发清新之思",既通俗明畅,又富有音乐的美感。

(原载曾大兴、刘庆华编著《中国古代词曲经典导读》,高等教育出版社2009年版)

是词，还是非词
——在句式上和诗相同的词之特点

有些词，从句式上看和五、七言格律诗没有区别。但是从配乐、押韵、平仄、对仗这四个方面细加观察，它们仍然是词，不是诗。

在句式上和诗相同的词，为数不少。如《纥那曲》《长相思》《罗贡曲》《拜月词》《一片子》等，同于五言绝句；《柳枝》《清平调引》《小秦王》《竹枝》《八拍蛮》《浪淘沙》《采莲子》《遣队》《欸乃曲》《乌夜啼》《字字双》《阿那曲》等，同于七言绝句；《瑞鹧鸪》《木兰花》《玉楼春》《清江曲》等，同于七言律诗；而《生查子》《怨回纥》《醉公子》等，则同于五言律诗。这类情况，诚然可以作为否定"词是长短句"这一说法的理由，但是，千万不要因此而认定它们就是诗。事实上，它们在许多方面是不同于诗的。搞清楚这些问题，对于我们正确把握词的形式特点，还是颇有意义的。

一、配乐问题

考察词的起源问题，我们发现，词之所以为词，就在于它们本是用来配乐的歌词，是曲子词。词的基本特点是合乐可歌。在这个问题上，曾经有过不同的意见。论者以为：其一，诗，尤其是唐人绝句，也是可以合乐歌唱的；其二，词，尤其是苏、辛一派的词，有些是不能合乐歌唱的。而且宋以后的词，大都不能合乐歌唱。因此，合乐可歌，不能说是词的基本特点。这个意见实际上是似是而非。唐人诗之可歌者，属于"以腔就辞"一类，它们可以配上不同的曲子而歌唱，而没有固定的曲调，这和词是不一样的，词有固定的曲调。至于苏、辛一派词人的作品，大部分都是谐律可歌的，少数不谐律者，不是不能，是不为也，不愿意以词就声律。而宋以后的词作，由于曲谱失传，不能依曲谱填词，但仍是依前人的代表作品填写的，仍然是可歌的。

上面列举的那些在句式上同于律诗和绝句的词，毫无疑问，都属于依谱填词，都是可歌的。如刘彩春的《罗贡曲》第三首："莫作商人妇，金钗当卜钱。朝朝江口望，错认几回船？"此调又名"望夫歌"，从平仄和押韵来看，它基本同于一首五言绝句，但是，它是可歌的。元稹赠刘诗云："更有恼人肠断处，选词能唱望夫歌"，即是明证。而且在《词律》中，可以找到"罗贡曲"这个曲调。

再如宋人毛滂的《遣队》："歌长渐落杏梁尘，舞罢香风卷绣茵。更拟绿云弄清切，尊前恐有断肠人。"从平仄和押韵来看，纯是一首七言绝句。但是，它同样是可歌的。"遣队"者，散队之谓也。宋人歌舞将要结束时，定奏此一阕，所谓曲终之词也。而且，它没有诗题，只有词牌，非词而何？

二、押韵问题

诗，尤其是律诗和绝句，十之八九以押平声韵为是。少数绝句，如杜甫的一些七言绝句是押仄声韵的，但是不可歌。词则大不然。平韵、仄韵都可押，有的则以押平声韵和平仄通押者为非。如李端的《拜月词》："开帘见新月，便即下阶拜。细语人不闻，北风吹裙带。"《词谱》云："此词以用仄韵者为上，以平韵叶或平不拘叶者为非。"即是最好的证明。又如杨太真的《阿那曲》："罗袖动香香不已，红渠袅袅秋烟里。轻云岭下乍遥风，嫩柳池塘初拂水。"纯是一首仄韵的七言绝句，但却是一首配乐的词。

《古今词谱》云："仄韵绝句，唐人以入乐府，谓之《阿那曲》。"这就足以表明诗和词的不同了。

有的词则是平仄通押的。如无名氏《醉公子》："门外猧儿吠，知是萧郎至。刬袜下香阶，冤家今夜醉。扶得入罗帏，不肯脱罗衣。醉则从他醉，还胜独睡时。"前半阕仄韵，后半阕平韵，这也是大异于五言律诗的。

还有四换头体。两句一韵，凡四换头，平仄通叶者，名曰"四换头"。如顾敻《醉公子》："漠漠秋云谵，红藕香侵槛。（二换平）枕倚小山屏，金铺向晚扃。（三换仄）睡起横波慢，独坐情何限。（四换平）衰柳数声蝉，魂销似去年。"虽为五言八句，然离五律远甚矣。

三、平仄问题

五、七言律、绝，都有严格的平仄规定。盛唐律、绝，如王维的某些作品，有不尽合平仄者，并非可以不拘平仄，实乃律、绝尚未定型之痕迹。到了晚唐乃至宋代，便绝无此病矣。而词则不然。有些词虽偶合律诗平仄，实际上却是无规律可寻的，是不拘平仄的。如孙光宪《竹枝》："门前春水白蘋花，岸上无人小艇斜。商女经过江欲暮，散抛残食饲神鸦。"看似一首七绝，于平仄和押韵方面都无异处，然翻检《词谱》，此调乃是平仄不拘的。

但有的词却有着严格的平仄规定，尽管它们在句式和押韵方面完全同于诗。如冯延巳《瑞鹧鸪》："才罢严妆怨晓风，粉墙画壁宋家东。蕙兰有恨枝犹绿，桃李无言花自红。燕燕巢时罗幕卷，莺莺啼处凤台空。少年薄幸知何处？每夜归来春梦中。"从句式、押韵和对仗来看，纯是一首律诗。但是它在平仄上有严格的规定：第一，四、八句中的第二、六两字须用仄声。第二，三、六、七句中的第二、六两字须用平声，其他平仄不论。

五、七言律、绝，不仅在一句之中讲究平仄协调，在出句与对句、上联与下联之间还讲究平仄的粘对，有拗必有救。词则不然。如阎选《八拍蛮》:"云锁嫩黄烟柳细,风吹红蒂雪梅残。光影不胜闺阁恨,行行坐坐黛眉攒。"上联与下联就失粘了,且尤其不合平仄。

有的词则故意拗怒,形成一种激越悲壮、凄凉怨慕的声情,如上举李端《拜月词》即是。有的则纯用古风的"平仄平"式收尾,如王丽贞《字字双》:"床头锦衾斑复斑,架上朱衣殷复殷。空庭明月闲复闲,夜长路远山复山。"不仅全然不合平仄,也违反了律诗避免同字相对的原则。

四、对仗问题

五、七言绝句无对仗要求,可对可不对;五、七言律诗则要求中间两联对仗。虽然在初、盛唐时,领联有不对仗的,但颈联却非对不可。词则不然,完全可以不对仗。尽管有些用了对仗,但不过是出于修辞上的需要,或出于词人的模仿,很难说词的对仗是词律所规定的。如下面的几首词,尽管在句式上与律诗相仿佛,却不用对仗。魏承班《生查子》:

烟雨晚晴天,零落花无语。难话此时情,梁燕双飞去。琴韵对熏风,有恨和情抚。肠断断弦频,泪滴黄金缕。

这首词有两点值得注意:一是在平仄上有严格的讲究,每句的第二字用仄声;二是完全不对仗。因此不是律诗。又如苏庠《清江曲》:

属玉双飞水满塘,菰蒲深处浴鸳鸯。白苹满棹归来晚,秋著芦花一岸霜。扁舟系岸依林樾,萧萧两鬓吹华发。万事不理醉复醒,长占烟波弄明月。

虽是七言八句,但前叠用平韵,后叠用仄韵,且根本不对仗,不是律诗。它如牛峤的《木兰花·春入横塘摇浅浪》、韦庄的《玉楼春·日照玉楼花似锦》、无名氏的《醉公子》(门外猧儿吠)等等,都属于这种类型。

在句式上和诗相同的词,其与诗的区别主要有以上四点。此外如发现题目与内容不相符合者，亦当断为词牌。了解了这些不同点，就不会把句式上同于诗的词误认为是诗了。

(原刊《诗词》2002年7月30日)

词学史研究的空间视角

词学史研究，除了把握词学观念、理论与方法等的发展脉络，还应注意词学批评与词学流派的地域分异，前者是词学史研究的时间视角，后者是词学史研究的空间视角。

20世纪的词学之所以能够出现前所未有的兴盛局面，成为一门"显学"，其中一个重要的原因，就在于出现了"南派"和"北派"这两个不同的地域性词学流派。面对这笔丰厚的学术遗产，既要有历时性的追溯，也要有共时性的考察；既要有时间视角，也要有空间视角。对20世纪词学史的撰写应如此，对宋元明清各代词学史的撰写也应如此。

词学史研究，除了把握词学观念、理论与方法等的发展脉络，还应注意词学批评与词学流派的地域分异，前者是词学史研究的时间视角，后者是词学史研究的空间视角。立体的、完全意义上的词学史研究应该是时、空结合，虽然二者可以有所偏重，但不可以偏废。20世纪90年代以来出版的几本词学史著作缺乏空间视角，今后的词学史著作应该有所改进。

事实上，中国古代的文学批评从来就不缺乏空间视角，《左传·襄公二十九年》所载吴公子札对国风的评论，即可视为最早的空间批评。吴公子札之后，在司马迁的《史记·货殖列传》、班固的《汉书·地理志》、刘勰的《文心雕龙·时序》、魏征的《隋书·文学传序》、朱熹的《诗集传》、元好问的《论诗三十首》、王世贞的《曲藻》、王骥德的《曲律》、李东阳的《麓堂诗话》等重要文献中，都有简约而精辟的空间批评，只是这些批评所针对的都是诗、赋、曲等文体，尚未涉及词而已。最早针对词的空间批评，当属清中期著名词家厉鹗的《张今涪〈红螺词〉序》，其文曰："尝以词譬之画，画家以南宗胜北宗。稼轩、后村诸人，词之北宗也；清真、白石诸人，词之南宗也。"（《樊榭山房全集》卷四）这是从空间视角比较宋词内部之差异。嗣后，则有晚清词学名家况周颐的《蕙风词话》，其文曰："南宋佳词能浑，至金源佳词近刚方。宋词深致能入骨，如清真、梦窗是。金词清劲能树骨，如萧闲（蔡松年）、遁庵（殷克己）是。南人得江山之秀，北人以冰霜为清。南或失之绮靡，近于雕文刻镂之技。北或失之荒率，无解深袭大马之讥。"（《蕙风词话》卷三）这是从空间视角比较金词与南宋词之差异。词学的空间批评源于词作本身的地域空间特性，词学史的研究应重视这一客观事实。

明清时期出现了许多词派，例如以陈子龙为代表的云间派，以陈维崧为代表的阳羡派，以朱彝尊为代表的浙西词派，以张惠言、周济为代表的常州词派，以王鹏运、况周颐为代表的临桂词派等，这些词派除了丰富的创作实践，还有明确的词学观念和词学主张，并且都以地域命名，因此可以称为地域性的词学流派。20世纪90年代以来出版的几本词学史著作对这些词学流派的创作和理论多有描述和总结，但是对词派所产生的地理环境、词派的地域特征、词派的空间差异、词派的传播路径等，基本上没有涉及。也就是说，对于明清时期地域性的词学流派，以往的词学史研究仍然是时间视角，缺乏空间视角。

20世纪词学史上长期存在两个很有影响的词学流派，查猛济称之为"朱（祖谋）况（周颐）派"与"王（国维）胡（适）派"（《刘子庚先生的词学》），胡明称之为"体制内派"与"体制外派"（《一百年来的词学研究：诠释与思考》），刘扬忠称之为"传统派"与"新派"（《传承、建构、展望——关于二十世纪词学研究的对话》）。笔者认为，"朱况派"与"王胡派"这个命名不太准确，而"体制内派"与"体制外派"、"传统派"与"新派"这两个命名则含有褒贬之意，未免先入为主之嫌，因而主张从地域或空间角度，予其一个中性的命名，即"南派词学"与"北派词学"，简称"南派"与"北派"。

"南派词学"与"北派词学"的命名依据有三：一是词学活动与词学研究的主要地域，二是词学代表作的产生地域，三是词学家的师承关系。按照这三个依据，笔者把朱祖谋、况周颐、郑文焯、夏敬观、龙榆生、唐圭璋、夏承焘、陈洵、刘永济、詹安泰等10位词学名家列入"南派"，把王国维、胡适、胡云翼、冯沅君、俞平伯、浦江清、顾随、吴世昌、刘尧民、缪钺等10位词学名家列入"北派"。当然，"南派"的阵营是很大的，远不止这10人，这10人不过是"南派"的代表而已。也许有人认为，在"北派"词学名家中，真正出生在北方的只有冯沅君、顾随和缪钺三人，其他都是南方人，把他们10人一概列入"北派"似乎不太合适。笔者认为，这不是一个问题。因为关于他们的流派归属的认定，并非依据其籍贯，而是依据上述三个条件。鲁迅先生在讲到"京派"与"海派"时指出："所谓'京派'与'海派'，本不指作者的本籍而言，所指的乃是一群人所聚的地域，故'京派'非皆北平人，'海派'亦非皆上海人。梅兰芳博士，戏中之真正京派也，而其本贯，则为吴下。"（《"京派"与"海派"》）

　　"北派"的词学活动、词学研究地域与词学代表作的产生地域主要在北京、天津、河南、河北、山东等地，"南派"的词学活动、词学研究地域与词学代表作的产生地域主要在上海、苏州、南京、杭州、武汉、广州等地。也许有人认为，"北派"中的胡云翼、刘尧民、缪钺等人，其词学活动与词学研究的地域在南方，其词学代表作的产生地域也在南方，把他们列入"北派"似乎也不太合适。笔者认为，这也不是一个问题，因为他们的师承关系在北方。钱钟书先生在讲到南北画派时亦曾指出："画派分南北和画家是南人、北人的疑问，很容易回答。从某一地域的专称引申而为某一属性的通称，是语言里的惯常现象。譬如汉魏的'齐气'、六朝的'楚子'、宋的'胡言'、明的'苏意'，'齐气''楚子'不限于'齐'人、'楚'人，苏州以外的人也常有'苏意'，汉族人并非不许或不会'胡说''胡闹'。"（《中国诗与中国画》）事实上，关于"南派词学"与"北派词学"的命名，最主要的依据就是其代表人物（朱、况与王、胡）的词学活动与词学研究的主要地域及其词学代表作的产生地域，前者在苏州和上海，后者在北平，也就是说，"南派词学"与"北派词学"，最初是"某一地域的专称",当我们把朱、况与王、胡的同道者或追随者分别列入这两个词派的时候,"北派词学"与"南派词学"就"从某一地域的专称引申而为某一属性的通称"了。从这个意义上讲,"南派词学"与"北派词学"的命名依据,与绘画史上的"南派"与"北派"的命名依据是一样的。

"南派"与"北派"在词学贡献、词学理论和研究方法诸方面均有着鲜明的地域特点。大体言之,"南派"的贡献主要在词籍的整理、词律的考证、词人年谱的编撰等方面,"北派"的贡献主要在词论的探讨、词史的描述和词作的艺术鉴赏等方面;"南派"注重对传统词学的继承,"北派"注重对西方美学与文论的借鉴;"南派"标举"重、拙、大",重技巧,重音律,论词不分南、北宋,"北派"标举"境界",重自然,重意境,论词推五代和北宋,于南宋只推辛弃疾。南、北两派持不同的词学理论和观念,从不同的角度、以不同的方法来治词,共同促成了百年词学的发展与繁荣。

20世纪的词学之所以能够出现前所未有的兴盛局面,成为一门"显学",其中一个重要的原因,就在于出现了"南派"和"北派"这两个不同的词学流派。有不同的词学流派,因此就有不同的词学思想、词学观念的争鸣,就有不同的治词路径、治词方法的竞技,就有不同形式、不同风格的词学成果的涌现,这一切,对于词学这个传统学科的推陈出新,对于丰富、加深人们对这个传统学科的认识和理解,都是很有意义的。

"南派词学"与"北派词学",无疑是20世纪词学史研究的一个绕不开的话题。众所周知,时间和空间,是事物运动的两种基本形式,文学也是如此。面对20世纪词学史上这笔丰厚的学术遗产,我们既要有历时性的追溯,也要有共时性的考察;既要有纵向探讨,也要有横向比较;既要有时间视角,也要有空间视角。对20世纪词学史的撰写应如此,对宋元明清各代词学史的撰写也应如此。只有这样,才能突破长期以来的单向思维的制约,从而解决以往的词学史研究所不能解决的诸多问题,使词、词学、词学史展现出多样的魅力。

(原刊《光明日报·文学遗产》2020年9月21日)

从《全宋词》的整理过程看
当今古籍整理中的几个问题

宋词的传播方式主要有四种，词籍的整理刊行是其中之一。

《全宋词》的整理工作，从公元1441年吴讷的《唐宋名贤百家词》问世算起，至1981年孔凡礼的《全宋词补辑》问世，整整经历了540年。《全宋词》是迄今为止收罗作品最完备、可信度最高的一部宋词全编，也是明代以来所整理刊行的文学古籍中成就最高、受众最多、影响最大的一部古籍。

要真正做好一部古籍的整理工作，使之经得起时间的检验，实现传播效果的最大化与最优化，需要花费很长的时间和很多的心血，决不可能一蹴而就。

一、宋词的四种传播方式

宋词是一种特殊的音乐文学样式。它的传播主要有四种方式：

一是词人和爱好者的书写。词人和词的爱好者把词书写在纸上，或是乡校、佛寺、旗亭、驿站、桥头等建筑物上，这是一种原生态的、以文学为本体的传播，即只传文词，不传曲谱。如果是词人自己的书写，这种传播就是非常真实的，及时的；如果是爱好者的书写，就会有某些失真之处，一是因为传播和记忆有误差，二是因为爱好者自以为是地对文本作了某些改动，但总的来讲还是比较真实的，不过并不一定都是及时的。这种传播的手段是比较原始的，而且由于时空的限制，传播的范围也比较小。

二是歌妓和有关人士的演唱，这是一种伴生态的、以音乐为本体的传播，因为一首词能不能被演唱，首先不是取决于它的文学性，而是取决于它的音乐性，或可歌性。词在演唱的过程中，往往加入了乐工的二度创作，甚至是歌者的三度创作。有些词的文词过于拗口，或者过于典雅，或者过于生僻，不便演唱，影响大众的及时接受，就被乐工与歌者改动了。这种改动从音乐文学的角度来看，是被允许的，甚至是必须的。这种传播是比较及时的，但是从文本的角度来看，不一定像第一种（尤其是词人手写的）那样真实。这种传播也因为特定时空的限制，传播范围不是很广，但是受众比第一种要多。因为一些不识字的人，也能够接受。

三是借"词话"这种特殊载体来传播。"词话"的内容比较庞杂，有的侧重于考订词律，有的侧重于品评佳作，有的侧重于表述某个词学观点，有的侧重于记载某些作品的"本事"（即作品背后的故事），等等。随着"词话"的传播，尤其是某些"本事"的传播，作品也随之得到更广泛的传播。"本事"的传播有多远，作品的传播就有多远。例如陆游的《钗头凤》这首词之所以传播得那么广，就与"陆游休妻"这一"本事"的传播有着重要的关系。这种传播的范围和效果都超过了上述二种。

四是学者和出版人的整理刊行。这种传播是一种以文学为本体的传播，即只传文词，不传曲谱。这种传播不像第一、第二、第三种那样及时，甚至很不及时，有些宋人的词集，直到晚清民国时期才被整理刊刻出来。这种传播从文本的角度来讲，比第二种要真实，但不一定都像第一种（尤其是词人手写的）那样真实。其原因主要是辨识、抄写、刊刻之误，还有个别人的臆断。不过总的来讲，还是相当真实的。这种传播由于突破了时空的局限，传播的范围既广，时间也长。而且由于整理刊刻者多是专业人士，受众也多是文人，至少是能读古书的人，所以说是一种最高级别的传播。

《全宋词》的整理刊刻过程，就是宋词的一种最高级别的传播过程。以中华书局1999年版（简体横排增补版）《全宋词》为例，这是迄今为止收罗作品最为完备、可信度最高的一部宋词全编,也是明代以来所整理刊行的文学古籍中,成就最高、受众最多、影响最大的一部古籍。回顾这部古籍的整理过程,重温这一过程中形成的优良的传统、原则与方法,以及前辈们为了古籍整理工作所付出的辛勤劳动,所体现的奉献精神,对于今后的文学古籍的整理与传播工作,应该是有意义的。

按照传统的分类,词集一般分为别集和总集两大类。别集只收录一个词人的作品,总集则收录众多词人的作品。总集又包括词选集(如《乐府雅词》)和全编(如《全宋词》),如果将若干种词别集或总集汇辑成编,则称丛编;如丛编为刻印本,则称丛刻;如丛编为手钞本,则称丛钞。[1]

讲《全宋词》的整理过程,得从最早的词集丛编讲起。

二、毛晋以前的词集丛编

词集丛编始于南宋。现在可以考知的南宋时期出现的词集丛编,主要有四种。一是《百家词》,南宋宁宗嘉定年间长沙刘氏书坊辑刻,成书于嘉定三年(1210)前后。这是宋代收录词集最多的一部丛刻,原书已佚。只有其中的若干种或以钞本,或以单刻本的形式流传于世。二是《典雅词》,南宋临安陈氏书棚所刻。此书宋元时未见著录,"不知凡几十册",传于今者有21种。三是《琴趣外编》,南宋闽中书肆辑刻,今存四种。四是《六十家词》,宋末元初所刻。此书元明以来公私书目俱未见著录。毛晋刻《宋六十名家词》,或受此书的启发[2]。

元人未曾辑刻词集丛编,明代的词集丛编则较多,其中影响较大的有两种,一是吴讷辑钞的《唐宋名贤百家词》(简称《百家词》),一是毛晋辑刻的《宋六十名家词》。

吴氏所辑《百家词》,与宋刻《百家词》名同而实异。吴氏取此名,或与宋刻《百家词》有关,但内容上则大不相同。宋刻《百家词》有35种为吴氏《百家词》所未收,而吴氏《百家词》亦有29种为宋刻《百家词》

---

[1] 杨成楷《唐宋词学典籍》,见王洪主编《唐宋词百科大辞典》,学苑出版社1990年版。
[2] 王兆鹏《词学史料学》,中华书局2004年版,第102—105页。

所未收。[1]此书辑成于明正统六十年（1441），是现存最早的一部大型词集丛编，所收唐宋金元明人词集100种，其中总集3种，别集97种。吴讷编此书时，去宋元未远，宋元词集的善本、足本易求，因而书中保存了不少宋元词集孤本。

吴氏所辑《百家词》，因系手钞而未经校勘，有不少脱讹，又误收明人词为宋词，所收词集或非足本，所以在明清两代影响不大。只是到了民国17年，梁廷灿的钞本问世之后，才渐为学人所知。其后林大椿的校本印行，影响渐大。但林氏据他本校改之文字，不出校记说明，以致大失原貌，实不足据。[2]比较而言，毛晋所刻《宋六十名家词》，可谓后来居上。

三、毛晋和他的《宋六十名家词》

毛晋（1598—1659）字子晋，江苏常熟人。明诸生。平生以布衣自处。著有《和古今人诗》《野外诗题跋》《虞乡杂记》《隐湖小志》《海虞古今文苑》《明诗记事》《隐秀集》和《汲古阁书目》等，共数百卷。

毛晋一生有两大特点，一是乐善好施，一是藏书刻书。有推官雷某赠诗曰："行野渔樵皆谢赈，入门童仆尽钞书。"毛氏曾榜门悬金求书："有以宋椠本至者，门内主人计叶酬钱，每叶出二百。有以旧钞本至者，每叶出四十。有以时下善本至者，别家出一千，主人出一千二百。"[3]于是周边书贾云集毛氏之门，宋元善本孤本纷至沓来。其汲古阁最终所藏秘本珍籍多达八万四千余册。

毛晋刻书种类之多、数量之富，近古以来无人能出其右。朱彝尊尝云：毛子晋"性好储藏秘册，中年自群经十七史，以及诗词曲本、唐宋金元别集，稗官小说，靡不发雕，公诸海内。其有功于艺苑甚巨"[4][5]。毛

---

[1]王兆鹏《词学史料学》，中华书局2004年版，第106—112页。
[2]王兆鹏《词学史料学》，中华书局2004年版，第114页。
[3]荥阳梅道人《汲古阁主人小传》，引自叶昌炽《藏书纪事诗》卷三《毛晋子晋》，上海古籍出版社1989年版。
[4]朱彝尊《静志居诗话》卷二十二，人民文学出版社1998年版，第693页。
[5]荥阳梅道人《汲古阁主人小传》，引自叶昌炽《藏书纪事诗》卷三《毛晋子晋》，上海古籍出版社1989年版。

晋刻书，多延名士校勘。所刻之书，大都流布天下。其所用纸，岁从江西特造，厚者名毛边，薄者名毛太。其名至今犹沿用。

《宋六十名家词》，只是毛晋所刻群书之一种。此书原题《宋名家词》，分六集，共61家，刻成于明崇祯三年（1630）。全书不是一次编成，而是随得随刻，故所收词集未按作者之时代先后排列。《宋六十名家词》刻成后，毛晋又得到不少词集善本，因财力不济而作罢。

毛刻《宋六十名家词》所收词别集虽不如吴讷辑本多，但吴讷辑本只是靠孤传手钞本一脉传承，在明清时影响不大。而毛氏辑本是以刻本传世，而且后来又一刻再刻，故在清代广为流传。

毛晋每刻一集，都撰有跋文，或介绍作者，或考订版本，或评论作品，既有文献价值，也有文学批评价值。

毛刻《宋六十名家词》的缺失在于：收罗有限，止于6集61家；有时改动底本卷数，随意增删词作，有失底本原貌；词人名姓、事迹经常出错；文字校勘上也有一些问题。近人朱居易刊有《宋六十名家词勘误》，可补毛氏之失。

毛晋除了辑刻《宋六十名家词》，还辑刻有《词苑英华》，内收《花间集》、《尊前集》、黄升《唐宋诸贤绝妙词选》和《中兴以来绝妙词选》、《草堂诗余》、杨慎《词林万选》、张綖《诗余图谱》和《秦张两先生诗余和璧》，影响也很大。

四、王鹏运和他的《四印斋所刻词》

清代的词集丛钞、丛刻很多，较著名的有侯文灿刻《十名家词集》，王鹏运刻《四印斋所刻词》，江标刻《宋元名家词》，吴昌绶、陶湘刻《影刊宋金元明本词》和朱孝臧刻《彊村丛书》。最著名的是第二、第四、第五种。

王鹏运（1848—1904），字幼霞，一作佑遐，中年自号半塘老人，晚号鹜翁。广西临桂人。同治九年（1870）举人，十三年（1874）为内阁中书。光绪十年（1884）转内阁侍读学士，十九年（1893）授监察御史，转礼科给事中。

王鹏运是一个思想进步的人。甲午之战时，曾上书拒和。戊戌变法时，又屡代康有为上书。也曾参加"京师强学会"，奏请讲求商务、开办矿业，开办京师大学堂等。

王氏于光绪二十八年（1902）南归，至金陵，过上海，游苏州，与朱祖谋、郑文焯氏相酬答。不久寓扬州，主办仪董学堂，并执教于上海南洋公学。光绪三十年（1904）六月卒于苏州。

王鹏运是"晚清四大家"之一，词集有多种，晚年删定为《半塘定稿》二卷，《半塘剩稿》一卷。

王氏之有功词坛，主要在汇刻词集。王氏自辛巳至甲辰（1881—1904），前后二十四载，刻成《四印斋所刻词》21种，另有《草窗词》一种，《樵歌》一种，《梦窗甲乙丙丁稿》一种，《汇刻宋元三十一家词》31种，习称"四印斋刻本"。王鹏运刻词，多以善本珍籍为底本，并力求保持原书的真貌。所收词集，既求真，亦求全，除依原本影刻之外，另辑录原书未收之词。其总体成绩超过了毛晋《宋六十名家词》。王氏所订"校词五例"，对后人影响很大。

王氏《四印斋所刻词》的不足之处，就是于校勘一事无多顾及，而且只限于名家，于零星小集一概不取。

五、吴昌绶、陶湘的《景刊宋金元明本词》

吴昌绶（1867—1924），字伯苑，晚号松邻，浙江仁和（今浙江杭州）人。光绪二十三年举人，官内阁中书。民国期间，曾任北洋政府司法部秘书、陇海路局秘书。其藏书楼名"双照楼"，藏书甚富。著有《松邻书札》《松邻遗集》。辑刊有《松邻丛书》等。吴氏自1911年至1917年间，致力于影刊历代名人全集中的词集，搜集宋元明人词集40种付梓。后因资金告罄，将已锓之木版及未刻稿本售与陶湘，由陶湘卒成其业。

陶湘（1870—1939），字兰泉，号涉园，江苏武进（今属江苏常州）人，民国时，曾任京汉路北路养路处机器厂总办、京汉铁路全路行车副监督、上海中国银行监理官、天津中国银行经理等职。后任故宫图书馆编纂。藏书30万卷，而官本精椠居其泰半。晚年辞职家居，潜心书目版刻。

《景刊宋金元明本词》，为吴昌绶所刻《仁和吴氏双照楼景刊宋元本词》和陶湘续刻《武进陶氏涉园续刊景宋金元明本词》及《补编》的总称。全书收宋金元明词集43种，所有底本都是宋金元明四代的原椠精钞本，保存了不少世间罕见善本的真实面貌。其中所录宋词，几乎全是宋人刻本，又请名手雕椠，影写上版，原本缺误处，亦不改动，使人得以窥见宋刻风采。其版本价值，堪与原刻比肩。书中陶湘所撰《叙录》，缕述所收各词集版本源流及优劣，亦很精审。[1]

此书与《四印斋所刻词》一样，重在传宋元善本之真，于校勘一事无多顾及，而且只限于名家，零星小集一概不取。

六、朱孝臧和他的《彊村丛书》

朱孝臧（1857—1931），原名祖谋，字古微，号沤尹，又号彊村，浙江归安（今属湖州）人。光绪九年（1883）进士，历官翰林院侍讲、礼部右侍郎。光绪二十八年（1902），以礼部右侍郎出为广东学政。光绪三十一年（1905）辞广东学政，次年辞礼部右侍郎，任江苏法政学堂监督，卜居苏州、上海。辛亥革命以后，以遗老自居，以填词、校词终其后半生。朱孝臧的创作，词集有《彊村语业》3卷，诗集有《彊村弃稿》一卷。所校刻的词集较多，主要有《彊村丛书》260卷。朱孝臧是"晚清四大家"之一，也是王鹏运之后近30年的词坛领袖。

朱孝臧在词学方面的主要贡献，是校勘、印行《彊村丛书》。在《彊村丛书》问世之前，他曾四校《梦窗词》，又曾校笺《东坡乐府》。

朱孝臧校词，始于光绪二十五年（1899）与王鹏运合校《梦窗四稿》。为了完成一个高质量的校本，王鹏运订下五条校例：即"正误"（改正讹字）、"校异"（校列异文）、"补脱"（校补缺字）、"存疑"（正误难定

---

[1] 王兆鹏《词学史料学》，中华书局2004年版，第122—123页。

则存疑）、"删复"（一词两见，误收他人之作，皆据删之）。这就是后来人们常说的"校词五例"。"校词五例"的建立，在词籍校勘学上具有重大意义，但是朱王二氏合作的这个本子（名《梦窗甲乙丙丁稿》，收入《四印斋所刻词》），却因可资校勘的版本太少，并未能很好地贯彻这些校例，朱氏深感"意犹未慊"。所以在光绪三十四年（1908），也就是王氏去世之后的第四年，朱氏再校《梦窗词》。他在这个本子（即"无著庵"本）的跋语中，特意把"勘定句律"补充到校例之中，这是很值得注意的。"勘定句律"虽不自朱氏始，此前戈载、杜文澜、王鹏运等人在这方面都做过很多工作，但是把"勘定句律"作为一个校例，在理论上明确下来，使之与"正误""校异""补脱""存疑""删复"这五条并列，成为"校词六例"，则是他对于词的校勘之学的一个创造性的贡献。此后，朱氏又先后据张廷璋藏旧钞本《梦窗词集》和张学象女士钞本《吴梦窗词集》三校、四校《梦窗词》（三校本于1917年刊于《彊村丛书》，四校本于1932年刊于《彊村遗书》），从而完成了一个可信度较高的校本。

1910年，朱孝臧完成《东坡乐府》的校勘和笺注。朱氏校笺《东坡乐府》，另创七条凡例，在"校词六例"的基础上又有新的发展。这个本子主要有三个创例：一是根据有关文献记载及音拍所存，严诗词之别，以诗归诗，以词归词。二是删除宋元坊本所妄增的词题，如"春景""秋情"之类，以存原词之真。三是以编年体例重编东坡词，以可考者十之六七为编年，无从编年的，则按旧例分调编次，别为一卷。朱氏这个本子一出，即得到学术界的高度评价，沈曾植甚至称之为"七百年来第一善本"。

朱孝臧校勘《彊村丛书》，就是在重校《梦窗词》和校笺《东坡乐府》的基础上完成的。《彊村丛书》初刻于1917年，凡经三次校补印行，共收唐宋金元词集173种，包括唐宋金元词总集5种，唐词别集1家，宋词别集112家，金词别集5家，元词别集50家。《彊村丛书》的价值主要体现在两个方面：一是为读者提供了可信度较高的173种词集，其规模远远超过上述三大丛刻；二是在词籍校勘之学上，补充了有关规则，为学者所宗。

关于《彊村丛书》在词籍校勘之学上的贡献，以及对于后世的意义，吴熊和教授总结为八项：一是尊源流，注意词体的源流演变；二是择善本，选择善本为底本据以校勘；三是别诗词，把词集中误收的诗篇剔除出去；四是补遗佚，新增了为数不少的辑本和补编本；五是存本色，即对异文的定夺，顾及词人的风格，以存原貌；六是订词题，词题有误者正之，阙者补之，后人妄增者删之；七是校词律，包括校调名、校宫调、校自度曲、校句法、校字声、校用韵、校分片；八是证本事，或以词证事，或以史证事。[1]

在吴氏所述八项当中，最具朱氏之特色者，在"校词律"这一项。朱氏精于词律。沈曾植尝云："彊村精识分铢，本万氏而益加博究上去阴阳，矢口平亭，不假检本，同人惮焉，谓之'律博士'。"[2]校词律是他的强项，他早年校《梦窗词》和《东坡乐府》都有这个特点，在《彊村丛书》里，这个特点得到更充分的体现。

当然，朱氏《彊村丛书》也有其不足之处：一是收罗仍不够富；二是校勘仍不够精审。他的校勘主要存在三个问题："其一，朱氏校勘词集，只重校订，旨在传布词集版本之真，故唯重善本，不重足本，不求词家词作之全"；"其二，朱氏校勘词籍，着重于校补词作字句的正误脱阙，而于词作真伪的考辨则用力不多"；"其三，朱氏校勘，除少量词集是广求诸本以互校之外，许多词集是仅取一、二种版本参校，以致讹脱仍多，甚至有的词集未经校过即付梓"。[3]

和毛晋的《宋六十名家词》，王鹏运的《四印斋所刻词》与《四印斋汇刻宋元三十一家词》，以及吴昌绶、陶湘的《景刊宋金元明本词》等词籍丛刻相比，朱孝臧《彊村丛书》的成就是最高的，但是和后来的唐圭璋编纂、王仲闻校订、孔凡礼补辑的《全宋词》相比，《彊村丛书》的缺点还是很明显的。

---

[1]吴熊和《〈彊村丛书〉与词籍校勘》，《唐宋词通论》，浙江古籍出版社1985年版，第428—434页。
[2]沈曾植《彊村校词图序》，引自严迪昌《近现代词纪事会评》，黄山书社1995年版，第320页。
[3]王兆鹏《论唐圭璋师的词学研究》，《唐宋词史论》，人民文学出版社2000年版，第353—355页。

七、赵万里和他的《校辑宋金元人词》

赵万里（1905—1980），字斐云，别署云庵、舜庵等，浙江海宁人，与王国维是同乡。1921年考入东南大学国文系，师从吴梅。1925年8月至北平，受业于王国维。王国维"命馆于其家。适巧（清华国学）研究院原聘助教陆君以事辞，院主任吴宓命万里补其缺，日与先生检阅书籍及校录文稿"[1]。王国维去世之后，历任清华大学、北京大学、辅仁大学和中国大学教授，北京图书馆研究馆员兼善本特藏部主任。赵氏精于目录版本之学，著述宏富，所辑录整理的词学典籍有《校辑宋金元人词》、宋杨绘撰《时贤本事曲子集》、宋杨湜撰《古今词话》、宋鲷阳居士撰《复雅歌词》等。

《校辑宋金元人词》辑录词人70家，其中宋词别集56家，体例精审，搜采繁富，可补毛晋、王鹏运、吴昌绶、陶湘、朱孝臧诸家汇刻词集所未及。胡适曾为赵万里的《校辑宋金元人词》一书写过一篇序言。胡适认为，赵氏此书的长处，"不仅在材料之多，而在方法和体例的谨严细密"。胡氏指出：第一，大规模的采用辑佚的方法来辑已散佚的词集，赵万里是第一人。他的成就和水平，远远超过王鹏运、朱孝臧诸人。第二，赵氏此书，每词注明引用的原书，往往一首词之下注明六七种来历，有时竟列举十二三种来源，每书又各注明卷数。这种不避烦细的精神，是最可敬又最有用的。第三，赵氏此书，把每首词的各本异文都一一注出，这虽是校书的常法，但在文学史料的整理上，这种方法的功用最大。第四，赵氏此书于可疑的词，都列为附录，详加考校，功力最勤。第五，向来王、朱诸刻都不加句读，此书略采前人词谱之例，用点表逗顿，用圈表韵脚，都可为读者增加不少便利，节省不少时间。[2]胡适在肯定赵氏之长的时候，也指出了王、朱二氏之不足。赵氏的水平大大地超过了王、朱二氏。

---

[1]袁英光、刘寅生《王国维年谱长编》，天津人民出版社1996年版，第448页。
[2]胡适《赵万里〈校辑宋金元人词〉序》，《胡适古典文学研究论集》，上海古籍出版社1988年版，第588—591页。

八、唐圭璋和他的《全宋词》

唐圭璋（1901—1990），字季特，满族，南京人。7岁丧父，11岁丧母，寄养于舅父家。他能从小学读到中师毕业，是因为得到了两位校长的资助，一位是南京市立奇望街小学校长陈荣之，一位是江苏省立第四师范学校校长仇埰。1920年秋，唐圭璋师范毕业，留校任附属小学教师。1922年夏，考入东南大学中文系，随吴梅学词。1928年毕业之后，任江苏省立第一女子中学教师。1935年，经汪辟疆介绍，任国立编译馆编纂。1939年至1946年，任重庆中央大学讲师、副教授、教授。1946年底回南京，任南京通志馆编纂。1949年初任南京中央大学教授。1950年9月参加华东革命大学政治研究院学习，结业后分配到东北师范大学任教。1953年秋回南京，任南京师范学院教授，直到1990年11月病逝。

唐圭璋的词学成果很多，生前公开出版的即有《宋词三百首笺》《词话丛编》《南唐二主词汇笺》《全宋词》《辛弃疾》《宋词四考》《全金元词》《词苑丛谈校注》《唐宋词简释》《宋词纪事》《唐宋词选注》《唐宋词学论集》《全宋词简编》《词学论丛》和《历代爱国词选》等15种。

在历代词学名家中，唐圭璋的执着与奉献精神是无人可及的。他在《自传及著作简述》一文里回忆自己编纂《全宋词》的经过时说：

> 清陈廷焯在《白雨斋词话》中曾建议编纂《全宋词》，但他估计得太容易了，以为"月余可成"。我与同门任中敏（任二北）商量，打算分四步编《全宋词》：一、综合诸家所刻词集；二、搜求宋集附词；三、汇列宋词选集；四、增补遗佚。后来中敏专办教育，他就没有继续编下去。我却坚持原计划，进行搜讨并旁采笔记小说、金石方志、书画题跋、花木谱录、应酬翰墨及《永乐大典》诸书，统汇为一编，钩沉表微，以存一代文献。当时，同学赵万里出版了《校辑宋金元人词》73卷，更增加了我编纂《全宋词》的决心。因为他搜采既富，校订也精，给了我很大

的启发。但是他有3首才辑为一种，至于1首、2首以及零星的断句，他都没有收录。在他之后，周泳先又在杭州文澜阁看到《四库全书》中还有不少宋人集中附词，为赵氏所未见，他又辑成《宋金元人词钩沉》，比赵先生所辑又多出不少新的资料。我在辑宋人词的同时，也辑金、元人词。每日在教课之余，往往从早到晚在龙蟠里图书馆看丁丙八千卷楼的善本词书。那时，只要付两角钱就可以在馆里吃顿午饭。我吃过午饭之后又工作到傍晚。这样，经过多年的辑录工作，宋、金、元词的资料已经辑成。后来因为分量较多，就决定先抽出《全宋词》付印，金元词留待以后再说。[1]

唐圭璋的《全宋词》，继毛晋的《宋六十名家词》、王鹏运的《四印斋所刻词》和《四印斋汇刻宋元三十一家词》、吴昌绶和陶湘的《景刊宋金元明本词》、朱祖谋的《彊村丛书》、赵万里的《校辑宋金元人词》和周泳先的《宋金元词钩沉》之后，更遍阅丁氏八千卷楼所藏善本、足本词集，及其他子史杂著，用功凡十年，始完成初稿，于1940年由商务印书馆印行。其后又由王仲闻重加修订，补遗、正误、祛伪，"增入作者260余人，词1400余首"[2]，于1965年由中华书局印行。此后，又有孔凡礼从明钞本《诗渊》中补辑词人141家（其中41家已见《全宋词》），词作430首，编成《全宋词补辑》，于1981年由中华书局出版。

1999年1月，中华书局出版简体横排增补版《全宋词》，署名"唐圭璋编纂，王仲闻参订，孔凡礼补辑"。此书收录有姓氏可考的词人达1493家，词作达20155首，这就是迄今为止收录词人词作最为完备的宋词总集。

《全宋词》的辑佚工作，虽然是在赵万里和周泳先等人的基础上进行的，初版印行之后，又得王仲闻、孔凡礼之增补，但是比较起来，唐圭璋

---

[1]唐圭璋《自传及著作简述》，钟振振编《词学的辉煌——文学文献学家唐圭璋》，南京大学出版社2001年版，第5页。
[2]唐圭璋《历代词学研究述略》，《词学论丛》，上海古籍出版社1986年版，第830页。

的功劳仍然是最大的。据统计，1999年版《全宋词》收录有姓氏可考的作者1493家，其中原有词集传世者197家，赵万里补辑56家，周泳先增辑27家，王仲闻增订174家，孔凡礼新增100家，计554家，而唐圭璋自辑939家，超过了有集传世者和他人补辑的总和。[1]是以在宋词的辑佚方面功劳最大者，仍非唐圭璋莫属。

九、王仲闻和他参订的《全宋词》

王仲闻（1902—1969），名高明，以字行，笔名王学初、王幼安。王国维次子。他是20世纪功底最扎实、贡献最突出的词学家之一，也是身世最萧条、命运最悲惨的词学家之一。

王仲闻1902年3月出生于海宁盐官镇，5岁丧母，14岁随父至上海读中学。1919年11月，因参与学潮被学校当局开除。1920年3月进入上海邮局任邮务生，当年10月被调往昆山。后来被调往北平，在邮检部门工作，据说还当过处长。1949年以后，被下放到北京地安门邮局卖邮票。1957年，因参与创办"同人刊物"《艺文志》被打成"右派"，开除公职。1960年，因齐燕铭之荐，被中华书局总经理金灿然聘为临时编辑。"文化大革命"爆发之后，王仲闻离开中华书局。1969年，因不堪政治迫害而含冤自尽，享年67岁。

王仲闻的传世之作，主要有如下几种：一是《南唐二主词校订》，二是《李清照集校注》，三是参订《全宋词》。

除了上述三种，王仲闻用力最勤的书稿还有两部：一是《唐五代词》，在"文革"中遗失。其前言、后记幸存于档案中，经程毅中整理，已经发表。从保存下来的前言来看，文献搜求和取舍都十分讲究。二是《读词识小》，约20万言，"内容全部是有关作家生平、作品真伪、作品归属、词牌、版本的考订，其谨严和精审，和以往任何一种高水平的词学考订专著相比都毫无逊色"。钱钟书曾看过全稿，称"这是一部奇书，一定

---

[1]王兆鹏《论唐圭璋师的词学研究》，《唐宋词史论》，人民文学出版社2000年版，第361页。

要快出版"。[1]遗憾的是，这部稿子也在"文革"中遗失。从《全宋词》的审读加工记录中，可以约略看到《读词识小》的影子。

王仲闻还点校过《渚山堂词话·词品》和《诗人玉屑》，校订过《蕙风词话·人间词话》等，审订过中华书局版的《全唐诗》《元诗选》《古典文学资料汇编》等。傅璇琮先生告诉笔者，中华书局版《全唐诗》卷首的点校说明，写于1959年4月，署名"王全"。"王全"就是王仲闻和傅璇琮二人的署名。

王仲闻在词学方面的最大贡献，是修订《全宋词》。中华书局刘尚荣讲："唐圭璋编《全宋词》，初版于1940年（商务印书馆长沙版线装书），该书印数不多，缺憾不少。50年代末，唐先生对《全宋词》进行增补与改编，校点稿转交中华书局后，唐先生特意推荐著名学者王国维之次子王仲闻对全稿再作订补与复核。于是因历史问题而赋闲的王仲闻，被中华书局聘请为《全宋词》特约编辑。"[2]中华书局沈玉成讲："王先生没有辜负老友的嘱托，倾其全部心力足足工作了四年，几乎踏破了北京图书馆的门槛，举凡有关的总集、别集、史籍、方志、类书、笔记、道藏、佛典，几乎一网打尽，只要翻一下卷首所列的引用书目，任何人都会理解到需要花费多少日以继夜的辛勤。王先生的劳动，补充了唐先生所不及见或无法见到的不少材料，并且以他山之石的精神，和唐先生共同修订了原稿中的若干考据结论。"[3]

王仲闻为《全宋词》的修订所付出的辛劳，通过唐圭璋写给龙榆生的两封信也可以看出。一封写于1961年9月1日，其时唐圭璋正患关节炎。他对龙榆生说："《全宋词》弟亦无力整理，去年交与北京中华书局修订，编辑部托王仲闻整理，费尽他九牛二虎之力。彻底修订，修改小传（本来只是沿袭朱厉之书），增补遗词，删去错误，校对原书，重排目次，改分卷数，在在需时。现闻已大致就绪，不过出书恐又明年矣。"[4]一封写于1964年4月25日，他说："《全宋词》由北京中华书局请王仲闻订补，他所

---

[1]沈玉成《自称"宋朝人"的王仲闻先生》，《回忆中华书局》，中华书局1987年版，第257页。
[2]刘尚荣《中华书局新版〈全宋词〉编后》，《古籍整理简报》1999年第4期。
[3]沈玉成《自称"宋朝人"的王仲闻先生》，《回忆中华书局》，中华书局1987年版，第257页。
[4]唐圭璋《致榆生》，引自张晖《龙榆生先生年谱》，学林出版社2001年版，第206页。

费的劳动至巨，闻今年可以出书，其中改订词人生卒及事迹，不沿朱厉以及张宗橚等人旧说，用力最勤，用处较大。"[1]

对于王仲闻所做的贡献，唐圭璋是充分肯定并心怀感激的。直到1983年，他还在一篇文章里写道："《全宋词》……用功凡十年，始写定初稿，于一九四〇年印行。其后又由王仲闻重加修订，补遗、正误、祛伪，计增入作者二百六十余人，词一千四百余首，于一九六五年由中华书局印行修订版。"[2]他曾提议在中华书局1965年版的《全宋词》上，署上"王仲闻订补"。但是由于王氏的所谓"历史问题"，这一提议未被采纳。1999年1月，中华书局推出新版简体横排增补本《全宋词》，署名"唐圭璋编纂，王仲闻参订，孔凡礼补辑"，终了了却唐先生的一桩心愿，恢复了历史的本来面目。

十、当前古籍整理工作中的几个问题

（1）《全宋词》的整理工作经历了一个漫长的过程。如果从公元1441年吴讷的《唐宋名贤百家词》问世算起，至1981年孔凡礼的《全宋词补辑》问世，整整经历了540年。这说明要真正做好一部古籍的整理工作，使之经得起时间的检验，实现传播效果的最大化与最优化，是需要花费很长的时间的，决不可能一蹴而就。现在有些人整理古籍，往往仓促上马，草草收篇，这是要不得的。有的古籍整理工作管理部门，甚至要求一部古籍的整理，一般不要超过三年，而且要求在公开出版之后，才予以结项。结项这个程序，多多少少还可以得到一些专家的审读意见，以便整理者再行修订。如果坚持在公开出版之后，才予以结项，那么专家的意见就等于是马后炮。

（2）《全宋词》的整理工作，自始至终体现了一种奉献精神。前人整理古籍，除了《永乐大典》《四库全书》这样的宏大工程，绝大多数的中小型工程都是没有国家资助的，也没有社会赞助，都是要靠整理者个人

---

[1]唐圭璋《致榆生》，引自张晖《龙榆生先生年谱》，第218页。
[2]唐圭璋《历代词学研究述略》，《词学论丛》，上海古籍出版社1986年版，第830页。

掏腰包的。《全宋词》的整理就是这样。吴讷、毛晋、王鹏运、吴昌绶、陶湘、朱孝臧、赵万里、朱居易、周咏先、唐圭璋诸人，都是自己个人掏腰包，毛晋、吴昌绶、朱孝臧甚至为此而耗尽家财。如果没有一种奉献精神，是很难从事这项工作的。《全宋词》的整理工作，只是到了20世纪50年代末期，交由中华书局修订再版的时候，才不需要整理者个人掏腰包，但也没有专项资助。现在我们整理古籍，无论大小，只要获准立项，就能得到国家的专项资助。这应该是很幸福的了。可是质量怎么样呢？别的学科不敢说，只说文学这一块，可以说，多数的文学古籍整理项目，都没有达到《全宋词》的水平。尤其是那些"大兵团作战"的项目，其水平的良莠不齐，更是令人触目惊心。我们讲整理古籍要有一种奉献精神，决不是一句套话、空话，它需要实实在在地把古籍整理当作自己个人的事情来做好。

（3）《全宋词》的整理工作，自始至终体现了一种一丝不苟的工作态度。刚才我们讲吴讷、毛晋、王鹏运、吴昌绶、陶湘、朱孝臧、唐圭璋的时候，都指出了他们的某些不足。他们的不足，主要出在校勘上。以一人之力，弄那么大一部古籍，在校勘上是难免要出些瑕疵的。但是他们在搜求底本方面，在求善本、求足本方面，在辑佚方面，所体现的那种孜孜以求的精神，是值得充分肯定的。

《全宋词》的整理工作，可以分为两个部分，一个是搜求底本和辑佚，一个是校勘。吴讷、毛晋、王鹏运、吴昌绶、陶湘、朱孝臧和唐圭璋等人，他们的工作主要在搜求底本和辑佚方面。而朱居易、赵万里、王仲闻等人的工作，则主要在校勘方面。他们的工作，真的可以当得起"一丝不苟"四字。现在有些人整理古籍，既不认真地千方百计地搜求善本和辑佚，也不认真地一丝不苟地进行校勘，弄一部古籍，往往错误百出，叫人无法使用。

（4）《全宋词》的整理工作，探索、总结出了一整套词集整理的原则和方法，直到今天，还为词集整理工作者所普遍遵循。在这方面，王鹏运、朱孝臧和赵万里的贡献是最大的。王鹏运为了校订《梦窗四稿》，订下五条校例，即"正误""校异""补脱""存疑""删复"。这就是后来人们常说的"校词五例"。校词五例的建立，在词籍校勘学上具有重大意义。后来朱孝臧又在校词五例的基础上，增加"勘定句律"这一条，成为"校词六例"。再后来，朱氏校笺《东坡乐府》时，又另创七条凡例，在"校词六例"的基础上又有新的发展。吴熊和教授把朱孝臧在词籍校勘之学上的贡献，总结为八项：一是尊源流，二是择善本，三是别诗词，四是补遗佚，五是存本色，六是订词题，七是校词律，八是证本事。应该说，这个总结是很到位的。

赵万里在校辑宋金元人词的时候，既能继承前人在辑佚和校勘方面的优良传统，又有很大的创新，在方法和体例上更为谨严细密，成为古籍整理的一个典范。我们现在的古籍整理工作，在方法和体例上，创新的地方并不多，基本上是因循旧例，但是又往往不及前人的谨严细密。这也是一个值得反思的问题。

古籍整理的态度、水平、方法和质量，直接影响到古籍的传播效果。凡从事文学古籍的整理工作的人士，都应该从《全宋词》的整理过程中，汲取一些有益的经验，并使之发扬光大。

（2009年12月）

《人间词话》导读

《人间词话》的核心价值主要体现在三个方面：一是以"真实""自然"为本质的境界说，二是以进化论为基础的词史观，三是以"要眇宜修"为特质的词体观。《人间词话》是王国维早年的著作，他晚年并未"自悔少作"。

《人间词话》的局限主要表现在对某些词人的评价存在偏颇：一是不到位，二是有矫枉过正之处。评价《人间词话》，应主要关注它的核心价值，关注它为词学研究所提供的新的思想、新的视角和新的方法，而不是纠缠于某些细节，更不能攻其一点不及其余。

《人间词话》，王国维著，北平朴社1926年初版。

王国维（1877—1927），字静安，号观堂，浙江海宁盐官镇人，生前曾任通州师范学校教师、《教育世界》主编、清逊帝溥仪的南书房行走、清华学校国学研究院导师等职务。王国维在哲学、教育学、文学、史学、文字学等诸多领域均有卓越成就，他是20世纪学术史上把乾隆、嘉庆以来朴学家的治学传统和西方近代的治学方法融会贯通，从事创造性的研究工作的第一人，他的学术成果大都具有里程碑的意义。王氏一生著述宏富，有《静安文集》1卷、《续集》1卷、《观堂集林》24卷、《观堂别集》4卷，合其他著作，共60余种，早先由罗振玉辑为《海宁王忠悫公遗书》，后由赵万里辑为《海宁王静安先生遗书》。

王国维治文学，主要致力于词和曲这两个领域。王国维治词，有两个方面的原因，一是希望从文学中"求其直接之慰藉"，二是由"填词之成功"引发了对文学的"自信"。他在《静安文集续编自序》（二）中说：

> 余疲于哲学有日矣。哲学上之说，大都可爱者不可信，可信者不可爱，……知其可信而不能爱，觉其可爱而不能信，此近二三年中最大之烦闷。而近日之嗜好所以渐由哲学而移于文学，而欲于其中求其直接之慰藉者也。……近年嗜好之移于文学亦有由焉，则填词之成功是也。余之于词，虽所作尚不及百阕，然自南宋以后，除一二人外，尚未有能及余者，则平日之所自信也。虽比之五代、北宋之大词人余愧有所不如，然此等词人，亦未始无不及余之处。[1]

这些言论表明，王国维研究文学，旨在"于其中求其直接之慰藉"，因而是一种"纯文学"的研究，不带任何功利之目的。这就使得他的词学既不同于以常州派及其末流为代表的、以"尊体"或"昌明词道"为目的的词学，也不同于梁启超的以"改造国民之品质"为目的的词学，以及胡适的以"文学革命"为目的的词学。王国维在《文学小言》中讲："专门之文学家为文学而生活"，"个人之汲汲于争存者，决无文学家之资格也"。这些言论，对于我们正确地理解他的词学，是有重要参考价值的。

王国维治词，始于1908年，止于1913年，前后不过四五年时间，其主要词学成果则有《唐五代二十一家词辑》《词录》《南唐二主词》《人间词话》和《清真先生遗事》等五种。

《人间词话》从1908年11月至1909年2月在《国粹学报》上连载，在它问世之后的最初十几年里，在传统的词学阵营是备受冷落的。直到1926年由俞平伯校勘整理的《人间词话》单行本在朴社出版，它才开始受到现代词学阵营和广大读者的注意，并逐渐成为一个研究、讨论和阅读

---

[1]王国维《静安文集续编自序》（二），《王国维先生全集·初编》，台湾大通书局1976年版，第5册，第1899—1900页。

的"热点"。在此后的90多年里,《人间词话》受关注的程度,远远超过了历史上的任何一部词话;人们对它的解读,也远远超出了词学的范围。据统计,迄今为止,学术界关于王国维《人间词》与《人间词话》的研究论著多达1100余部(篇),比整个清代词和清代词学的研究论著还要多。以下重点讲五个问题:一、《人间词话》的"境界说";二、《人间词话》的词史观;三、《人间词话》的词体观;四、是否"自悔少作";五、《人间词话》的局限。

一、"词以境界为最上"——《人间词话》的"境界说"

王国维论词,标举"境界"。他在《人间词话》里开宗明义地讲:

> 词以境界为最上。有境界则自成高格,自有名句。五代、北宋之词所以独绝者在此。

什么是"境界"?王国维解释说:"能写真景物、真感情者,谓之有境界,否则谓之无境界。"可见"境界"的特质,在一"真"字。那么,什么是"真"呢?王国维又讲:

> 纳兰容若以自然之眼观物,以自然之舌言情。此由初入中原,未染汉人风习,故能真切如此。北宋以来,一人而已。
>
> 大家之作,其言情也必沁人心脾,其写景也必豁人耳目。其辞脱口而出,无矫揉妆束之态。以其所见者真,所知者深也。诗词皆然。[1]

纳兰词所以"真切如此",就在于"以自然之眼观物","以自然之舌言情"。在这里,"真"是果,"自然"是因;而大家之作之所以能"脱口

---

[1]王国维《人间词话》,王幼安校订《蕙风词话·人间词话》,人民文学出版社1960年版,第191页。按:本文所引《人间词话》,均出自该版,不再一一注明页码。

而出，无矫揉妆束之态"，即在审美效果上达到"自然"，就在于"所见者真"。在这里，"真"是因，"自然"是果。"真"字和"自然"二字，在《人间词话》里是互为因果的，是可以互相替换的。"真"的内涵就是"自然"，"自然"的内涵就是"真"。王国维的标举"境界"，其实质就是标举"真实"和"自然"；他的以"境界"论词，其实质就是以"真实"和"自然"论词。

有"境界"的作品，在内容上是真实的，所谓有"真景物、真感情"；在形式上则是自然的，所谓"其辞脱口而出，无矫揉妆束之态"。

无"境界"的作品，可以用一个字来概括，就是"隔"。"隔"是如何出现的？首先是由于不能"以自然之眼观物"，即所见不"真切"；其次是由于不能"以自然之舌言情"，即表现上不能做到"语语都在目前"。近人钱振煌指出："静安言词之病在隔，词之高处为自然。予谓隔只是不真耳。"这个解释是很到位的。[1]

优秀的作品，应该是真善美的统一。王国维虽然没有忽视"善"字和"美"字，如："'纷吾既有此内美兮，又重之以修能。'文字之事，于此二者，不能缺一。然词乃抒情之作，故尤重内美。""内美"就是"善"，"修能"就是"美"；但是比较而言，他所强调的，还是一个"真"字。他举例说：

"昔为倡家女，今为荡子妇。荡子行不归，空床难独守。""何不策高足，先据要路津？无为久贫贱，坎坷长苦辛。"可谓淫鄙之尤。然无视为淫词、鄙词者，以其真也。五代北宋之大词人亦然。非无淫词，读之者但觉其亲切感人；非无鄙词，但觉其精力弥满。可知淫词与鄙词之病，非淫与鄙之病，而游词之病也。"岂不尔思，室是远而。"而子曰："未之思也，夫何远之有？"恶其游也。

---

[1] 引自孙维城《隔境——一个重要的意境范畴》，《文史知识》1995年第6期。

"游词"，就是虚情假意的词；"淫词"和"鄙词"，则是格调不高的词，"未能尽善"的词。如果拿"未能尽善"却真实自然的"淫词""鄙词"和貌似尽善却虚情假意的"游词"供你选择，王国维的意见是，宁要前者而不要后者。在王国维看来，真实是文学的命脉所在，是衡量文学作品成败得失的第一标准。

王国维论词标举"境界"，倡导"真实"和"自然"，是因为在他看来，词史上不真实、不自然的东西，实在是太多了。在署名为山阴樊志厚、实为王国维执笔的《〈人间词甲稿〉序》里，作者写道：

> 夫自南宋以后，斯道之不振久矣！元明及国初诸老，非无警句也，然不免乎局促者，气困于雕琢也。嘉道以后之词，非不谐美也，然无救于浅薄者，意竭于摹拟也。

一摹拟，一雕琢，恰恰违背了"真实"与"自然"的原则，恰恰是导致词道之不振的重要原因，所以王国维要对之痛下针砭。王国维"境界"说的提出，是有明确的针对性的。

王国维的"境界"说，既是一个全新的词学观念，又是一个全新的词学批评标准。这个观念和标准在不排斥"善"和"美"，即"内美"和"修能"的前提之下，把"真"放在第一位，强调写"真景物"和"真感情"，这对传统的、伦理至上的、功利主义的词学批评模式是一个很大的超越。王国维用这种全新的词学观念和标准来审视、评价唐宋以来的词人词作，确能予人以耳目一新之感，不仅刷新了人们对词这种古老文体的认识，而且建立了一种全新的词学批评模式，影响了一代又一代的学者。

二、"一代有一代之文学"——《人间词话》的词史观

王国维于文学史持进化的观点。他在《人间词话》里说：

四言敝而有《楚辞》，《楚辞》敝而有五言，五言敝而有七

言，古诗敝而有律绝，律绝敝而有词。盖文体通行既久，染指遂多，自成习套。豪杰之士，亦难于其中自出新意，故遁而作他体，以自解脱。一切文体所以始盛终衰者，皆由于此。故谓文学后不如前，余未敢信。但就一体论，则此说固无以易也。

他的这个观点，在1912年出版的《〈宋元戏曲史〉序》里，被提炼成这样一段名言：

凡一代有一代之文学：楚之骚，汉之赋，六代之骈语，唐之诗，宋之词，元之曲，皆所谓一代之文学，而后世莫能继焉者也。[1]

王国维的词史观，就是建立在这个进化的文学史观的基础之上的。他的词史观包含了三项核心内容：一是把词当作"一代之文学"来认识，这就空前地提高了词的地位；二是从进化的角度考察词的盛衰之迹，为千年词史勾勒了一个大致的轮廓；三是从文体自身的角度解释词的盛衰之由，为此后的相关研究提供了新的思路。

词起源于民间，流传于娼女歌伶之口，它的地位原是很卑微的。后来虽然逐渐地被文人学士所采用，其地位仍然不高，素有"小道""薄技"之称。这一段历史，都是大家耳熟能详的。故从宋代开始，就有人企图通过创作、批评、选词等种种努力，来提高它的地位，即所谓"尊体"。至清代张惠言诸人，为了把词提高到与"诗、赋之流"同等的地位，甚至不惜遮蔽词的起源的真相，不惜用汉儒说诗的方法来说词，名为"指发""幽隐"，实则牵强附会。平心而论，这样的用心可谓良苦，但是其效果却未必佳。即如清代就出现了不少好的词人，也出现了不少好的作品，可是词的地位依然很低，不能和桐城派的古文相比，也不能和同光体的诗相比。这里的原因可能不止一个，但有一点是不能忽视的，这就是：无论

---

[1]王国维《宋元戏曲史》，百花文艺出版社2002年版，第1页。

是词的创作者,还是批评者,都只是在传统的价值体系里面兜圈子。他们拿不出一套新的观念和新的标准来认识词和评价词,除了把词往诗、赋上面靠,比附诗、赋,仰攀诗、赋之外,他们没有别的办法来刷新人们对词的陈旧看法。而王国维的高明之处,就在于能够用进化的、发展的眼光来考察文学的历史,把历来被人们视为"小道""薄技"的词,提升为一个时代的代表性文学,这样的文学,不仅能够和同时代的诗、赋、古文等分庭抗礼,而且就其在"文体"方面的创新意义与社会影响来讲,还大大地超过了同时代的诗、赋和古文,成了可以和"楚之骚,汉之赋,六代之骈语,唐之诗"等享有同等地位的"一代之文学",这就空前地提高了词的地位,客观上达到了"尊体"的目的。

传统词学关于词的盛衰之迹的描述,可以陈廷焯的一段话为代表,即"词兴于唐,盛于宋,衰于元,亡于明,而再振于我国初,大畅厥旨于乾嘉以还也"[1]。这种周而复始、死而复生的观点,就是词学领域的"历史循环论",可称之为"循环的词史观"。王国维词学与传统词学的本质区别之一,就是用进化的、发展的眼光来考察词的盛衰之迹,他的词史观,可称之为"进化的词史观"。他把词的历史分为三个时期:一、五代;二、北宋;三、南宋以后。他认为,第一、第二时期,是词的"极盛时代",至第三时期,词就开始衰替了。《人间词话》云:

> 诗至唐中叶以后,殆为羔雁之具矣。故五代北宋之诗,佳者绝少,而词则为其极盛时代。即诗词兼擅如永叔少游者,词胜于诗远甚。以其写之于诗者,不若写之于词者之真也。至南宋以后,词亦为羔雁之具,而词亦替矣。

论词尊北宋而抑南宋,并非自王国维始,不过王国维并不是一般意义上的尊北宋而抑南宋。就其所尊者而言,他是由北宋而上溯至五代;就其所抑者而言,他是由南宋而下及清代。因此,与其说他是尊北宋而抑南

---

[1]陈廷焯《白雨斋词话》,人民文学出版社1959年版,第1页。

宋，不如说他是尊五代北宋而抑南宋以后。无论是朱彝尊的尊南宋而抑北宋，还是周济、潘德舆、刘熙载等人的尊北宋而抑南宋，都只是体现了个人审美倾向的不同，王国维则在个人审美倾向之外，还体现了进化的发展的眼光。因此，王国维的尊五代北宋而抑南宋以后，就不仅仅是一个审美倾向的问题，更多的乃是一个词史观的问题。

王国维关于词的盛衰之迹的描述，虽然是粗线条的，但大体上是符合事实的。有人不同意他对南宋和南宋以后词的评价，对他的词史观提出质疑，进而对他所依据的进化论也提出质疑。平心而论，这种质疑并非全无道理，进化论对于历史现象的描述，确有失之简单的一面。但是，在唯物史观产生并流行之前，进化论比起长期以来占统治地位的历史循环论，不知道要高明多少倍。王国维能够接受这个在当时来讲颇为先进的理论，并且能够用这个理论来考察和解释纷纭复杂的文学史现象，比起他的那些仍然随着历史循环论的幽灵漂泊无依的同时代人，不知道要高明多少倍。凡是真正尊重历史的人，都不应该抹杀王国维的这一功绩。

王国维不仅从进化的、发展的角度，正确地勾勒了千年词史的盛衰之迹，还从文体自身着眼，探讨了词的盛衰之由。他说"四言敝而有《楚辞》，《楚辞》敝而有五言"等等，是由于"文体通行既久，染指遂多，自成习套。豪杰之士，亦难于其中自出新意，故遁而作他体，以自解脱"。他对于词的衰落之由的探讨，也是循着这个思路来进行的。事实上，他所针砭的南宋词的诸多问题，如"为美刺、投赠之篇""使隶事之句""用粉饰之字""砌字""垒句"等等，其实就是这种"习套"的具体表现。而"习套"之所以为"习套"，就在于多数人习以为常而不自知，少数人即使觉察到了也摆脱不掉。一种文体走到了这一步，就是到了它的末路，只有寄希望于"豪杰之士"的"遁而作他体"了。

王国维的"文体盛衰论"，不仅合理地解释了词体的盛衰之由，而且为此后的文体学研究提供了新的思路。这就是，不要静止地考察文体的优劣与得失，要用进化的、发展的眼光来考察它的发育、成熟和衰替。文体就像一个有生命的机体一样，不可能一成不变的，更不可能世代相袭，长生不死。

王国维推崇五代和北宋的词，就是推崇发育期和成熟期的词，这与他的"境界"说在理论上是相互支撑的。凡是用进化的眼光看文学的人，大都推崇它的发育期和成熟期的作品，原因就在于它的"生香真色"。这种"生香真色"，就是"境界"说所描述的那种真实和自然。浦江清先生指出：

> 凡一种文学，其发展之历程，必有三时期。一为原始的时期，二为黄金的时期，三为衰败的时期。此准诸世界而同者。原始的时期真而率，黄金的时期真而工，衰败的时期工而不真。故以工论文学，未有不推崇第二期及第三期者；以真论文学，未有不推崇第一期及第二期者。先生夺第三期之文学的价值，而与之第一期，此千古之卓识也。且先生之视第一期或更重于第二期，故其于词虽推崇北宋，而尤其推崇五季。[1]

浦先生的这一段话，可以说是把王国维的"进化的词史观"和他的"境界"说之间的逻辑关系，讲得再明确不过了。

三、"词之为体，要眇宜修"——《人间词话》的词体观

词是什么，它的特质何在，这是词学的一个基本理论问题。这里有两点需要说明。第一，词体是一个客观存在，人们对它的认识，则不可能是纯客观的，多少会带上一些主观色彩；第二，词体是发展的，不同时代的词，往往会有不同的特点，因此人们对它的认识，就宏观的意义上讲，不可能是一成不变的，往往会有不同的体认。每一位有独立见解的词学家，都会有自己的词体观。区别只在于，这种词体观能够在多大程度上反映出词体的客观真实性？又能在多大程度上被人们所认可？从这个意义上讲，王国维的词体观是很值得重视的。

---

[1]浦江清《王静安先生的文学批评》，《浦江清文史杂文集》，清华大学出版社1993年版，第7—8页。

王国维讲：

> 词之为体，要眇宜修。能言诗之所不能言，而不能尽言诗之所能言。诗之境阔，词之言长。

这段话至少包含了这样几层意思：一、词具有一种妩媚婉约的女性美。"要眇宜修"这几个字，语出《楚辞·九歌·云中君》："君不行兮夷犹，蹇谁留兮中洲？美要眇兮宜修。"王逸注："要眇，好貌；修，饰也。言二女之貌，要眇而好，又尝修饰也。"[1]二、词的特点，不能孤立地看，要通过和诗的比较，才能看得清楚。三、诗词各有所长，也各有所短，不能等量齐观，也不能相互替代。词能表现诗所不能表现的内容，但不能充分表现诗所能表现的内容。词不能像诗那样表现更为广阔、更为宏大的社会生活，诗不能像词那样表现更为深长、更为细腻、更为复杂的个人情思。

王国维关于词体特征的描述是非常到位的。缪钺先生在他的词学论著中，曾经一再地引述这几句话，一再地强调"这几句话说得很中肯"[2]，"这几句话很能说出词的特质"[3]。

在长达千年的词学史上，人们对于词体的认识，可以说是非常丰富的，有褒有贬，有真知灼见，也有迂阔之言。而时常被人们所提及的，则有三种：一是李清照的"别是一家"说，一是张惠言的"意内言外"说，再有一种，就是王国维的"要眇宜修"说。

"别是一家"，是说词就是词，不是诗文，词在音律方面要求很严格："盖诗文分平侧，而歌词分五音，又分五声，又分六律，又分清浊轻重。"[4]按照这个标准，晏叔原（几道）、贺方回（铸）、秦少游（观）、黄鲁直（庭坚）等人的词，虽然有这样那样的不足，但毕竟还是词；而晏元献（殊）、欧阳永叔（修）、苏子瞻（轼）等人的词就不能算是词，只能称

---

[1]洪兴祖撰、白化文点校《楚辞补注》，中华书局2015年版，第47页。
[2]缪钺《词学浅谈答客问》，《缪钺全集》第3卷，河北教育出版社2004年版，第360页。
[3]缪钺《总论词体的特质》，《缪钺全集》第3卷，河北教育出版社2004年版，第13页。
[4]李清照《词论》，黄墨谷《重辑李清照集》，齐鲁书社1981年版，第57页。

作"句读不葺之诗"了。这话是有几分偏激的。

"意内言外",是说词就是诗的一种,"与诗赋之流同类";好的词,甚至可以和《诗》《骚》媲美。"其缘情造端,兴于微言,以相感动。极命风谣里巷男女哀乐,以道贤人君子幽约怨悱不能自言之情,低徊要眇,以喻其致。盖《诗》之比兴、变风之义,骚人之歌,则近之矣……非苟为雕琢曼辞而已。"[1]按照这个标准,张惠言认为,在唐五代两宋词人中,好的作品不算少,"而温庭筠最高,其言深美闳约"[2],两宋以后则乏善可陈。张惠言提出"意内言外",强调比兴寄托,目的在于推尊词体。他的用心是良苦的,但是他用汉儒说诗的方式来说词,这就难免牵强附会。

王国维的"要眇宜修"说,强调词的功能在于抒写那种深长的、细腻的、复杂的个人情思,这样的个人情思,可能包含有张惠言所讲的那种"贤人君子幽约怨悱不能自言之情",但是不多见,也不好指实。所以王国维不同意张惠言对某些词的解释:

> 固哉,皋文之为词也!飞卿《菩萨蛮》、永叔《蝶恋花》、子瞻《卜算子》,皆兴到之作,有何命意?皆被皋文深文罗织。

在王国维看来,词之所以能够成为"一代之文学",在于它的独特的抒情功能和"要眇宜修"的审美风貌,不在于它的所谓变风、变雅之义。王国维推尊词体,但是决不像张惠言那样,把它往政教伦理那个方向去拔高。他对于词体的认识,是一种文学本体的认识。他的词体观与张惠言的词体观是有本质不同的。王国维也不再强调词的音乐性。因为词体发展到它的中后期,已经逐渐地演变成一种独立的抒情文体,合乐可歌已经不再是它的必要条件。王国维一再表明:于北宋,他喜欢欧阳修和苏轼等人的词;于南宋,他喜欢辛弃疾的词。这些人的词,都不以合乐可歌见称。可见他对于词体的认识,乃是一种纯文学的认识。他的词体观比李清照的要进步。

---

[1]张惠言《茗柯词选》,江西人民出版社1984年版,第5页。
[2]张惠言《茗柯词选》,江西人民出版社1984年版,第5页。

四、是否"自悔少作"

王国维治词始于1908年，止于1913年。1913年之后，他的兴趣就转移了，不仅不再治词，甚至直到晚年，都不再提《人间词话》。有人认为，这是因为他"自悔少作"[1]。

事实上，王国维对《人间词话》这部"少作"并无悔意。1925年，朴社计划出版由俞平伯校点的《人间词话》单行本，请陈乃乾出面和王国维联系。1925年8月29日，王国维就这件事情复函陈乃乾，信中说："《人间词话》乃弟十四五年前之作，当时曾登《国粹学报》，与邓君（按：即《国粹学报》主编邓实）如何约束，弟已忘却。现在翻印，邓君想未必有他言，但此书弟亦无底稿，不知其中所言如何，请将原本寄来一阅，或有所删定，再行付印，如何？"[2]同年9月18日，在看过《人间词话》的"原本"之后，王国维再次复函陈乃乾，信中说："前日接手书，并《人间词话》一册，敬悉一切。《词话》有讹字，已改正，兹行寄上，请察收。但发行时，请声明系弟十四五年前所作，今觅得手稿，因加标点印行云云，为要。"[3]王国维只是要求出版社声明，这是他"十四五年前"（实为十六七年前）的著作，当时他三十一二岁，可以称为"少作"，但是他并不曾"自悔少作"。如果他真的"自悔少作"，他就不会同意让朴社去印行他的《人间词话》。他嘱咐陈乃乾在付印之前，将《国粹学报》上的"原本寄来一阅"，表示可能会"有所删定"，而事实上，当《人间词话》的"原本"送达之后，他只是对其中的"讹字"做了"改正"，并没有对其内容作任何"删定"。可见他于早年写作的《人间词话》，并无任何后悔之意。

至于他晚年闭口不谈《人间词话》，原因即如他自己所说："亦无底稿，不知其中所言如何。"连自己说了些什么都不记得了，如何还能对别

---

[1] 参见龙榆生《研究词学之商榷》，《龙榆生词学论文集》，上海古籍出版社1997年版，第96页；夏承焘《天风阁学词日记》1941年8月1日，《夏承焘集》第6册，浙江古籍出版社、浙江教育出版社第323页。
[2] 王国维《王国维全集·书信》，中华书局1984年版，第419—420页。
[3] 王国维《王国维全集·书信》，中华书局1984年版，第422页。

人说起？1911年11月，王国维东渡日本。1916年2月，因海宁同乡邹安之荐，从日本回到上海，任哈同所办《学术丛编》的编辑。此时的王国维，已经由词曲的研究转向经学、史学和文字学的研究。他担心回上海之后借书不便，于是在离开东京之前，"复从韫公（罗振玉）乞得复本书若干部，而以词曲书赠韫公"[1]。在这些词曲资料里，很可能就有当年发表在《国粹学报》上的64则《人间词话》。一个确然无疑的证据是：1915年1月，王国维在东京时，为了赚钱养家，曾将《人间词话》的一部分摘入《两瞷轩随录》，交给《盛京时报》发表。[2]这说明王国维在东京时，《人间词话》是带在身边的，只是后来离开东京时，才将它与其他的词曲资料一起送给了罗振玉。他说他自己手上"亦无底稿"，这话是可信的。

事实上，王国维真正有些自悔的"少作"，并不是《人间词话》，而是《曲录》。1923年6月11日，王国维以陈乃乾欲翻印他的《曲录》而致信陈氏。信中说："拙著《曲录》，当时甚不完备，后来久废此事，亦不复修补，弟意此书听其自灭，至为佳事，实不愿再行翻印。"6月23日，王国维再次致信陈氏："拙撰《曲录》不独遗漏孔多，即作者姓名事实可考者尚多。后来未能理会此事，故不愿再行刊印。兄如能补遗正误，并将作者事实再行搜罗，则所甚祷也。"[3]王国维是一位非常诚实而严谨的学者，真正令自己后悔或不满意的著作，他会明确地表示不同意再印，或者经"补遗正误"后再印。他既没有表示不同意朴社印行《人间词话》，也没有在付印之前做"补遗正误"的工作，他只是"改正"了几个"讹字"，这就再一次证明他对《人间词话》这部"少作"，其实是"无悔"的。

"晚年亦颇自悔少作"这句话，最早是张尔田讲出来的，后来龙榆生等人也跟着讲。其实张尔田是反对《人间词话》的。他在致龙榆生的一封信里说："欲挽末流之失，则莫若盛唱北宋，而佐之以南宋之词藻，庶几此道可以复兴。晚近学子，其稍知词者，辄喜称道《人间词话》，赤裸裸谈意境，而吐弃辞藻，如此则说白话足矣，又何用词为？既欲为词，则

---

[1] 王国维《丙辰日记》，引自袁英光、刘寅生《王国维年谱长编》，第140页。
[2] 参见《盛京时报》1915年1月13日、15日、16日、17日、19日、20日、21日。
[3] 王国维《王国维全集·书信》，中华书局1984年版，第352—353页。

不能无辞藻。"[1]事实上,"意境"和"辞藻"并不是一对矛盾,王国维也从未讲过要"意境"(实际上他讲的多是"境界")而不要"辞藻"这样的话,他只是反对南宋一些词人的堆砌辞藻,雕琢字句。张尔田对《人间词话》的理解是不得要领的。他因误读《人间词话》而反对《人间词话》,因反对《人间词话》而捏造事实,说王国维"晚年亦颇自悔少作",这样的学风是要不得的。

五、《人间词话》的局限

王国维的《人间词话》问世至今,已有一个世纪。一个世纪以来,词学的发展取得了有目共睹的成绩。用今天的眼光来看《人间词话》,我们不能不佩服王国维的真知灼见,同时也毋庸讳言,他的词学批评是有其历史局限的。

《人间词话》的历史局限,主要表现在对某些词人的评价存在偏颇,一是不到位,二是有矫枉过正之处。例如他对柳永、晏几道、贺铸、周邦彦等北宋词人的评价,即有认识不到位之处;他对姜夔、吴文英、史达祖、张炎等南宋词人的批评,即有矫枉过正之处。而他之所以出现这些偏颇,主要的原因,就在于他对这些词人缺乏深入细致的个案研究,他的批评只是一种印象式的批评。例如他评价周邦彦(美成):

> 词之雅郑,在神不在貌。永叔少游虽作艳语,终有品格。方之美成,便有淑女与倡伎之别。

他讲这话的时候(1908),对周邦彦并没有作个案研究,仅有一个初步的印象,因此他的认识就不到位。等到他对周邦彦作过深入细致的个案研究,等到他写作《清真先生遗事》(1910)的时候,评价就大不一样了:

---

[1]张尔田《与龙榆生论词书》,《同声月刊》第1卷第8号,1941年7月。

先生于诗文无所不工，然尚未脱古人蹊径。平生著述自以乐府为第一。词人甲乙，宋人早有定论。唯张叔夏病其意趣不高远。然北宋人如欧苏秦黄，高则高矣，至精工博大，殊不逮先生。故以宋词比唐诗，则东坡似太白，欧、秦似摩诘，耆卿似乐天，方回、叔原大历十才子之流，南宋唯一稼轩可比昌黎，而词中老杜，则非先生不可。

故先生之词，文字之外须兼味其音律。……今其声虽亡，读其词者，犹觉拗怒之中自饶和婉，曼声促节，繁会相宜，清浊抑扬，辘轳交往，两宋之间，一人而已。[1]

对一个词人未作深入细致的个案研究，仅凭一种印象就下判断，无论是谁，都难免出现偏颇。王国维如此，王国维之前的词学家如张炎、张惠言、周济、陈廷焯等，又何尝不如此？

笔者认为，评价老一辈学者的学术研究，主要地应该是看他有没有为他那个时代的学术事业提供新的思想、新的视角和新的方法，看他的成果在总体上有没有超过他的前人，而不是用今天的标准来衡量他的每个具体的观点或结论是不是全都正确。学术是发展的，人们的认识不会有止境，今天的学者在某个具体的观点或结论上超过前人，这是正常的，也是应该的。重要的是要有新的思想、新的视角和新的方法，只有这些东西，才能真正体现一个时代的学术水准，也才能真正推动学术的进步。而王国维，正是为20世纪的词学提供了新的思想、新的视角和新的方法的人。虽然他对某些词人的评价确有其历史局限，但是他的这些历史局限，同他的"境界"说、他的进化的词史观、他的"要眇宜修"的词体观等划时代的理论贡献相比，无疑是次要的。指出他的历史局限是应该的，但是没有必要苛求于他，更没有必要攻其一点而不及其余。

（原刊《文艺研究》2009年第10期，题目有改动）

---

[1]王国维《清真先生遗事》，蒋哲伦校辑《周邦彦集》附录二，江西人民出版社1983年版，第191—193页。

《宋词三百首笺注》导读

《宋词三百首笺注》有五个特点：一是尺度很严；二是以"浑成"为旨归；三是所选词人多达82家，便于读者一窥宋词全貌；四是所选作品章法井然，便于初学；五是收录了不少史料、词人逸事珍闻和宋、元、明、清各代词话，便于读者了解词人生平、理解作品。

其局限主要有四：一是过于推崇梦窗词，使得20世纪前40年的词坛几乎被梦窗词风所笼罩，造成不良影响；二是对苏、辛词缺乏认识，甚至连苏轼的《念奴娇·赤壁怀古》都不选；三是所附评论主要是传统词家的评论，殊少采择现代词家的评论；四是注释过于简略。

《宋词三百首笺注》，上彊村民重编，唐圭璋笺注，上海神州国光社1931年初版。

这是一部很有影响的词选。自此选问世之后，以朱祖谋的选目和唐圭璋的笺注为基础的注释、今译和赏析本多达十余种，如《详注宋词三百首》《宋词三百首注析》《宋词三百首详析》《新译宋词三百首》《宋词三百首今译》《宋词三百首全译》《宋词三百首欣赏》《宋词三百首》等。一本词选繁衍出这么多的词选，这在词学史上是从来没有过的事。这里重点讲以下几个问题：一是上彊村民其人及其词学，二是唐圭璋其人及其词学，三是选目的得与失，四是笺注的得与失。

一、上彊村民其人及其词学

上彊村民（1857—1931），本名朱祖谋，又名朱孝臧，字古微，号沤尹，又号彊村，浙江归安（今属湖州）埭溪镇人。他的那个村子叫彊村，彊村又分上彊村和下彊村，他是上彊村人，因此在这本书上，他署名为"上彊村民"。

朱祖谋于光绪八年（1882）中举人，光绪九年（1883）中进士，光绪十三年（1887）任编修，同年升任国史馆协修、会典馆总纂和总校。光绪十四年（1888）出任江西副考官。八年以后回到北京，升任侍读庶子、侍讲学士。光绪二十四年（1898）任会试同考官，光绪二十七年（1901）升任礼部侍郎，兼署吏部侍郎。光绪二十八年（1902）以礼部右侍郎出任广东学政。

他在广东为官三年，因与两广总督意见不合，于光绪三十一年（1905）六月，以回老家修墓为由，辞去广东学政职务。第二年春又以生病为由，辞去礼部右侍郎职务，继而应江苏法政学堂监督之聘。辛亥革命以后，朱祖谋不肯做民国的官，以满清遗老终其后半生。

朱祖谋出任江苏法政学堂监督之后，在苏州租下了小市桥东边的听枫园。这个听枫园，乃是宋代词人吴感（字应之）的红梅阁故地，是一处文学名胜。1912年，朱祖谋又在上海虹口东有恒路德裕里购置了一所房子，与著名词人和词学家况周颐为近邻。况周颐（1859—1926），字夔笙，号玉梅词人，晚年号蕙风词隐，广西临桂人。辛亥革命后，以遗老自居，住在上海虹口东有恒路和乐里，卖文为生。朱祖谋与况周颐"衡宇相望，过从甚频，酬唱之乐，时复得之"[1]。如果两人都在上海，则几乎每天都要见面。

朱祖谋一生创作和整理了314卷书。他的词学成果主要有《东坡乐府笺》（笺注）、《湖州词徵》（辑佚）、《彊村丛书》（校勘）、《宋词三百首》（词选）、《彊村弃稿》（诗集）、《彊村语业》（词集）、《彊村老人词评》

---

[1] 赵尊岳《蕙风词史》，见孙克强辑《蕙风词话·广蕙风词话》，中州古籍出版社2003年版，第478页。

（批评），影响最大的是《彊村丛书》和《宋词三百首》。

朱祖谋是"晚清四大家"之一（另三人是王鹏运、郑文焯、况周颐），也是王鹏运之后近30年的词坛领袖。他的某些词学主张虽然存在争议，但是他在词籍校勘方面的成就则为词界所公认。

二、唐圭璋其人及其词学

唐圭璋（1901—1990），字季特，满族，南京人。7岁丧父，11岁丧母。由于父母双亡，只能寄养于舅父家。舅父家贫，无力供他读书。他能从小学读到中师毕业，是因为得到了两位校长的资助，一位是南京市立奇望街小学校长陈荣之，一位是江苏省立第四师范学校校长仇埰。

1920年秋，唐圭璋师范毕业，留校任附属小学教师。1922年夏，考入东南大学中文系，随吴梅学词。1928年毕业之后，任江苏省立第一女子中学教师。1935年，经汪辟疆介绍，任国立编译馆编纂。1939年至1946年，任重庆中央大学讲师、副教授、教授。1946年底回南京，任南京通志馆编纂。1949年初任南京中央大学教授。1950年9月参加华东革命大学政治研究院学习，结业后分配至东北师范大学任教。1953年秋回南京，任南京师范学院教授，直到1990年11月病逝。

唐圭璋最为人称道者，是无人可及的执着。他的执着体现在两个方面：一是对词学事业的执着，一是对爱情的执着。他在《自传及著作简述》一文里回忆自己编纂《全宋词》的经过时说：

> 清陈廷焯在《白雨斋词话》中曾建议编纂《全宋词》，但他估计得太容易了，以为"月余可成"。我与同门任中敏（任二北）商量，打算分四步编《全宋词》：一、综合诸家所刻词集；二、搜求宋集附词；三、汇列宋词选集；四、增补遗佚。后来中敏专办教育，他就没有继续编下去。我却坚持原计划，进行搜讨并旁采笔记小说、金石方志、书画题跋、花木谱录、应酬翰墨及《永乐大典》诸书，统汇为一编，钩沉表微，以存一代文

献。……我在辑宋人词的同时，也辑金、元人词。每日在教课之余，往往从早到晚在龙蟠里图书馆看丁丙八千卷楼的善本词书。那时，只要付两角钱就可以在馆里吃顿午饭。我吃过午饭之后又工作到傍晚。这样，经过多年的辑录工作，宋、金、元词的资料已经辑成。后来因为分量较多，就决定先抽出《全宋词》付印，金元词留待以后再说[1]。

《全宋词》的编纂工作，从1931年开始，到1937年完成初稿，历时七年。

就在他以一人之力，孜孜不倦地从事这一前无古人的大工程的时候，他的家庭发生了重大变故。1934年，他的夫人患上骨髓炎，不久便瘫痪在床。唐圭璋一边遍寻中西名医为夫人治病，照料她的饮食起居，一边继续自己的编纂工作。

1936年底，夫人去世。唐圭璋悲恸欲绝，但他没有懈怠独力抚育三个小孩的责任，更没有懈怠自己手头的工作。他的执着和勤苦，不是常人所能比的。正是凭着这种常人难比的执着和勤苦，他在以后的半个多世纪里，又先后完成了《词话丛编》《全金元词》《宋词纪事》和《元人小令格律》的编纂工作，完成了《宋词三百首》的笺注、《南唐二主词》的汇笺和《词苑丛谈》的校注工作，同时还发表了大量的词学论文和鉴赏文章，出版了《唐宋词简释》《唐宋词选注》《全宋词简编》和《历代爱国词选》等多种普及性读物。

他的各种著述达20多部，总字数达1000万言。其数量之巨，在20世纪词学史上，可以说是无人可及。

唐圭璋对爱情的执着，更可以说是人世间的一段佳话。他的夫人去世时，他才36岁。可是他一直不肯再娶。他的女儿唐棣棣著文回忆说：

安葬妈妈之后，爸爸就忙着要去教课，但只要有空，他就

---

[1]唐圭璋《自传及著作简述》，钟振振编《词学的辉煌——文学文献学家唐圭璋》，南京大学出版社2001年版，第5页。

会跑到妈妈的坟上去，坐在那里吹箫。……有时碰到节假日，他索性带上几个馒头或烧饼，几本书，一支箫，在坟地上待上一天。[1]

他的夫人死于1936年的旧历除夕。从此以后，每逢夫人忌日，他必亲至夫人墓前凭吊，数十年如一日。他的女儿回忆说：

1985年至1987年，爸爸因病连续三次住院治疗，在病榻之侧，他总忘不了嘱咐我一件事，在他百年之后，要与妈妈合墓。爸爸在很多问题上一向都是坚持唯物主义原则的，惟有这件事例外。[2]

一生一世只爱一个人，一生一世只做一件事，这种罕见的执着，使得他在词籍整理方面取得了多项成就，也使得他的道德操守一直为亲属、朋友和弟子们所颂扬。

三、《宋词三百首》在选目方面的得与失

《宋词三百首》在选目上有以下四个特点：

一是尺度很严。《宋词三百首》实际上只有285首，其中北宋词130首，南宋词155首，入选词人82家。选目经过两次修订。第一稿，刚好就是300首；第二稿，减为283首；第三稿，又增加2首。可见编选者的尺度是很严的，并未为了凑齐300首之数而放宽尺度。

《宋词三百首》的选目，是经过朱祖谋、况周颐这两位著名词人和词学家的反复斟酌而敲定的。朱祖谋编选《宋词三百首》时，时常带着稿子去况周颐家"相与讨论"。张尔田的《近代词人逸事》记载说："归安朱彊

---

[1] 唐棣棣《梦桐情》，钟振振编《词学的辉煌——文学文献学家唐圭璋》，南京大学出版社2001年版，第34页。
[2] 唐棣棣《梦桐情》，钟振振编《词学的辉煌——文学文献学家唐圭璋》，南京大学出版社2001年版，第36页。

村，词流宗师，方其选三百首宋词时，辄携钞帙，过蕙风，寒夜啜粥，相与讨论。维时风雪甫定，清气盈宇，曼诵之声，直充闾巷。"[1]

二是以"浑成"为旨归。《宋词三百首》这本书的编者虽署名为朱祖谋，但是从选词标准的确立到具体篇目的敲定，都充分吸收了况周颐的意见，可以说是朱、况二人合作的产物。况周颐在他的《蕙风词话》一书里讲："凡余选录前人词，以浑成冲淡为宗旨。"而《宋词三百首》这本书的"内容主旨"，据况氏序言所称，也是"以浑成为归"。朱、况二人的选词标准是一致的，正如唐圭璋所言：朱、况二人，"相知有素，鉴赏一致"。[2]

何谓浑成？浑成者，浑然天成之谓也。一首词，从立意到布局，从文字到声韵，都能浑然一体，无刻画、雕琢、饾饤之迹，方可称为浑成。这样的作品在民间词里不难寻觅，因为民间词往往出自性灵，朴素天然，故语意俱浑。而文人词就难说了，原因是文人好刻画，喜雕琢，爱用典故和成句，易伤破碎。在古人看来，文人词好刻画、爱用成句而又能浑成者，唯清真（周邦彦）为能。故从宋代开始，就有人以"浑成""浑厚""浑化"等等来评价清真词。《宋词三百首》选词"以浑成为归"，这个标准是很高的。

三是所选词人多达82家，便于读者一窥宋词之全貌。宋词作为一代之文学，保留下来的作品多达21055首，词人多达1493家。《宋词三百首》入选词人共82家，数量是相当可观的。入选者除了范仲淹、张先、晏殊、宋祁、欧阳修、柳永、王安石、晏几道、苏轼、秦观、晁补之、李之仪、周邦彦、贺铸、宋徽宗、李清照、张元干、叶梦得、岳飞、陈与义、张孝祥、陆游、陈亮、范成大、辛弃疾、姜夔、刘过、史达祖、刘克庄、吴文英、刘辰翁、周密、蒋捷、王沂孙、张炎等著名或较著名的词人，还有一些虽然不著名或不太著名，然而却不乏优秀之作的词人，如钱惟演、韩缜、王安国、晁元礼、赵令畤、舒亶、朱服、毛滂、陈克、李元膺、时

---

[1]张尔田《〈近代词人逸事〉附录》，见唐圭璋编《词话丛编》第5册，中华书局1986年版，第4370页。
[2]唐圭璋《朱祖谋治词经历及其影响》，《词学论丛》，上海古籍出版社1986年版，第1022页。

彦、汪藻、刘一止、韩疁、李邴、蔡伸、周紫芝、李甲、万俟咏、徐伸、田为、曹组、李玉、廖世美、吕滨老、鲁逸仲、张抡、程垓、韩元吉、袁去华、陆淞、章良能、严仁、俞国宝、张镃、陆睿、潘希白、黄公绍、朱嗣发、彭元逊、姚云文、僧挥等。

四是所选作品章法井然，便于初学。况周颐在序文里说："彊村兹选，倚声者宜人置一编矣。"[1]所谓"倚声者"，就是填词者。需要说明的是，这个选本虽然是为填词者而选的，但是对于不填词而只是喜爱词的普通读者来讲，也是有重要阅读价值的，因为选者毕竟是著名词人和词学家，是内行。

但是，这个选目也存在以下一些局限：

一是奉吴文英为宗师。吴文英，字君特，号梦窗，南宋词人。吴文英的词是有特色的，可称名家，但是绝对说不上是两宋最好的词人。可是《宋词三百首》选吴词竟多达25首，入选数在所有词人中排位第一（见下表）：

《宋词三百首》排位前11名入选词人简表

姓名	选词数	排位	姓名	选词数	排位	姓名	选词数	排位
吴文英	25	1	辛弃疾	12	6	史达祖	9	9
周邦彦	22	2	贺铸	11	7	秦观	7	10
姜夔	17	3	晏殊	10	8	张先	6	11
晏几道	15	4	苏轼	10	8	王沂孙	6	11
柳永	13	5	欧阳修	9	9	张炎	6	11

选词的多少与词人排位的先后，一般都能反映选家的态度或取向。龙榆生在《选词标准论》一文里讲："选词之目的有四：一曰便歌，二曰传人，三曰开宗，四曰尊体。"[2]朱祖谋这个选本的目的主要在第三点，即开宗立派，奉吴文英为宗师。吴梅在《〈宋词三百首笺注〉序》中讲：

---

[1]况周颐《〈宋词三百首〉原序》，见上彊村民重编、唐圭璋笺注《宋词三百首笺注》，人民文学出版社2005年版，第2页。
[2]龙榆生《选词标准论》，《龙榆生词学论文集》，上海古籍出版社1997年版，第59页。

"彊村所尚在周、吴二家，故清真录二十二首，君特录二十五首，其意可思也。"[1]清真就是周邦彦。其实彊村所尚，准确地讲，应该是吴、周二家，吴排在第一位，周排在第二位。在朱氏看来，吴文英才是宋代最好的词人，其他所有的词人都有所不及。

在词学史上，弄选本这事，叫作"操选政"，编选者的权力是很大的。编选者认为谁是最好的词人，就选谁的作品最多，就把谁排在第一。张惠言认为"温庭筠最高，其言深美闳约"[2]，所以他的《词选》就选温词多达18首，排位第一，而对吴文英的词一首都不选。在他看来，吴文英无疑属于最差的词人之一。周济讲："清真集大成者也。"[3]所以他的《宋四家词选》就选周邦彦词多达26首，排位第一，选吴文英词只有20首，排位第三，和王沂孙比肩。在他看来，吴文英的词，再怎么好也好不过周邦彦和辛弃疾，充其量也只能和王沂孙打个平手。

真正奉吴文英为一代词宗，选他的词最多，把他排在第一位的，是朱祖谋的《宋词三百首》。朱祖谋标举吴文英，首先是因为他本人深爱吴文英的词，他一生四校梦窗词，历时20余年，又撰有《梦窗词集小笺》一种，可以说是呕心沥血。他自己的词，更是以学吴文英而知名。王鹏运讲："自世之人知学梦窗，知尊梦窗，皆所谓但学兰亭面者。六百年来真得髓者，非公更有谁耶？"[4]观王鹏运的意思，朱祖谋就是吴文英再世，或者说是吴文英第二。如今朱祖谋亲自把吴文英排在第一位，那么朱氏本人应该排在第几位，不就再清楚不过了吗？从某种意义上讲，朱祖谋标举吴文英，就是标举他自己。

在朱祖谋的极力推崇和倡导之下，20世纪前40年的词坛，几乎被梦窗（吴文英）词风所笼罩。但是梦窗词的优点很少有人学到，梦窗词的缺点则被许多人因袭下来。例如：学梦窗用实字，往往学得雕缋满眼，密不透风，学不到他的潜气内转；学梦窗用典故，往往学得堆垛饾饤，晦涩难

---

[1] 吴梅《〈宋词三百首〉笺序》，见上彊村民重编、唐圭璋笺注《宋词三百首笺注》，人民文学出版社2005年版，第3页。
[2] 张惠言《茗柯词选》，江西人民出版社1984年版，第5页。
[3] 周济《宋四家词选目录序论》，唐圭璋编《词话丛编》第2册，中华书局1986年版，第1643页。
[4] 王鹏运《彊村词原序》，严迪昌《近现代词纪事汇评》，黄山书社1995年版，第323页。

懂，学不到他的深厚缠绵；学梦窗严声律，往往只能拘守四声，学不到他的变通之法。邯郸学步，东施效颦，没有个性，只有丑态。

胡适讲："近年的词人多中梦窗之毒，没有情感，没有意境，只在套语和古典中讨生活。"[1]有人说胡适的话未免偏激，其实持这种看法者，远不止胡适一人，例如夏敬观、冒广生、吴眉孙、张尔田、夏承焘、张伯驹等，都对这种不良现象提出过严肃的批评。夏承焘《天风阁学词日记》1940年6月21日载："接眉孙函……论近人学梦窗者为伪体。谓私心不喜，约有三端：一填涩体，二依四声，三饾饤襞积，土木形骸，毫无妙趣。"[2]

甚至连朱祖谋最得意的弟子龙榆生，也对这种不良现象感到痛心疾首：

（晚近词家），填词必拈僻调，究律必守四声，以言宗尚所先，必惟梦窗是拟。其流弊所及，则一词之成，往往非重检词谱，作者亦几不能句读，四声虽合，而真性已漓。且其人倘非绝顶聪明，而专务挦扯字面，以资涂饰，则所填之词，往往语气不相贯注，又不仅"七宝楼台"，徒炫眼目而已！以此言守律，以此言尊吴，则词学将益沉埋，梦窗且又为人诟病，王朱诸老不若是之隘且拘也。[3]

龙榆生在列举了一味学梦窗的种种弊端之后，免不了要为自己的师父辩护。这是可以理解的。但是，如果没有作为词坛领袖的朱祖谋的极力倡导，怎么会有那么多的人趋之若鹜呢？近人学梦窗学成这个样子，固然不可归罪于梦窗本人，但是极力标举梦窗的朱祖谋是不能辞其咎的。以标举梦窗为旨归的《宋词三百首》这个选本，尤其不能辞其咎。

二是贬低苏、辛。《宋词三百首》选苏词只有10首，选辛词只有12

---

[1]胡适《词选》，河北人民出版社1999年版，第297页。
[2]夏承焘《天风阁学词日记》，《夏承焘集》第6册，浙江古籍出版社、浙江教育出版社，第209页。
[3]龙榆生《晚近词风之转变》，《龙榆生词学论文集》，上海古籍出版社1997年版，第385页。

首，排位分别在第八和第六位，远远不及吴文英。

《宋词三百首》甚至连苏轼的《念奴娇·赤壁怀古》这首词都不选。朱祖谋不选苏轼这首词，初看起来是令人费解的，因为他曾经校勘和笺注过《东坡乐府》，而他的这个本子，甚至被沈曾植称为"七百年来第一善本"[1]；他晚年还曾学过苏词，所谓"晚亦颇取东坡以疏其气"。[2]他对苏词应该说是很熟悉的。而他之所以不选《念奴娇·赤壁怀古》这首词，是因为他于苏词，只取其疏快，不取其豪放。

朱、况二人都不喜豪放词，说到豪放，他们动不动就把它和"粗率""叫嚣"联系在一起。如况周颐讲："填词以厚为要旨。苏、辛词皆极厚，然不易学，或不能得其万一而转滋流弊，如粗率、叫嚣、澜浪之类。"[3]其实苏轼这首词，于豪放之中有沉着之致，寓悲怆之感，何曾有粗率、叫嚣之嫌？朱氏不选这首词，是他的偏见所致。朱氏既不喜豪放词，不选苏轼的《念奴娇·赤壁怀古》，可是偏偏又选了岳飞的《满江红》，其实这首词，誓言"壮志饥餐胡虏肉，笑谈渴饮匈奴血"，还真是有些带兵之人的粗率和叫嚣，苏、辛二人即便再粗率，再叫嚣，也没到这个份上，可是朱氏偏偏就选了岳飞的《满江红》。为什么不选他的《小重山·昨夜寒蛩不住鸣》这首词呢？按照朱、况的论词标准，这首词多"重大"呀，多"沉着"呀，多"浑成"呀，为什么不选后者而选了前者呢？这不是自相矛盾吗？

实际上，自相矛盾者还不只这一处。由于不喜豪放，《宋词三百首》于陆游的豪放词一首都不选，只选了他的《卜算子·咏梅》。但是于张孝祥词，又偏偏选了他的《六州歌头》这首豪放词。

三是皇帝居首，妇女殿后。《宋词三百首》于其他词人，都是以时代为序进行排列，但是偏偏把南北宋之际的宋徽宗赵佶（1082—1135）放在第一位，把与宋徽宗同时代的李清照（1084—1155）放在最后一位。在他看来，女性的地位是不能和男性比的，尤其不能和男性皇帝比，即便

---

[1]沈曾植《与朱彊村书》，唐圭璋编《词话丛编》第5册，中华书局1986年版，第4380页。
[2]夏敬观《风雨龙吟室词序》，引自张晖《龙榆生年谱》，学林出版社2002年版，第265页。
[3]况周颐《历代词人考略》，孙克强辑《蕙风词话·广蕙风词话》，中州古籍出版社2003年版，第249页。

是著名的女性词人也是这样。今天的读者可能会对这种做法感到很怪异，其实这正是朱祖谋的封建意识在作怪。朱氏的封建意识是很浓厚的，辛亥革命以后，他就一直以满清遗老自居，不仅不肯做民国的官，甚至连作文、写字都不肯署民国的年号。读者如果了解这一点，那么对于他在《宋词三百首》中把宋徽宗放在最先，把李清照放在最后，就不会感到怪异了。但是他这样做，终究还是不妥当的。

四是未免遗珠之憾。《宋词三百首》虽然入选词人很多，连许多并不知名的词人都入选了，但是偏偏把朱敦儒、黄庭坚、高观国这三位著名词人遗漏了。这是无意中的疏忽吗？以朱氏那认真严谨的态度，应该不是。

五是为填词而选，不为鉴赏而选。由于不为鉴赏而选，甚至连笺注都没有。

四、《宋词三百首》在笺注方面的得与失

《宋词三百首》于1924年定稿，1927年由上海神州国光社出版。这本书原是没有笺注的，因此不利于普通读者阅读。

此书出版不久，唐圭璋即仿厉鹗、查为仁笺释周密《绝妙好词》的体例，以朱祖谋的重编本为底本，博采词话，旁及小说、杂记，为之笺注，历数年之久，于1931年秋天完成，请他的老师吴梅作序，并于当年由上海神州国光社出版，初名《宋词三百首笺》。

吴梅在《宋词三百首笺序》中，总结了此书的三个特点：

一是钩沉了不少史料，将一些不为人知的词人生平事迹作了初步梳理，便于读者知人论世。

二是博收广采有关词评及逸事珍闻汇于一编，便于读者对创作背景和词作主旨及艺术特色的把握。

三是广征宋以来至当世词话，破除人们对周邦彦、吴文英的某些偏见，如"疏隽少检""七宝楼台"之说。

1958年，唐圭璋将《宋词三百首笺》交由中华书局上海编辑所再版，改名为《宋词三百首笺注》，即在神州国光版的基础上，又增加了注

解这一项，也就是既有"评笺"，又有"注解"。"评笺"是选录前人的评语，"注解"是解释作品的词语、典故等。

唐圭璋是词学史上第一个为《宋词三百首》这个选本作笺注的人。他的这项工作，对于帮助读者了解有关作品的写作背景、思想情感和艺术特色，无疑是很重要的。

但是，唐圭璋的笺注也存在两个局限：

一是所选词话，主要是宋元明清各代的词话，主要是传统词家的评论，殊少采择王国维等现代词家的评论。唐圭璋通过这些词话，进一步凸显了朱祖谋、况周颐的词学主张，尤其是奉吴文英为宗师的主张。这是不奇怪的。因为唐圭璋治词，本来就深受朱、况二人的影响。

二是注解过于简略。他的注解，主要是简要地解释少数的词语和典故，殊少涉及对词句的解释。关于典故，也只是简要地说明它的出处和原意，至于它在词作的具体语境中的意义，也未作阐发。也正因为如此，才会有后来的《详注宋词三百首》等多种衍生本问世。

关于《宋词三百首笺注》的某些局限，唐圭璋是有自知之明的。他在此书的"自序"中讲到："惟是原选取舍，间有不当；评语中亦不免有穿凿附会之处，还望读者批判抉择，勿为所囿云。"既如此，我们就没有必要苛求编选者和笺注者了。

总之，《宋词三百首笺注》这个选本乃是传统的词学思想、词学主张与治词门径的产物，它虽然在选目上、在编排上、在词话的采择上存在某些局限，但是就总体而言，仍不失为一个较好的、较有特色的选本。词学是发展的。随着以王国维《人间词话》为代表的现代词学的发展，人们对词这一古老的文学样式又有了新的认识。但是，无论现代词学如何发展，传统词学中的那些好的东西，例如讲求作品的"浑成"、讲求章法井然等，还是值得充分肯定的。因此，我们在读这个选本时，既要认识到它的某些局限，但也不要低估了它的文学价值。

（2018年12月）

《缪钺先生与曾大兴论词书》及有关说明

缪钺先生认为:"唐宋至清,词之大变有四:一、柳永,二、苏轼,三、周邦彦,四、王静安。"缪先生在他公开发表(出版)的所有论文和著作中,都没有讲过这样的话。他非常推崇王国维的哲理词,这种哲理词,用饶宗颐先生的话来讲,就是"形上词"。

缪钺先生(1904—1995),字彦威,江苏溧阳人,生于直隶(今河北)迁安县,幼时随家人侨寓保定。缪先生出生名门,少承庭训。七八岁时,即从外祖父读《论语》《孟子》;又在父亲的指导之下,学习文字、音韵、训诂和目录之学。14岁入保定直隶省立第六中学,曾师从吴汝纶的再传弟子王心典,受到桐城派古文的严格训练。1923年考入北京大学文科,次年冬,因父亲去世而辍学。先后任保定私立培德中学、志存中学和省立保定中学国学教员。1930年秋,任河南大学中文系教授;1935年秋,任广州学海书院教授及编纂。1938年起,任浙江大学(抗战期间在广西宜山,后迁贵州遵义)中文系副教授、教授。抗战胜利后,任华西大学(今华西医科大学)中文系教授,兼任四川大学历史系教授。1951年,华西大学改名"人民华大",缪先生任历史系主任。1952年院系调整,专任四川大学历史系教授。[1]1995年1月病逝于成都。

---

[1] 参见缪钺《自传》,《缪钺全集》第七、八合卷,河北教育出版社2004年版,第170—171页。

缪钺先生是一位博学多能的人物。诗词文书俱佳。他的诗，融阮籍、陶渊明之寄兴深微，李商隐之情韵绵邈，黄庭坚、陈与义之笔致峭折于一炉，自创新境。他的词，小令取法秦观、晏几道，慢词取法周邦彦、姜夔，同时兼采他家之长，蕲向于深美闳约。他的文章，无论是白话文，还是文言文，都显得简明清畅，不冗长，也不艰涩，既有桐城派古文之义法，又有魏晋文章之神韵。他的书法则转益多师，而以萧散隽逸为宗。[1] 他的学术研究，涉及中国古代史、中国历史文献学和中国古代文学等多个领域，尤其在魏晋南北朝史和词学方面成就卓著，为一代大家。缪先生的著作，生前出版的主要有《元遗山年谱汇纂》、《中国史上之民族词人》、《诗词散论》、《读史存稿》、《杜牧传》、《杜牧年谱》、《冰茧庵丛稿》、《灵谿词说》（合撰）、《冰茧庵序跋辑存》、《冰茧庵剩稿》和《词学古今谈》（合撰）等11种。缪先生去世后，河北教育出版社出版了《缪钺全集》，共八卷。

我与缪先生认识，是在1984年6月，当时我还是湖北大学中文系古代文学专业唐宋文学方向的一名在读研究生。从1984年6月至1990年7月的六年间，我和缪先生多有联系，在读书、治学方面亲承教诲，受益良多。缪先生给我写过两封信，内容涉及读书治学的方法、苏柳关系、他本人的学术师承、他对王国维的评价以及对拙著《柳永和他的词》的看法等诸多问题。在拙著《词学的星空——20世纪词学名家传》里，我曾公布过其中的一封，现在再公布一封，一共两封，并附上本人的相关说明，以此纪念缪先生。

一、关于苏柳之承传关系

大兴同志：

　　夏间会晤，已经感觉到你治学思想锐敏。上月惠寄一函及论文稿，均已奉悉。

---

[1] 参见缪钺《自传》，《缪钺全集》第七、八合卷，河北教育出版社2004年版，第174页。

你论词很有见地，能透过一层看问题，这是很好的。昔汪容甫说，他读书"能于空曲交会之际以求其不可知之事"。我平生服膺此言。你所说，要以词人之心去赏析古人词作，这是很对的，我也是向这方面勉力。（当然，一定的考证、疏释也是必要的）你所说，从《人间词话》到《诗词散论》到《灵谿词说》，其间似有一条线索。另一位研究词的青年邓小军君（安徽师大研究生，明年夏间毕业）曾来信，也提到类似的看法。你的论文阐释苏轼词与柳永词的关系，论析深细，颇见功力。今年夏间，叶嘉莹先生在蓉，撰论苏词之文，其间也谈到苏柳间的关系，此文稿已寄至北京，明春或可能刊出。叶先生所著《迦陵论诗丛稿》，中华书局将于七月中印出，不知已发行到武汉新华书店否，可觅购一读。

近作《灵谿词说》论黄山谷、史梅溪两家词之文，已在川大学报刊出。兹寄赠一册。此颂

秋祺。

缪钺 启
10月19日

缪先生的这封信，写于1984年10月19日。

1984年6月中旬，先师曾昭岷先生带着我和喻学才、王兆鹏等三人去川渝一带访学。曾先生按照那个年代的办事程序，先和当地党组织取得联系。所以我们一到四川大学，就有历史系的党总支书记一路陪同。记得在去缪先生家的路上，这位书记给我们讲了这样一件事。他说，缪先生为叶嘉莹教授的《迦陵论诗丛稿》写的那篇《题记》，最初发表在《中国社会科学》杂志上。文章的清样出来之后，总编辑要求每位编辑人手一份，仔细观摩，看看真正的好文章是个什么样子。在此之前，我就仔细拜读过缪先生的《诗词散论》，对他的观点和文笔非常佩服。听到这个故事，我对缪先生就更加敬佩了。

缪先生住在一栋很老旧的教工楼里。房子很小，进门就是一张不大

的饭桌。他就坐在饭桌旁的一张椅子上和我们谈话。简要地问明我们的来意之后，缪先生就开始为我们讲词。他从词的起源和特点讲起，顺着唐宋词的发展脉络，一路讲来。讲到秦观词的时候，曾先生笑着打断了他。曾先生说："缪先生，你没有必要从头到尾地给他们讲，你还是让他们提提问题吧。"缪先生说："这样也好。"于是我们就提问题，缪先生一一予以解答。我当时究竟提了哪些问题，多数都不记得了。只记得谈到柳永的时候，我说："柳永对苏轼的影响是很大的，苏轼对柳永的评价也很高。苏轼并没有贬低柳永。曾慥的《高斋诗话》说苏轼借批评秦观来贬低柳永，这个说法似乎不大可靠。"缪先生表示赞同。他说："关于苏词的问题，吴世昌先生最近有一篇文章，发表在《文学遗产》上，你可以找来看。"他又补充说："吴先生的这篇文章，虽然个别言辞有点过激，但是他的观点是很正确的。"

我回武汉之后，即把自己的论文《苏柳词风比较论》寄给缪先生指正。缪先生给我的这封信，就是在这个背景下写的。

80年代初期的柳永研究，需要解决的问题很多。其中之一，就是苏轼和柳永的关系问题。自南宋以来，就一直有人把苏、柳二人对立起来，借褒扬苏轼来贬低柳永。这方面的典型例子，就是胡寅《题酒边词》中的一段话："词曲者，古乐府之末造也。……柳耆卿后出，掩众制而尽其妙，好之者以为不可复加。及眉山苏氏，一洗绮罗香泽之态，摆脱绸缪宛转之度，使人登高望远，举首高歌，而逸怀浩气超然乎尘垢之外。于是《花间》为皂隶，而柳氏为舆台矣。"胡寅的这段话，常常被许多学者当作经典来引述，而在我看来，他这话是有些言过其实的。第一，苏轼并没有"一洗绮罗香泽之态"，也没有"摆脱绸缪宛转之度"。在他的词集里，偏于传统的婉约风格的作品仍然占了多数。例如《贺新郎》（乳燕飞华屋）和《水龙吟》（似花还似非花）这两首经常被人们称许的词，就没有洗掉"绮罗香泽之态"，而且"绸缪宛转"得实在可以。第二，苏轼的那些"使人登高望远，举首高歌，而逸怀浩气超然乎尘垢之外"的豪放词，在他的词集里其实并不多，充其量不超过15首，在其风格类型中也不占主流，只是比较引人注目而已。第三，苏轼的豪放词问世之后，《花间》

既没有"为皂隶",柳氏也没有"为舆台"。在北宋后期词坛,学《花间》的仍然大有人在,学柳永的也不在少数。例如贺铸,虽然写过《六州歌头》(少年侠气)这样的豪放词,但是就其主要方面来看,也还是学《花间》,尝自称"吾笔端驱使李商隐、温庭筠,常奔命不暇"(周密《浩然斋雅谈》),就是一个很好的证明。又如秦观,他在词的题材、体制、铺叙手法等方面,就深受柳永的影响,只是在语言和风格方面,比柳词要含蓄委婉一些而已。

事实上,苏轼对柳词是非常熟悉的,他受柳词的沾溉,不仅仅在词调方面、题材方面、用语方面,更在慢词的结构模式与铺叙手段方面。可以肯定地说,在慢词的写作上,如果没有柳词,就不会有苏词。诚然,苏轼是一位富有创新精神的词人,他的目标,不是要做柳永第二,而是要做苏轼第一。他在《与鲜于子骏书》中说:"近却颇作小词,虽无柳七郎风味,亦自是一家。"这一段话也是常常被人们所误解,以为他在贬低"柳七郎风味"。事实上,他只是说他的某些小词,例如《江城子·密州出猎》之类"无柳七郎风味",因而"自是一家",并没有说"柳七郎风味"有什么不好,并没有说要追求"自是一家",就一定要否定"柳七郎风味"。

苏轼不仅没有贬低柳词,甚至还力排众议,为柳词讲过公道话。赵令畤《侯鲭录》卷七载:"东坡云:'世言柳耆卿曲俗,非也。如《八声甘州》云:霜风凄紧,关河冷落,残照当楼。此语于诗句,不减唐人高处。'"所谓"唐人高处",就是指那种形象博大,画面开阔,气势沉雄,给人以苍茫、悲壮之感的优秀唐诗。其实这种"不减唐人高处"的作品,在柳永的羁旅行役词里并不少见。通常人们只注意他的歌妓词,以为他只能俗,不能雅,只能柔,不能壮。这是一种偏见。苏轼的评价可以说是别具慧眼。

正是出于上述考虑,我写了《苏柳词风比较论》这篇文章,并把它寄给缪先生指正。作为一个初出茅庐的硕士研究生,能够得到他这位海内外著名的词学大家的肯定,我是很受鼓舞的。拙著《柳永和他的词》的第十一章第三节"柳永对苏轼的影响",就是根据这篇论文改写的。[1]

二、关于王国维在词史上之地位

大兴同志:

惠札及大作《柳永和他的词》均已奉悉。(赠与叶先生之一册,等她来华时转交)谢谢。

大作之特长有二:一、全面细致地对柳永为人及词作加以论析,破除近三十余年中"左"的观点,对柳永作出公允评价,肯定其在词史中的地位。二、搜集资料广博,给读者很大方便。

来函询及我治学所受张孟劬与王静安二位先生之影响情况。张先生,我很熟,亲承音旨,书札往还,他兼通文、史、哲,治学兼有浙东宏通与浙西博雅两派之长,不过,方法、态度还是承继乾嘉。缺乏新的开拓,如西方影响。我从张先生处所受益者是史学与辨章学术、考镜源流之学。至于王静安先生,我并未亲炙,只是读其著作。王先生与陈寅恪先生是我在近代学者中最崇敬的两位。他们二人都能融贯中西,开拓学术中的新领域、新方法,并提出精辟的创见,对学界有很大启发。至于学词,我受《人间词话》之影响很深(叶先生亦如是)。我与叶先生论词,认为,唐宋至清,词之大变有四:一、柳永,二、苏轼,三、周邦彦,四、王静安。王氏用西方哲学、美学观点论词作词,实能别开新境,异于前辈词学朱、王、况、郑等。

来函提到《缘情探诗史,隐境说词风——从〈诗词散论〉到〈灵谿词说〉》一文,此是许总、许结所作,登载于川大学报84年第四期,另外川大学报87年第二、三两期刊登《灵谿词说笔谈》共六篇,亦可参看。川大学报,谅贵校图书馆中一定有。

近三年中,我与叶先生合撰《词说》续集,已发表十余篇,

---

[1]参见曾大兴《柳永和他的词》,中山大学出版社2001年修订版,第162—171页。

大部分在川大学报中。常与我论词的一位友人钱鸿瑛同志（上海社科院研究员）曾撰《周邦彦研究》，即将出版。你如愿意，请将尊著寄一册赠钱君，其通信处是（略）。此颂

文安

　　昭岷先生均候

缪 钺 启
6月26日

　　缪先生的这封信，写于1990年6月26日。

　　拙著《柳永和他的词》是缪先生题写的书名。这本书于1990年6月初由中山大学出版社出版之后，我给他寄去了两本，一本送给他，一本请他转送给叶嘉莹教授，同时附上一信，询问他的词学师承问题。因为从1990年4月起，我即开始着手研究20世纪词学名家。缪先生这封信，就是收到拙著和附函之后的回复。

　　在这封信里，缪先生重点谈了他的学术师承问题。缪先生曾在《学词小传》一文中说："生平学词，深得诸师友之助，而张孟劬先生（尔田）之教益尤为深切。孟劬先生研精群经、诸子、史学、佛典，辨章学术，考镜源流，著述宏富，士林推重。对于词之评赏与创作，亦均有精诣，著《循庵乐府》二卷。先生对余，无论面谈或通信，均诲谕殷勤，启迪深邃，使余铭感不忘。而读王静安先生《人间词话》，惊喜其识解新颖，创辟突破前人，因悟取西方哲学美学观点以评论词作，将更可以开拓眼界，扩新领域，此亦余所窃愿从事焉。"[1]缪先生的这篇文章系"未刊手稿，写于1983年4月，为《当代词综》撰"。这段话给人的印象似乎是，他在词学方面，既受张尔田的影响，又受王国维的影响。

　　但是缪先生的这一封信，则讲得更准确。这就是：张尔田对他的影响，乃是在"史学与辨章学术、考镜源流之学"方面，而不是在词学方面。真正在词学方面对他有深刻影响的是王国维。他说"至于学词，我受

---

[1]缪钺《学词小传》，《缪钺全集》第3卷，河北教育出版社2004年版，第377页。

《人间词话》之影响很深",这个表述和他在《自传》《自传及著作简述》《〈灵谿词说〉后记》等文章中的表述是一致的。我建议研究缪钺先生的学者,除了参考他的《学词小传》《自传》《自传及著作简述》、《〈灵谿词说〉后记》等文章,最好还能同时参考他给我的这封信。因为这封信对于他的学术师承问题,讲得最准确。

缪先生给我的这两封信,都讲到了他和王国维的关系。事实上,较早指出他和王国维有相通之处的人,应该是叶嘉莹教授。叶教授讲:"我对缪先生之钦仰,盖始于三十余年前初读其著作《诗词散论》之时。我当时所最为赏爱的评赏诗词的著作有两种,一种是王国维的《人间词话》,另一种即是先生的《诗词散论》。我以为这两本书颇有一些共同的特色,那就是它们都不只是诉之于人之头脑,而且也是诉之于人之心灵的作品。在他们的著作中,都是既充满了熟读深思的体会,也充满了灵心锐感的兴发。我想这就是我当年何以被这两本书所吸引和感动了的主要缘故。而我在早期所写的偏重感性的一些诗歌评赏的文字,便也似乎曾经受到这两本书的相当的影响。"[1]

叶教授的这段话讲得很有道理,但是还缺乏具体而深入的研究。我个人的意见是,缪先生一方面继承了王国维的词学,一方面又超越了王国维的词学。缪先生对王国维词学的继承和超越,主要体现在四个方面:一是对词的文体特征的准确界定,二是对"无我之境"的合理解释,三是对南宋词的公允评价,四是对"寄托"问题的深入探讨[2]。我认为:在20世纪词学史上,缪钺和俞平伯、浦江清、赵万里、顾随等人一样,都是王国维的追随者,也都是现代词学的一流人物。如果说,俞平伯是第一个标点整理《人间词话》的人,浦江清是第一个科学地阐释《人间词话》的人,赵万里是第一个撰写王国维年谱并辑录其《人间词话》未刊稿的人,顾随是第一个在大学里讲授《人间词话》的人,那么缪钺便是第一个对王国维的文学批评和诗词创作作过全面的研究,并且在许多方面丰富和发展了王国维词学思想的人。缪先生的成功之秘在转益多师。他一生服膺王国维,

---

[1] 叶嘉莹《〈迦陵论诗丛稿〉后叙》,中华书局1984年版,第384页。
[2] 参见曾大兴《20世纪词学名家研究》,中华书局2011年版,第167—184页。

"取西方哲学美学观点以评论词作",坚持走现代词学之路,但是他不走极端,不说过头话,没有门户之见。他对常州派也作过深入的研究,写过三篇关于常州派的论文,对张惠言、周济、陈廷焯、况周颐、夏敬观、刘永济等人的词学观点多有吸收,对朱祖谋、唐圭璋等人的词学成果多有采纳,与刘永济、夏承焘等人私交甚厚。前期的缪钺,较多地师承王国维的词学思想,后期的缪钺,则有选择地吸收常州派以来的传统的词学思想,用以弥补王国维词学思想的不足或失误,从而丰富和发展了王国维的词学思想,也使自己成为20世纪继王国维之后最有理论深度的词学家[1]。

在缪先生给我的这封信中,最令人震惊的恐怕是这一段话:"我与叶先生论词,认为,唐宋至清,词之大变有四:一、柳永,二、苏轼,三、周邦彦,四、王静安。王氏用西方哲学、美学观点论词、作词,实能别开新境,异于前辈词学朱、王、况、郑等。"词学界的学者都知道,缪先生是推崇王国维的,但是他把王国维和柳永、苏轼、周邦彦相提并论,认为王是继柳、苏、周之后,给词带来第四次"大变"的人,则是其他学者所不知道的。因为缪先生在他公开发表(出版)的所有论著中,都没有讲过这样的话。这样的话,似乎只在给我的这封信中讲过。

缪先生既是一位杰出的词人和词学家,也是一位杰出的历史学家。他治词,既有前者的感性,更有后者的理性。他的这段话虽然有些惊世骇俗,但是在我看来,却并非感性之言,而是包含了相当的理性。

缪先生对王国维的文学思想和诗词创作均有深入的研究。早期的《王静安与叔本华》(1943)一文,对叔本华哲学的特点和局限,叔氏学说对王国维的为人、创作和文学批评的影响,作过非常精辟的分析;后期的《王静安诗词述评》(1983)一文,则对王国维诗词的特点,尤其是对他的哲理诗、哲理词和他的词学见解,作过非常独到的论述。我个人认为,缪先生所讲的哲理词,用饶宗颐先生的话来讲,就是"形上词"。饶先生讲:"所谓形上词,就是用词体原型以再现形而上旨意的新词体。"[2]根据我的理解,第一个提出"形上词"这个概念的人是饶宗颐,第一个写"形

---

[1]曾大兴《词学的星空——20世纪词学名家传》,河北人民出版社2009年版,第215—216页。
[2]施议对编纂《文学与神明——饶宗颐访谈录》,三联书店(香港)有限公司2010年版,第282页。

上词"的人，应该是王国维。

饶先生极力标举"形上词"，但是他似乎也意识到，在这个问题上，他是难以绕开王国维的。请看他与施议对老师的这一段对话：

> 施议对：照这样看来，创造形上词，最重要的问题是不是在落想？
>
> 饶宗颐：落想当然最重要。这是关于一个人的认识、修养及境界问题。并非每个人都做得到。其中，主要包含着对宇宙人生的思考与感悟。例如康德，既是一位大哲学家，同时又相信神，未曾否定神的存在。但中国某些研究者就不知道。王国维学康德，读一点哲学，体会点意象，而对其精神并未真正领悟。所以王氏讲境界，讲到有我、无我问题，虽已牵涉到哲学范围，但无法再提高一步。
>
> 施议对：王国维于而立之年提出境界说，并由诗词境界说到人生境界，其对于宇宙人生是否已经有所体会？
>
> 饶宗颐：王国维不曾正面提出这个问题。[1]

这一段对话表明，"形上词"最重要的问题不在形式，而在"落想"，即"形上之思"，也就是"对宇宙人生的思考与感悟"。在饶宗颐看来，王国维虽然"不曾正面提出这个问题"，但是不能否认，王氏对这个问题实际上"已经有所体会"。

需要补充的是，在王国维的《人间词话》里，实际上已经包含有对于"宇宙人生"的某些感悟和思考了。如："诗人对宇宙人生，须入乎其内，又须出乎其外。入乎其内，故能写之。出乎其外，故能观之。入乎其内，故有生气。出乎其外，故有高致。美成能入而不能出。白石以降，于此二事未曾梦见。"[2]而在他的《人间词》里，这一方面的感悟和思考似

---

[1]施议对编纂《文学与神明——饶宗颐访谈录》，版本同上，第286页。
[2]王国维《人间词话》，王幼安校订《蕙风词话·人间词话》，人民文学出版社1960年版，第200页。

乎更丰富一些。例如：

浣溪沙
天末同云黯四垂。失行孤雁逆风飞。江湖寥落尔安归。
陌上金丸看落羽，闺中素手试调醯。今宵欢宴胜平时。

蝶恋花
昨夜梦中多少恨。细马香车，两两行相近。对面似怜人瘦损。众中不惜褰帷问。　　陌上轻雷听渐隐。梦里难从，觉后那堪讯。蜡泪窗前堆一寸。人间只有相思分。

蝶恋花
百尺朱楼临大道。楼外轻雷，不间昏和晓。独倚栏干人窈窕。闲中数尽行人小。　　一霎车尘生树杪。陌上楼头，都向尘中老。薄晚西风吹雨到。明朝又是伤流潦。[1]

　　这是樊志厚《人间词序》所列举的三首词，可以视为王国维的代表作。这三首词，就是缪钺先生所讲的哲理词。缪先生认为，第一首，"象征人生不由自主的悲惨命运"；第二首，"象征人生对于理想固执的追求，以及难以企及的失望"；第三首"是要说明，在人世中，无论是世俗中人或是自命为超世之人，当世变之来，均受其冲击而不能抵抗，而世变又是难以预测的"。缪先生指出："这三首词，都是用鲜明的形象描写个别事物情景，而其含义的丰融又超出于个别事物情景之外，使读者能在暗示中领悟人生哲理，言近而旨远，观物微而托兴深。其格致确与五代、北宋为近，'珠圆玉润，四照玲珑'（借用周济论词语），如活色生香，无有矜心作意。这就是王静安词的特点。"

　　缪先生强调："王静安词中蕴含哲理之作是相当多的。""词中透露哲理，本来是自古有之。譬如冯延巳《鹊踏枝》词：'百草千花寒食路，香车系在谁家树？'晏殊《浣溪沙》词：'无可奈何花落去，似曾相识燕归

―――――――――――
[1]王国维《〈人间词〉〈人间词话〉手稿》，浙江古籍出版社2005年版，第13、18、33页。

来。'欧阳修《玉楼春》词：'人生自是有情痴，此恨不关风与月。'苏轼《水调歌头》词：'不应有恨，何事长向别时圆？人有悲欢离合，月有阴晴圆缺，此事古难全。'……例证很多。不过，古人这些词，并非有意要谈哲理，只是因为作者平日阅历世变，体验人生，胸中有所领悟，在作词时，于写景抒情中不自觉地流露出来，使词的内涵增加了深度。至于王静安，则是有意识地以词表达哲理，即是他接受叔本华学说经过自己体验而形成的一种人生哲学，因此，他的这类词作得相当多，这是他与古人不同之处。王静安自谓其词'意深于欧'，其故盖即在此。"[1]

缪先生在《王静安诗词述评》这篇文章的结尾，还特意引用了叶嘉莹教授在《说静安词〈浣溪沙〉一首》中的一段话，作为论静安词的总结。叶教授说："静安先生颇涉猎于西洋哲学，虽无完整有系统之研究，然其天性中自有一片灵光，其思深，其意锐，故其所得均极真切深微，而其词作中即时时现此哲理之灵光也。"又说："以词言之，则有此高深之哲理概念者，对表达之工具多无此精美之素养；对表达之工具有此精美之素养者，又常乏此高深之哲理概念。此静安先生《自序》所以云，'虽比之五代、北宋之大词人，余愧有所不如，然此等大词人亦未始无不及余之处'者也。"[2]

以上就是缪先生来信所说"我与叶先生论词，认为，唐宋至清，词之大变有四：一、柳永，二、苏轼，三、周邦彦，四、王静安。王氏用西方哲学、美学观点论词作词，实能别开新境，异于前辈词学朱、王、况、郑等"这一段话的基本依据。

也许有人不会赞成缪先生的这个意见，也许缪先生在他生前就知道有人不会赞成他的这个意见。他没有把这个意见写成文章公开发表，也许就是出自这一方面的考虑。我本人对他的这个意见，也较难做出明确的判断。不过我认为，缪先生的这个意见，绝对不是随便讲的。联系他和叶嘉莹教授的上述言论来看，我认为，他是经过了深思熟虑的。最近拜读施

---

[1]缪钺《王静安诗词述评》，《缪钺全集》第2卷，河北教育出版社2004年版，第216—219页。
[2]叶嘉莹《说静安词〈浣溪沙〉一首》，《王国维及其文学批评》，广东人民出版社1982年版，第460页。

议对老师编纂的《文学与神明——饶宗颐访谈录》一书，感觉饶、施二位所极力标举的"形上词"，其实就包含了王国维这样的哲理词。而"形上词"，可以说是词的一个新境，用饶先生的话来讲，则是"用词体原型以再现形而上旨意的新词体"。如果是这样，那么王国维的哲理词就应该引起大家的重视，而缪先生的这个意见，也就有了讨论的必要。

（原刊《古代文学理论研究》第35辑，华东师范大学出版社2013年版）

后　记

我从1982年开始学词，迄今38年。这期间，真正从事词学研究的时间只有12年左右（其他时间主要从事文学地理学的研究，另外还做过一点人才学、当代流行歌曲和岭南文化方面的研究，还做过六年的新闻和文化传播工作）。我发表过的词学论文有50余篇，出版过的词学专著有《柳永和他的词》（1990）、《词学的星空——20世纪词学名家传》（2009）、《20世纪词学名家研究》（2013）和《唐宋词十八讲》（2012）等四种，另外还与同事合编过一本《中国古代词曲经典导读》（2009），我承担其中的词这一部分。我的词学论文，有的收进了《柳永和他的词》这本书，有的收进了《词学的星空——20世纪词学名家传》和《20世纪词学名家研究》这两本书，还有20篇论文则未曾收录于书。

前些时，我和施议对、谢桃坊两位老先生商议，打算把这20篇论文结集出版，得到他们的赞同，两位老先生还各自为我写了一篇热情洋溢的序言，这让我深受感动和鼓舞。于是我就把这20篇论文按照所探讨的问题加以分类，改正了其中的一些错字，删除了个别重复的段落，增补了若干注释，再附上两篇词学演讲稿，其他则一仍其旧。这些文稿所探讨的问题，有的是前人未曾留意的，有的是前人虽曾留意但未作深入研究的，因名为《词学新探》。需要说明的是，这些文稿，最早的作于1982年，最晚的作于2018年，因时间跨度较大，文献注释格式不尽一样。更重要的是，其中可能会存在疏漏和错误，望词学界同仁多多批评指正！

曾大兴

2020年1月6日识于广州世纪绿洲寓所